《全宋诗》补阙

——补诗人、补诗事、补诗评

高志忠　张福勋　编著

商务印书馆

2018年·北京

图书在版编目（CIP）数据

《全宋诗》补阙：补诗人、补诗事、补诗评 / 高志忠，张福勋编著. — 北京：商务印书馆，2018
　ISBN 978-7-100-13242-8

Ⅰ. ①全… Ⅱ. ①高… ②张… Ⅲ. ①宋诗－诗集
Ⅳ. ①I222.744

中国版本图书馆CIP数据核字（2017）第064859号

权利保留，侵权必究。

《全宋诗》补阙：
补诗人、补诗事、补诗评
高志忠　张福勋　编著

商　务　印　书　馆　出　版
（北京王府井大街36号　邮政编码 100710）
商　务　印　书　馆　发　行
三河市尚艺印装有限公司印刷
ISBN 978 - 7 - 100 - 13242 - 8

2018年9月第1版　　开本 710×1000　1/16
2018年9月第1次印刷　印张 17

定价：68.00元

序

《宋诗纪事》100卷，入选诗人3812人，作品8061首，征引资料1205种。是一部裒辑宋代诗歌规模最为宏大的著作。钱锺书先生赞之为"渊博伟大的著作"（《宋诗选注·序》，人民文学出版社，1979年）。凡选诗略具出处大概，又缀以评论；而本事咸著于编；具于每个诗人之后大多附有简略小传（参见厉鹗《宋诗纪事·序》，上海古籍出版社，1983年）。然钱先生认为，"采摭虽广"而"讹脱亦多"（钱氏《宋诗纪事补正》题辞，辽宁人民出版社，2003年）。

陆心源《宋诗纪事补遗》100卷，于厉书未收者，"采辑群书，旁搜博证，不厌其详"（《宋诗纪事补遗·凡例》，山西古籍出版社，1997年），于樊榭所遗，增多3000余家，得诗3000余首。并订正了厉氏小传中的很多错误。然"错误百出"（《宋诗选注·序》），"买菜求益，更不精审"（《宋诗纪事补正·题辞》）。

孔凡礼先生《宋诗纪事续补》30卷以"网罗遗佚为主"（《宋诗纪事续补·简例》）又辑录二氏未收诗人1826人。而《宋诗纪事续补拾遗》10卷又辑得宋诗作者约600人。已慷慨提供《全宋诗》采用。（先生赐作者亲笔信函）

钱锺书先生用新中国成立前王云五主编之万有文库厉辑《宋诗纪事》14册，"利用他四十多年"（即从20世纪40年代末至80年代后期）业余小憩的时间，断断续续做成（杨绛2001年《序》）之《宋诗纪事补正》100卷，"披寻所及，随笔是正"（钱氏《宋诗纪事补正·题辞》），补人、补事、补诗，对厉书"错谬讹漏"的内容进行纠正，"对原书所采评论和本事进行补充和匡正"（参《宋诗纪事补正·凡例》）

则更是一部伟大的著作。然亦不无阙漏。

拙不揣浅陋，假以《〈全宋诗〉补阙——补诗人、补诗事、补诗评》辑出。本书共辑得补阙诗人149名，补阙诗事132则，补阙诗评202则，供治宋诗者参考。

张福勋

2014年11月15日

凡 例

  清人厉鹗《宋诗纪事》100卷、陆心源《宋诗纪事补遗》100卷、今人孔凡礼《宋诗纪事续补》30卷、钱锺书《宋诗纪事补正》100卷，以上四书乃研读宋诗之最完善、最权威的本子，然亦不无或阙，留为后人著手之余地。故于"补遗"、"续补"、"补正"之外，又有所补阙。分为补诗人、补诗事、补诗评三部分。

  一、四书中或某一书已收诗人（或有未收），并有小传，但传有内容遗漏者，特别有涉及诗人创作之有关情况者，为"补诗事"。

  一、四书中某一书（或几书）已收（或有未收），并有较完整的传或事，而缺乏对其诗歌风格、诗歌特征之评论者，则于理论上更有价值，对于全面、准确认识和把握诗人创作之风貌、其诗之源流变化，不同诗人风格之比较，所属流派之情况等，都有特别重要之意义。则时有结合钱锺书《补正》之精彩论述，一并标出，为"补诗评"。

  一、不管补人、补事、补评，总的原则是发现多少材料，就补多少材料，绝不求全责备。

  一、凡补人者，均未见《全宋诗》所收者。

  一、材料来源均为吴文治先生主编之《宋诗话全编》（10巨册，800万字），而标出处者，则为《宋诗话全编》所自最原始之材料，而不以某人《诗话》标出。

  一、作者姓名无法考证者，用□表示。

  一、补后或略加按语，于诗人小传、重要诗事、诗评稍加说明之。

  一、书尾附录所补诗人姓氏或首字笔画（简体字）索引，以便检索。

目　录

上编　补诗人（149名）

1. 童敬仲（十二画）……1
2. 郭麟孙（十画）……1
3. 王无咎（四画）……1
4. 彭莱山（十二画）……2
5. 刘近道（六画）……2
6. 陈平埜（野）（七画）……2
7. 张葵轩（七画）……3
8. 梁尘外（十一画）……3
9. 张鼎（七画）……4
10. 郑中隐（八画）……4
11. 顾近仁（十画）……5
12. 宋景元（七画）……5
13. 汪称隐（七画）……5
14. 刘悦心（六画）……6
15. 仇仁父（四画）……7

16. 汤北村（子文）（六画）……7

17. 纪德纬（六画）……8

18. 奥屯（十二画）……8

19. 陈梅南（七画）……8

20. 孙光庭（六画）……9

21. 萧涛（又作焘）夫（十一画）……10

22. 李敬则（七画）……10

23. 刘芳润（六画）……10

24. 周汝明（八画）……11

25. 胡宣（九画）……11

26. 王道州（四画）……11

27. 心禅师（四画）……12

28. 史宗（五画）……12

29. 吴含灵（七画）……12

30. 丘舜中女（五画）……13

31. 赵德麟妻（九画）……13

32. 晞发道人（十一画）……13

33. 陈古庄（七画）……14

34. 徐冰壑（十画）……14

35. 杜竹处（七画）……14

36. 吴愚隐（七画）……14

37. 钱肯堂（十画）……15

38. 高端叔（十画）……15

39. 安光远（六画）……16

40. 权巽中（六画）……16

41. 释玄觉（十二画）……16

42. 周会卿（八画）……17

43. 胡文卿（九画）…… 17
44. 吴士刚（七画）…… 17
45. 赵公茂（九画）…… 18
46. 柴史君（十画）…… 18
47. 吴厔（厚）（七画）…… 18
48. 吴竹洲（七画）…… 19
49. 丁监黼（二画）…… 19
50. 坐忘居士房公（七画）…… 19
51. 陈正献（七画）…… 19
52. 龚德庄（号达斋）（十一画）…… 20
53. 河汾王氏（名字不详）（八画）…… 20
54. 林子（八画）…… 20
55. 张甫（七画）…… 21
56. 林性老（桂高）（八画）…… 21
57. 徐渊子（十画）…… 21
58. 陈西轩（七画）…… 22
59. 方应发（四画）…… 22
60. 陈子宽（七画）…… 22
61. 黄绍谷（十一画）…… 22
62. 傅子渊（十二画）…… 23
63. 赵次山（九画）…… 23
64. 黄自信（十一画）…… 23
65. 黄元肇（十一画）…… 24
66. 杜濠州（字世兴）（七画）…… 24
67. 伟屏岩（六画）…… 24
68. 汪功父（七画）…… 25
69. 邵絜矩（七画）…… 25

70. 默成（十六画）……25

71. 潘竹真（十五画）……25

72. 孙雪窗（六画）……26

73. 陈大经（七画）……26

74. 潜仲刚（十五画）……26

75. 营玉涧（十一画）……26

76. 释雪屋（十二画）……27

77. 陈舜民（七画）……27

78. 李云卿（七画）……27

79. 刘相岩（六画）……28

80. 柳月涧（九画）……28

81. 钱竹深（十画）……28

82. 刘药庄（六画）……29

83. 陆象翁（七画）……29

84. 张石山（七画）……30

85. 秋岩上人（九画）……30

86. 赵师干（九画）……30

87. 陈南斋（七画）……31

88. 李黄山（七画）……31

89. 林丹岩（八画）……32

90. 刘正仲（六画）……32

91. 张仲实（七画）……32

92. 俞好问（九画）……33

93. 缪淡圃（十四画）……33

94. 唐师善（十画）……33

95. 高景仁（十画）……34

96. 梅方（十一画）……34

97. 金拱之（八画）…… 35

98. 恩上人（十画）…… 35

99. 裴晋公（十四画）…… 35

100. 王次卿（四画）…… 35

101. 惠先觉（十二画）…… 36

102. 微上人（十三画）…… 36

103. 林时敷（又作勇）（八画）…… 36

104. 李觌（七画）…… 37

105. 曾宗元（十二画）…… 37

106. 李晋寿（七画）…… 38

107. 许总卿（六画）…… 38

108. 制帅（八画）…… 38

109. 李宪仲（七画）…… 39

110. 施渊然（少才）（九画）…… 39

111. 冯顼（五画）…… 39

112. 胡公武（九画）…… 39

113. 段延龄（九画）…… 40

114. 杜泽之（七画）…… 40

115. 陈梦锡（七画）…… 40

116. 赵子野（九画）…… 41

117. 林景思（八画）…… 41

118. 李才翁（七画）…… 41

119. 张武子（七画）…… 42

120. 唯己（十一画）…… 42

121. 柳师圣（九画）…… 42

122. 傅野（十二画）…… 43

123. 石起（五画）…… 43

124. 吴孝宗（七画）…… 43
125. 彻上人（七画）…… 43
126. 良玉（七画）…… 44
127. 葛和仲（十二画）…… 44
128. 刘渊材（六画）…… 44
129. 毛麾（四画）…… 45
130. 一山魁（一画）…… 45
131. 王尧臣（四画）…… 46
132. 王隽父（四画）…… 46
133. 王达善（四画）…… 46
134. 孔文杓（四画）…… 46
135. 仇远（四画）…… 47
136. 厉白云（五画）…… 47
137. 江石卿（六画）…… 47
138. 孙元京（六画）…… 48
139. 刘光（六画）…… 48
140. 刘庄孙（六画）…… 48
141. 孟淳（八画）…… 49
142. 陈一斋（七画）…… 49
143. 陈士表（七画）…… 50
144. 俞唯道（九画）…… 50
145. 俞伯初（九画）…… 50
146. 胡方（九画）…… 50
147. 赵泉南（九画）…… 51
148. 郑子封（八画）…… 51
149. 释恢大山（十二画）…… 51

中编　补诗事（133 则）

1. 东坡著述用典 …… 53
2. 作诗不惮屡改 …… 53
3. 诗之误读 …… 54
4. 米芾书诗索端砚 …… 54
5. 米芾狂怪 …… 55
6. 欧阳修、王安石赠答诗 …… 55
7. 夏竦诗好属对 …… 55
8. 丁谓荣辱两忘，不废笔砚 …… 55
9. 洛下文人群体 …… 56
10. 王安国生性亮直 …… 56
11. 韩琦德量才智 …… 56
12. 王安石压抑郭祥正 …… 57
13. 王安石变法，内部反对强烈 …… 57
14. 曾公亮长于四六 …… 57
15. 刘攽喜谑玩 …… 58
16. 王琪性滑稽 …… 58
17. 欧阳修的官风 …… 58
18. 范仲淹力荐石介为谏官 …… 58
19. 宋祁带《唐书》于任所修刊 …… 59
20. 陈执中为人严重，与人少周旋 …… 59
21. 苏轼、苏辙兄弟大挞吕惠卿 …… 59
22. 穆修倡古文，革文风 …… 60
23. 对韩愈诗、欧阳修诗评价不同 …… 60
24. 宋代官员，允许公开买卖妓人 …… 60

25. 苏舜钦的书与诗 …… 61

26. 常秩与欧阳修：不上朝与已下朝 …… 61

27. 王汾"口吃" …… 61

28. 孙觉、孙洙皆髯 …… 62

29. 吴处厚上书封程婴、公孙杵臼 …… 62

30. 宋太祖称颂李昉 …… 62

31. 高言不顾名节 …… 63

32. 寇莱公誓神插竹表忠烈 …… 63

33. 张俞讦鲠太直，不得意 …… 63

34. 陈搏学识通广 …… 63

35. 蔡君谟改范仲淹诗 …… 64

36. 张齐贤饮食过人 …… 64

37. 刘过以诗鸣江西 …… 64

38. 周梦与喜愠不形于色 …… 65

39. 孙觌铭志，文名猎猎 …… 65

40. 孙僩诗多散佚不传 …… 65

41. 山谷浩然之气，百折不衰 …… 65

42. 吉州三公 …… 66

43. 陈瓘名节之重 …… 66

44. 喻汝砺谓"八阵图"不自诸葛亮始 …… 67

45. 王令（逢原）、邢居实（敦夫）短寿 …… 67

46. 陈（慥）季常老婆为"河东狮子"（凶妒）…… 68

47. 张咏为一代伟人 …… 68

48. 东坡慕乐天 …… 68

49. 陈无己（师道）《妾薄命》脱胎于张籍《节妇吟》…… 69

50. 李清照序赵明诚《金石录》…… 69

51. 苏辙批评李白诗"华而不实" …… 70

52. 宋皇爱诗亦能诗…… 70

53. 许洞能诗…… 71

54. 诗申规警…… 72

55. 苏过亦学渊明…… 72

56. 宋代武夫诗…… 73

57. 宋代妇女诗…… 73

58. 王安石叹爱王钦臣…… 74

59. 郑文宝集兵火散亡…… 74

60. 俞紫芝，王荆公极善之…… 74

61. 陈辅之少为荆公所知…… 75

62. 袁世弼被欧阳修、王安石引为"知友"…… 75

63. 王令既知于王安石，而声誉赫然…… 75

64. 司马光师范来世…… 76

65. 宋郊奉诏更名…… 76

66. 魏泰尤能谈朝野趣事…… 76

67. 张咏性极清介…… 76

68. 杜衍以清德直道闻天下…… 77

69. 张昭能诗善画…… 77

70. 刘攽论新法不便受斥…… 77

71. 晏殊作品乃过万篇…… 77

72. 赵概为人重厚…… 78

73. 李建中以林泉自娱，善书法…… 78

74. 契丹人喜诵魏野诗…… 78

75. 杨亿年少入阙下…… 79

76. 杜默（字师雄）为歌豪…… 79

77. 苏舜卿不牵世俗…… 80

78. 石曼卿自任于古道…… 80

79. 翁挺，天下之奇才 …… 81

80. 东坡影响超过欧公 …… 81

81. 苏门四学士 …… 81

82. 蔡耕道慷慨自许 …… 82

83. 邵雍：儿童奴隶皆知尊奉 …… 82

84. 丁谓贬窜十五年 …… 83

85. 龚况所交游皆一时名士 …… 84

86. 江暐事母极孝 …… 84

87. 范成大以诗名一代 …… 84

88. 晁公迈以文学称 …… 84

89. 朱敦儒尝三召不起 …… 85

90. 胡公武为胡铨犹子 …… 85

91. 徐俯以诗酒自娱 …… 85

92. 晏殊以文学谋议为任 …… 86

93. 沈东山林野逸之气 …… 86

94. 李庚沉酣万卷，不与人通 …… 86

95. 王正己自校书 …… 87

96. 王禹偁能为歌诗 …… 87

97. 鲜于瑰累举不第 …… 87

98. 史伯强时时醉中骂坐 …… 87

99. 毛升负气不群 …… 88

100. 陈亮跌宕不羁 …… 88

101. 杨万里与风月之约 …… 88

102. 赵蕃乃公朝尊老 …… 89

103. 王介素与荆公不相能 …… 89

104. 刘过与辛弃疾酬唱亹亹 …… 89

105. 徐铉杰出于"三徐" …… 90

106. 孙觌历践四朝 …… 90

107. 陈瓘名节之重 …… 91

108. 谢希孟有古淑女幽闲之风雅 …… 91

109. 王义丰以其集名称人 …… 91

110. 司马光于德义甚于利欲 …… 91

111. 俞清老脱逢腋着僧伽黎 …… 92

112. 吴含灵俗呼为"吴猱" …… 92

113. 赵德麟妻：二十八字媒 …… 92

114. 甘泳平生不娶 …… 93

115. 曹纬、曹组兄弟俱有俊才 …… 93

116. 柳开任气凌物 …… 93

117. 曹翰有宏才伟特之度 …… 94

118. 唐询、唐诏兄弟俱擅一时之誉 …… 94

119. 吕祖谦气度冲和 …… 94

120. 文同作诗骚亦过人 …… 94

121. 郭功甫（又作父）为李谪仙后身 …… 95

122. 刘边于月泉吟社赋诗 …… 95

123. 赵良淳守土死节 …… 95

124. 郑若春松泉之趣 …… 96

125. 王石涧作诗纾忧娱老 …… 96

126. 陈之奇以道德著于乡 …… 96

127. 蒋仲武乡评无不以善人长者称之 …… 97

128. 詹黙被陆游祖父引为上客 …… 97

129. 唐长孺有《艺圃小集》 …… 97

130. 唐师善与其父诗声震江湖三十余年 …… 98

131. 唐棣作诗之暇，留意于画 …… 98

132. 谌祐使律诗中兴 …… 98

下编　补诗评（202则）

1. 韩驹（字子苍）诗淡泊而奇丽 …… 100
2. 苏、黄、王三家诗各有特点 …… 100
3. 蔡百衲（百衲居士）评宋四人诗 …… 101
4. 潘大临多佳句，然其贫 …… 101
5. 文与可诗尤精绝 …… 102
6. 王琪诗深淳独至 …… 102
7. 谢逸诗造语而工 …… 102
8. 陈与义一洗旧常畦径 …… 102
9. 王铚文词俊敏 …… 103
10. 苏、梅并称而诗风相反 …… 103
11. 邢居实用笔纵横 …… 104
12. 思聪诗如水镜以一含万 …… 104
13. 陈渊诗得欧阳修喜欢 …… 105
14. 秦觌诗需刮目视之 …… 105
15. 徐俯作诗立意不蹈袭前人 …… 105
16. 山谷诗取法于谢师厚 …… 106
17. 谢逸评江西诗社中人 …… 107
18. 王直方才出群雄 …… 108
19. 邵雍评"四贤"诗 …… 108
20. 许大方超然自放 …… 108
21. 秦观无忧而为忧者之词 …… 108
22. 石曼卿以气自豪 …… 109
23. 徐积（字仲车）非雕绘 …… 110
24. 贺铸善取唐人遗意 …… 110

25. 王安石诗精深…… 111
26. 李宗易（字简夫）诗旷然闲放…… 111
27. 吴可（字思道）诗咄咄逼近…… 111
28. 郑文宝爱尚杜诗…… 112
29. 李昉诗务浅切…… 112
30. 苏辙为"人龙"…… 112
31. 苏轼真谪仙人也…… 113
32. 赵师民诗笔秀丽…… 114
33. 满子权诗雄劲…… 114
34. 徐积历评曾巩、苏轼、黄庭坚、张耒、欧阳修、
    孙明复、石介…… 114
35. 吴处厚颇怪骇…… 115
36. 文莹语雄气逸…… 115
37. 晏殊诗文富贵出于天然…… 115
38. 秘演善诗好论天下事…… 116
39. 林逋平澹邃美…… 116
40. 王禹偁诗语迫切而意雍容…… 116
41. 杨徽之诗神骨冰清…… 116
42. 张师正（字不疑）诗有余蕴…… 117
43. 郑獬诗飘洒清放…… 117
44. 潘阆诗有唐人风格…… 117
45. 花蕊夫人其辞甚奇…… 118
46. 梅尧臣（圣俞）诗凄清…… 118
47. 苏舜钦诗波澜汹浩…… 120
48. 谢伯初雄健高逸，谢希孟隐约深厚…… 121
49. 江休复诗清淡闲肆…… 121
50. 穆休诗深峭宏大…… 122

51. 宋绶（字公垂，谥宣献）诗豪横不可挫 …… 122

52. 王平甫诗博而深 …… 122

53. 丁宝臣（字元珍）诗清新俊逸 …… 122

54. 陈无己评王安石、黄鲁直晚年诗 …… 123

55. 曾季貍比较山谷、张耒、潘邠老诗 …… 123

56. 陈洙诗质美而秀 …… 123

57. 邵雍诗切道理 …… 123

58. 评杨亿、刘筠之"西昆"诗 …… 124

59. 强几圣（名至）思致逸发 …… 124

60. 宋君淡而实腴 …… 125

61. 王纲语精而意婉 …… 125

62. 李光诗清绝可爱 …… 125

63. 张元干文词雅健 …… 125

64. 王大受常造其微 …… 126

65. 刘炎刻琢精丽 …… 126

66. 刘克庄、刘克逊兄弟诗相上下 …… 126

67. 崔鸥诗亦清丽可爱 …… 127

68. 严羽长歌激古风 …… 127

69. 王秬追迫陶谢 …… 128

70. 许玠雄辨慷慨 …… 128

71. 王质隽放豪逸 …… 128

72. 刘儗新警峭拔 …… 129

73. 朱松天然秀发 …… 129

74. 李若水诗有风度 …… 129

75. 谢蒇诗似谢朓 …… 129

76. 杨万里道今人不能道语 …… 130

77. 陈师道真趣自然 …… 130

78. 刘季孙慷慨有气 …… 131

79. 方唯深精诣警绝 …… 131

80. 姜夔颇解音律 …… 132

81. 倪龙辅不肯为里巷歌谣语 …… 132

82. 祖可清整丽密 …… 132

83. 唐庚不在秦、晁之下 …… 133

84. 陆游南渡以后为一大宗 …… 133

85. 萧德藻才悭于诚斋 …… 133

86. 朱复之为诗有思致 …… 134

87. 叶适诗未尝深加意 …… 134

88. 李壁绝句有似半山者 …… 134

89. 石介殊有气格 …… 135

90. 林同（字子真）五言超伦绝类 …… 135

91. 李丑父清婉而有味 …… 135

92. 方翥诗雄放如太白 …… 135

93. 高翥撷百氏余芳 …… 136

94. 朱熹精微之蕴 …… 136

95. 林敏功不为险怪奇靡 …… 136

96. 王寀清丽绝人 …… 137

97. 戴敏风度雅远 …… 137

98. 宋十家诗风格 …… 137

99. 韩持国情致风流 …… 138

100. 李廌意趣不凡 …… 138

101. 高荷学杜子美作五言 …… 139

102. 苏洵诗精深有味 …… 139

103. 张先乐府掩其诗声 …… 139

104. 鲍慎由高妙清新 …… 140

105. 张耒诗自然奇逸 …… 140

106. 蔡载（天任）语简而意远 …… 140

107. 吕居仁浑厚平夷 …… 141

108. 夏倪（均父）变化不测 …… 141

109. "苏门四学士"各有所长 …… 141

110. 参寥无一点蔬荀气 …… 142

111. 柳开首变宋初俪偶之风 …… 143

112. 毛泽民情文兼厚 …… 143

113. 印元发秀静清狂 …… 143

114. 制帅雄健 …… 144

115. 喻良能有晋宋风味 …… 144

116. 张孝祥诗清婉而俊逸 …… 145

117. 李远语新格健 …… 145

118. 欧阳鈇清厉秀遂 …… 145

119. 胡铨益加恢奇 …… 145

120. 赵善括要归于实用 …… 146

121. 王从（字正夫）清峻简远 …… 146

122. 张嵲诗闲澹高远 …… 146

123. 尹师鲁诗辞约而理精 …… 147

124. 王庠有古作者风力 …… 147

125. 谢民师诗赋如行云流水 …… 147

126. 杨冠卿诗精深雄健 …… 147

127. 郭从范诗风清婉精致 …… 148

128. 王令俯睨汉唐 …… 148

129. 沈东诗含台阁风骨 …… 148

130. 夏竦老尤雄健不衰 …… 149

131. 周邦彦经史百家盘屈于笔下 …… 149

132. 向子諲诗风与陶、白相似 …… 149

133. 曹勋出使诗有烈士之气 …… 150

134. 李璜笔力雄迈 …… 150

135. 魏野为诗清苦 …… 150

136. 何郯有孟东野之风 …… 151

137. 晁载之涉奇太早 …… 151

138. 崔德符有唐人风 …… 151

139. 杜默，苏子瞻颇陋之 …… 151

140. 苏舜元诗豪丽 …… 151

141. 丁谓憸巧险诐 …… 152

142. 刘筠俜揣情状，音调凄丽 …… 152

143. 寇准多得警句 …… 152

144. 陈尧佐清警永隽 …… 152

145. 汪斗山意圆而语泽 …… 152

146. 王樵所思婉语劲 …… 153

147. 胡直内曳踪长歌 …… 153

148. 连文凤其诗之苦，呜咽之至 …… 153

149. 陈薦（荐）辞致清绝 …… 153

150. 杨轩诗句句精炼 …… 154

151. 李正民气韵豪迈 …… 154

152. 杨朴诗脍炙人口 …… 154

153. 郑思肖倍怀亡国哀痛 …… 155

154. 卫宗武末世诗似候虫声 …… 156

155. 汤炳龙诗肆丽清邃 …… 156

156. 谢枋得伤时甚隐而切 …… 157

157. 孙次翁咏娇娘诗文富而丽 …… 157

158. 曹良史诗雄行辈间 …… 158

159. 胡汲古诗思远而优游 …… 158

160. 胡柳堂诗锋逼人 …… 158

161. 王蒙泉诗峭刻峻洁 …… 158

162. 王炜翁诗缜密而思畅达 …… 159

163. 罗济川诗思清语俊 …… 159

164. 章明甫诗思深辞苦 …… 159

165. 凌驭诗思婉媚而语清新 …… 159

166. 翁真卿诗韵远而意深 …… 159

167. 张兄诗事核而思远 …… 160

168. 宋君巽诗意圆语泽 …… 160

169. 赵史君诗有冲邃闲远之韵 …… 160

170. 程楚翁诗悴然而思深 …… 160

171. 何梅境不在王、谢风流下 …… 161

172. 林德阳诗有古意 …… 161

173. 杨梦锡诗纵横运转 …… 161

174. 田端彦其诗清新可爱 …… 161

175. 张疆有平视曹、刘、沈、谢意思 …… 162

176. 葛元白风雅之致隐然 …… 162

177. 胡温升行文波澜议论磊落 …… 162

178. 薛仲经大雅之风犹在 …… 162

179. 彭醇诗槁而滋 …… 162

180. 郭公忠具有萧散之趣 …… 163

181. 余补之笔墨劲健精绝 …… 163

182. 许大方言语超然,自放于尘垢之外 …… 163

183. 李援惠韵格清奇 …… 163

184. 宋君诗辞高寒 …… 163

185. 王菊山诗气温而不浮 …… 164

186. 范觉氏清制皆洒落 …… 164

187. 赵见独作语平淡高古 …… 164

188. 俞宜民思尚远而语尚近 …… 164

189. 刘士元诗翳然幽蔚 …… 164

190. 王修竹诗有飞出宇宙之意 …… 165

191. 马静山诗意寄言外 …… 165

192. 汪称隐诗夷易而有沉潜 …… 165

193. 余好问诗精锻细敲 …… 165

194. 吴飞（云龙）短篇近体不尚工巧 …… 166

195. 恩上人其诗清峭刻厉 …… 166

196. 舒用章不随时好，稍近古 …… 166

197. 罗志仁诗律未脱"江西" …… 166

198. 张南湖诗似其为人"深目而癯" …… 167

199. 王居正诗无一艰涩寒俭之态 …… 167

200. 高景仁其诗大抵皆出于和平 …… 167

201. 潘善甫（名弥坚）铲奇崛，趋平粹 …… 168

202. 蔚上人晚更老辣，尤苦说梅 …… 168

附录一

由《宋诗话全编》补阙宋诗僧，看宋僧诗风格之特征 …… 169

张之翰《西岩集》补阙宋诗人的资料价值和诗论意义 …… 174

方凤及其诗论 …… 183

文天祥对补佚宋诗人的贡献 …… 188

何梦桂补佚宋诗人（诗评）22则 …… 192

卫宗武《秋声集》补缺《全宋诗》十人 …… 199

陆游对宋诗的拾遗 …… 205

陆游究竟活了多大岁数？……211
胸中原自书万卷，夺胎换骨亦必然
　　　——关于"夺胎换骨"之再辩护……214
宋诗流变中的另一道风景线
　　　——宋人将"学杜"与"尊韩"并举……225
宋人学杜的美学密码
　　　——宋诗发展的一种现象解析……231

附录二

补诗人索引……236

后　记……246

上编　补诗人（149 名）

1. 童敬仲（十二画）

熊禾《勿轩集》卷一《题童竹涧（按，童敬仲号）诗集序》：

"童君敬仲，气谊节概人也，所居在江闽之徼（按，音 jiǎo，边界），壮年有经纶志，知时不可为，则退而居乡善俗。其急难好义，屹然为一乡保障，衣冠善类多归焉。充之有田无终，孔北海之风难再，平则萧然闲适，筑室万竹间，哦诗读书，无复一毫羡慕其外之意，君之树立卓卓如此，固不求以诗名也。"

2. 郭麟孙（十画）

陈普《石堂遗集》中《郭麟孙〈祥卿集〉》：

"麟孙字祥卿，吴郡人，博学工诗，……作吏钱塘，再调江东，归吴卒。其序（袁易）通甫诗以为'诗本原于性情之正，当其遇物兴怀，因时感事，形之于诗，何尝拘拘然执笔学似某人而后为诗哉！盖所蓄既深，自有不期似而似之者耳'。观此，可以知祥卿之所得力矣。"

3. 王无咎（四画）

张之翰《西岩集》卷一九《故昭义军节度副使王公碑铭》：

"王公……讳无咎，字安卿，世为磁之武安（按，磁州辖境相当于现河北省邯郸、武安等）人。……驰声场屋，两至御帘。当金季，……公主魏县簿。……自号青峰，亦号三休。青峰，武安山名，示不忘本。……'居无事,喜作诗。……(其诗)不道尖巧艰涩语,吟咏性情,自适而已。生平得古律若干,目曰《青峰诗集》,传于家。为人诚厚乐易,犯而不校,有古君子之风。常与元遗山、李敬斋游,尤为二公爱敬。'生大定(按,金世宗完颜雍年号,相当于南宋孝宗时期)二十九年己酉(1189年,即南宋孝宗淳熙十六年),卒春秋六十有六。"

按,陆心源《宋诗纪事补遗》(以下简称《补遗》)卷十四亦有王无咎,字补之,北宋王安石时人。与此王无咎非一人。

《全宋诗》第十一册第7350页有补之,无安卿。

4. 彭莱山(十二画)

张之翰《西岩集》卷一八《跋彭莱山〈饥来诗稿〉》:

引东坡诗"清诗咀嚼那得饱",又"秀句出寒饿"。说明"不饥则不清,不饿则不秀",从而说"今莱山走江湖数千里,空囊萧然,无一字堪煮。(故)腹雷鸣而肠火煎,日夕作苦吟声,果得坡之(所谓)清、出坡之(所谓)秀"。

按,彭莱山,庐陵人,有《饥来诗稿》。

5. 刘近道(六画)

张之翰《西岩集》卷一八《跋〈草窗诗稿〉》:

"余读建安刘近道《草窗诗稿》,见其风骨秀整、意韵闲婉,在近世诗人中,尽不失为作家手。"

"渡淮泗、瞻海岱、游河洛、上嵩华;历汾晋之郊,过梁宋之墟,吸燕赵之气,涵邹鲁之风;然后归而下笔,一扫腐熟;吾不知杨(万里)、陆(游)诸公,当避君几舍地?"

6. 陈平埜(野)(七画)

张之翰《西岩集》卷一七《题山鸡自爱诗集》:

"楚州陈平埜,以诗鸣淮上;且题其集曰《山鸡自爱》。盖取照影,以自况。余谓:诗之学,非精神雄峻,不足以到骨格(骼)开张之时;非文锦绚烂,不足以造皮毛脱落之地。平埜能变化如此,当有千万人之爱;奚自爱而已。"

按,方凤《存雅堂遗稿》卷一。有陈君《山鸡自爱集》,疑为一人。方《山鸡自爱集序》评其诗"斧凿绚丽""渊渊有韵"。赞其人"诚能以道自勉,反身而诚取人,为善极而至于深造自得之地"。

7. 张葵轩(七画)

张之翰《西岩集》卷一四《〈葵轩小稿〉序》:

"葵轩先生张公,金遗老也。自妙龄,已有声场屋。戊戌,再以词赋魁山东。其篇什文字,尤刻意不废。"

其人"独恬守一教官,竟得安闲晚境。今寿迄八秩,尚以著述为事。非岁年之延乎!有集若干卷,号《葵轩小稿》"。

"至于诗之清适、文之典雅,已传布人口;读者所共知。"

8. 梁尘外(十一画)

张之翰《西岩集》卷一四《〈山中吟〉序》:

"道士梁尘外中砥,余旧识于茅山。多作诗,……近携《山中吟稿》来京师,观者无不称叹。"

"所贵乎道人之诗,尘俗固不可;专用道家语,亦不可。……(须)超凡入圣。"

"以尘内之吾,观尘外之渠,向上一路,悟到即到。"

其代表作有云:"罗浮道士谁同流?草衣木食轻王侯。世间甲子管不得,壶内乾坤别有秋。数着残棋江月晓,一声长啸海山秋。饮余回首话归路,遥指白云天尽头。"

9. 张鼎（七画）

张之翰《西岩集》卷一四《张澹然先生文集序》：

"先生讳鼎，字辅之。澹然，其自号也。"

"先生弱冠，有隽声。登（金）正大八年词赋第。虽历省掾，授郡倅，（而）百蕴不一施。罹大变（按，指宋亡）而北归清河之滨，笔砚自随，刻意读书，大放厥辞。……年逾知命，竟澹泊以终。"

"有诗文乐府数百篇。……集为若干卷，请序。某伏读再四，爱其篇目少而体制备。盖诗寓去国之情而不露其悲伤，文尽叙事之实而不失于冗长，乐府达处顺之理而不流于浮艳谑浪。非天资高、学力笃、道味深、世故熟，其孰能到？概而言之，真前辈中大手笔也！"

按，张之翰（1243—1296），字周卿，晚号西岩老人，邯郸（今属河北省）人。由宋入元遗民。元至元十三年（1276）仕至翰林侍讲学士。著有《西岩集》二十卷。其诗清新宕逸，有苏黄遗风。其论诗倡"去浮华，就简质"。

《四库全书总目》卷一六七集部别集类二著录元张之翰《西岩集》二十卷（南宋翁卷亦有《西岩集》，非一书）。云其"生平著述甚富"。

10. 郑中隐（八画）

林景熙《霁山文集》卷五《郑中隐诗集序》：

"中隐郑君，前甲科进士也。亦既搴桂（折桂、登科）抱月而归，风搏水击，（很得意）谓凤池可立致（宰相），未几哭怙恃〔《诗·小雅》："无父何怙（倚仗），无母何恃。"后以怙恃为父母的代称〕六霜（六月下霜，灾难之意。哭父母去世），又哭离黍（《诗·王风·黍离》，悯周王朝之颠覆），彷徨颠沛，将写其悲惋无憀之鸣。"

"君诗如其文，冠冕佩玉，榘度（蹈矩）春容（宏大），可以施典册，荐郊庙，乃雅沉颂歇，郁为《匪风》（《诗·桧风·匪风》，离国怀乡，有家而不得归，不免伤感）《下泉》（《诗·曹风·下泉》言周王室卑微，曹国在大国侵伐下，处于危境。抚今追昔，感慨万分）之思（亡国思乡）……盖君之所能存者，心也；而不能挽者，时也。其礼义彝伦（道德伦常），丰镐（西周故都）遗泽，尚隐然于变风中者，今复见矣。"

按，"时"之变迁，诗风随之改变。于"变风"中可窥见时代的沧桑变化在诗人的心灵上投下阴影。《文心雕龙·时序》："时运交移，质文代变"、"文变染乎世情，兴废系乎时序"。

11. 顾近仁（十画）

林景熙《霁山文集》卷五《顾近仁诗集序》：

"近仁辞语浑雄而发之以华藻，气骨苍劲而节之以声律，全体互宣，参唐历选不懈而及于古。"

12. 宋景元（七画）

林景熙《霁山文集》卷五《宋景元诗集序》：

"渚翁（号芹渚）字景元，……在诸舅中意气疏爽，与仆上下议论，一何壮也（按，言其情趣）。"

"或谓翁熏铄忧患（遭际恶劣），必且卑貌孙言，求与时偶，而翁固不然。"（按，既是人品，又是诗风。不同流合污）

按，《四库总目》不载。

13. 汪称隐（七画）

方逢振《山房遗文》之《潇洒集序》先释"潇洒"集名之来历："《潇洒集》者，复心汪称隐之吟卷也。潇洒者何，吾州名也。"

从表面看，是以州名名集，而实质是表现诗人的一种生活态度，一种情趣：子于讲授之外，"余闲率冠者五六，童子六七，徜徉乎逝川之水，涵咏乎舞雩之风（《论语·先进》："冠者五六人，童子六七人，浴乎沂，风乎舞雩，咏而归。"孔子十分赞赏曾点潇洒的生活态度：在沂水边洗洗澡，在舞雩台上吹吹风，一路唱着歌，一路走回来。多么潇洒！）（按，女巫舞而祭天雨。"雩"为旱祭，亦为地名），蝉蜕而春融，籁鸣而机动，即其鸢飞鱼跃，体认其活泼泼者，悠然思，超然览，心领而躬行之，是则吾之所指潇洒者也。"

而此种生活态度，生活情趣，感染其诗风，必然为"淡"，为"奇"，为飞雪层冰之"清"焉。故云：而子之诗"大篇淡而不失之枯，小篇奇而不流于怪。其为人，楚楚洒洒，可见其中之飞雪层冰矣"。

14. 刘悦心（六画）

俞德邻《佩韦斋集》卷一二《刘悦心诗序》：

按，《文心雕龙·时序》只强调了"时运"交替对"文质"变迁影响之一个方面。而文学与时代的关系还有另一个方面，即：正因为文学是现实生活的反映，所以它就成为了时代的一面镜子。通过文学风气之前后的变化，完全可以窥见那个时代的巨大变迁。

《刘悦心诗序》正是通过一个个案的剖析，从理论上完整地阐释了这两个方面的关系。

"刘君仲鼎以累将重侯之裔，生长穆陵（南宋理宗）之朝。当是时，圣明继承，休养生息，年丰俗阜，灏灏（广大）和宁，文物典章，鱼鱼雅雅（整齐）。仲鼎既以得之见闻者，而寓诸歌咏矣。（而后来，经历了）德祐（南宋恭宗赵显）元元之祸，仓皇辟地，颠沛流离，仲鼎复身履之。已而鼎祚变迁，金谷铜驼，莽然荆棘，仲鼎又一寓于诗以摅其愤惋抑郁之思。然则仲鼎其深于诗矣乎！"

按，正因为他的诗反映了时代的巨大变迁，成为时代的一面镜子，故称赞其为"深于诗矣乎"！

以上是一个方面，以下是另一个方面，即时代的变迁影响诗风的变化，说刘悦心诗"夫咏太平也，而不过于谀，闵乱亡也，而又不流于激，以一人之作而《风》《雅》之正变具焉，是岂区区世俗之所谓诗者！独惜其温厚愉怿之辞，一转而为忧思，为感伤，迄不得荐郊庙于隆平，垂典册于久远，是则为仲鼎之不遇也。"（按，其诗风前后之变化，是时代变迁下之必然，也不必有"不遇"之叹也！）

又补充其诗事曰："仲鼎日游其地（按，紫阳，文公之阙里也），日与其徒诵其诗，读其书，论说辨难，贯穿统会，使往圣之绝学有继，而前贤之微言不泯，是正吾仲鼎事。"

15. 仇仁父（四画）

方凤《存雅堂遗稿》卷三《仇仁父诗序》：

"其年甚茂，才识甚高，处纷华声利之场而冷澹生活之，嗜混混盆盎中见此古罍洗，令人心醉。及披其帙，标格如其人，盖得乾坤清气之全者。"（按，认为其诗品与人品一致，"得乾坤清气"）

其溯其渊源，自言："近体，吾主于唐；古体，吾主于《选》。融化故事，往往于融畅圆美中忽而凄楚，蕴结有《离骚》三致意之余韵。"

故方凤评其诗"留情雅道，涤笔冰瓯"。而叹曰："世之人不有知其心，则仁父自知之，余知之，后世亦必有知之者矣。"

16. 汤北村（子文）（六画）

俞德邻《佩韦斋集》卷一〇《北村诗集序》：

"北村汤君子文，山阳人也。……君从韶龄即自濯磨于学问，……机辩敏捷，……逮少长，文声猎猎。……兵燹以来，一再迁，顾色日悴，文日工。"（以上生平）

（君诗）"悯世道之隆污，悼人物之聚散，明时政之得失，吟咏讽谏，使闻者皆足以戒焉。（诗之内容，现实性很强）是岂徒夸病事推敲者之为哉！盖其易直（平易耿直）子谅（慈良，诚信，见《礼记》）之心，闳于中而肆于外者也。（诗风特点）……以见君之诗与古之诗渊然若有合者（继承了《诗经》以来的现实主义传统）。"

按，《四库总目》不载。

17. 纪德纬（六画）

俞德邻《佩韦斋集》卷一〇《纪德纬诗序》：
（其风格特点）"澄澹简易，若不以雕镂锼钚为能者。"
（其风格特点，由其经历及情趣所致）"德纬从少年游江淮，溯沅湘，逾岭适越，凡东南幽奇瑰伟之观，亦既钦（yù）闻而餍见（饱闻）之矣。今又投簪解绂（弃官），恣睢遥荡于铁瓮（铁瓮城，东吴孙权所建，坚固如金城）钟阜（钟山）间，日与德人胜士绸（chóu）今绎古（征引古今），则其进于诗者殆未止也。"

18. 奥屯（十二画）

俞德邻《佩韦斋集》卷一〇《奥屯提刑乐府序》：
"读公之诗，铿铿幽眇，发金石而感鬼神。"
认为此种诗风，与其生活态度、生活情趣密不可分："及造公之庐，几案间闃（qù，寂）无长物，唯羲（太古之人。古人以为伏羲以前的人，无忧无虑，生活闲适。可参陶渊明《与子俨等疏》："自谓是羲皇上人。"）、文（周公）、孔子之易熏炉，静坐世虑，泊如超然，若欲立乎万物之表者。"
当然，因为是为其"乐府"写序，故又及其词之特点："豪宕清婉，律吕谐和，似足以追配数公（按，指坡老、稼轩、遗山等）者。尝试观之，如取骅骝，饰以金镳（马具）玉勒，所谓驰骤于白帝城水云之外，江村野堂，争入吾目，已而垂鞭軃（duǒ，下垂）鞚（kòng，马勒，此言驾控），恣睢凌厉于紫陌间，一何奇也！"

19. 陈梅南（七画）

俞德邻《佩韦斋集》卷一一《梅南诗稿序》评其风格特点：
"君耽心古学，磨砺浸润，极而至于薄《风》《雅》，躏屈宋，虽累数百千言，皆可传也。"

"平澹古雅。"

按，《纪事》卷七十八：方凤，字韶卿，一字景山，婺州浦江人。时称岩南先生。有《存雅堂稿》。

《四库总目》卷一三七：著《野服考》一卷，方凤撰。云："国亡不仕，放浪山泽间，与谢翱、吴思齐（遗民诗人）友善。"评其"野服""自托于宋之遗民，故作此以见志欤"。

又卷一六五：著《存雅堂遗稿》五卷。评云："凤志节可称，所作文章，亦肮脏磊落，不屑为庸腐之语。""幽状悲思，缠绵悱恻，虽亡国之音，故犹不失风人义也。"

20. 孙光庭（六画）

文天祥《文天祥全集》卷九《孙容庵甲稿序》：

"容庵孙先生，早以文学自负，授徒里中，门下受业者，常数十。晚与世不偶，发其情性于诗。"

"先生之为诗，纵横变化，千态万状。"（评其诗）

"先生读书，白首不辍。皇王帝霸之迹，圣经贤传之遗，下至百家之流，闾阎委巷，人情物理，纤悉委曲，先生（皆）旁搜远绍，盖朝斯夕斯焉。是百世之上，六合之外，无能出于寻丈之间也。以一室容一身，以一心容万象，所为容为此（释其号"容庵"之"容"），此诗之所以为诗也。"

"先生名光庭，字懋，居庐陵富川，以诗书世家。今其子惟终（字演之），放情哦讽，为诗门再世眷属。其孙懋（字应角），于文学方翘翘自厉，发矢于持满，流波于既溢，以卒先生为诗之志，诗之道其昌矣乎！"

（祖孙三代，皆能诗。辨祖孙字、名皆为"懋"，犹为不得相混也）

按，《补遗》卷四十七有孙懋，绍兴（南宋初）间人。为孙光庭（字懋，号容庵）之孙，字应角，其父为孙惟终，字演之。不得相混。《四库总目》不载。

21. 萧涛（又作焘）夫（十一画）

文天祥《文天祥全集》卷九《萧焘夫采若集序》：

"予友云屋萧君涛夫，五年前，善作李长吉（贺）体。后又学陶。自从予游，又学《选》，今则骎骎（快）颜、谢间风致。"

按，卷一〇又有《跋萧敬夫诗稿》。《全宋诗》卷六十八有传。孔《续补》卷二十二有传云："敬夫号秋屋。《四库总目》不载。"

《全宋诗》第六十八册第43126页有萧敬夫传，云：敬夫号秋屋，与弟焘夫（号云屋）俱为文天祥客。同死国难。《秋屋稿》不传。

22. 李敬则（七画）

文天祥《文天祥全集》卷一〇《跋李敬则樵唱稿》：

"今李敬则庄翁，于诗太用工力，然犹不敢自以为杰，谦而托诸樵。……君生武夷山下，此晦翁（朱熹）理窟，山林之日长，学问之功深。君非徒言语之樵也，身心之樵，何幸从君讲之。"

按，评其诗虽自谦曰"樵"，实则有朱晦翁"山林之日长，学问之功深"也。《四库总目》不载。

23. 刘芳润（六画）

文天祥《文天祥全集》卷一〇《跋刘玉窗诗文》：

"玉窗刘氏，名芳润，字元方，五云人。"

认为"本朝诸家诗，多出于贵人，往往文章衍裕，出其余为诗"。

认为玉窗"骎骎（参与）于本朝之风气者"，即文章"衍裕"，而以"其余为诗"。故云："予观玉窗，不特工于诗，诸所为文，皆尝用意。"

又评其为人"魁梧端秀"，并不若唐人之穷而后工（于诗、文）。

24. 周汝明（八画）

文天祥《文天祥全集》卷一〇《跋周汝明自鸣集》：
评其诗自有特点，不能替代（但什么特点，未指明）。
"彼此不能相为，各一其性也。"
"予以予鸣，性初以性初鸣。"故谓之"自鸣"。说他"初善为诗，署其集曰：《自鸣》"。予读之能知其"激扬变动，音节之可爱"。（按，这是诗之普遍性，不算个性特点）

25. 胡宣（九画）

文天祥《文天祥全集》卷一〇《跋胡琴窗诗卷》：
"琴窗（字德昭）游吾山，所为诗凡一卷。或谓游吾山，如读少陵诗，平淡奇崛（两种风格），无所不有；或谓读琴窗诗，如行山阴道中，终日应接不暇（仍说风格多样，各显其能）。"
"琴窗善鼓琴，高山流水，非知音不能听。然则观琴窗诗，必如听琴窗琴。"
按，《全宋诗》第七十二册第 45436 页有胡琴窗，但无小传，只录《清江道中》诗一首。

26. 王道州（四画）

文天祥《文天祥全集》卷一〇《跋王道州仙麓诗卷》：
"读仙麓（疑为号）诗，诗材政自满天地间也。杜（甫）太苦，李（白）太放，变踔厉（纵横）憀慓（liáopiào，凄怆），从李、杜间分一段光霁，如《长庆集》中。"（按，仙麓变杜之凄怆，与李之纵横，而能如白居易另辟新境，自成一家）
"仙麓屋九仙（山）下，其骑气御风，风流正自相接。至其当春陵（在今湖北省）龙蛇起陆之际，山窗昼咏，石鼎茶香，微（无）一日改其吟咏之度，是丸倒囊，矢破的，无地不然也。（按，仙麓诗取材自天地间，源流汩汩，无地不然）神人瑞士，其气为清淑者为一，故心常得自律自吕之妙（按，诗人自身修养"清淑"，其诗作自得律吕之妙，政不必鉥心雕肾，如文天祥者）。仙麓此集，宜与《长庆》并行无疑。"

按，《四库总目》卷一六四《文山集》二十一卷云："天祥平生大节，照耀今古。而著作亦极雄瞻，如长江大河，浩瀚无际。"

以为南宋渡后，文体破碎，诗体卑弱，时人渐染既久，莫之或改。及文天祥留意北诗，所作顿去当时之凡陋。

《宋诗精华录》：生时梦紫云，故名云孙。天祥，其字也。宝祐（南宋理宗）乙卯（1255），以字贡，遂改字宋瑞。理宗朝封信国公。文山为吉州庐陵地，为其居处，以自号。

27. 心禅师（四画）

何谿汶《竹庄诗话》卷二十一"空门"引《许彦周诗话》云："晦堂心禅师《初退黄龙院诗》云云，此诗深静平实，道眼所了，非世间文士、诗僧所能仿佛也。"

28. 史宗（五画）

何谿汶《竹庄诗话》卷二十一"空门"引《冷斋夜话》云："有僧史宗，着麻衣，加衲其上，号麻衣道士，坐广陵白士埭（dài，船往来征税之地），讴歌自适。……观其诗句，脱去畛封，有超然自得之气，非寻常介夫所能作。"

29. 吴含灵（七画）

阮阅《诗话总龟》卷四十六"神仙门（上）"引《郡阁雅谈》："吴含灵，江西人也，为道士，居南岳六七年，俗呼为吴猱。好睡，经旬不饮食。……素不攻文，偶作《上升歌》，甚奇绝。……羽化，后有客人于乾祐中在嵩山见之。"

30. 丘舜中女（五画）

何谿汶《竹庄诗话》卷二十二"闺秀"引《西清诗话》：

"朝奉郎丘舜中，诸女皆能文词，每兄弟内集，必联珠为乐。其仲尝作《寄夫诗》云云（"帘里孤灯觉晓迟，独眠留得宿妆眉。珊瑚枕上惊残梦，认得萧郎马过时"），此亦不减班（汉班昭）、谢（晋谢道韫）。"

31. 赵德麟妻（九画）

何谿汶《竹庄诗话》卷二十二"闺秀"引《王立方诗话》：

"德麟既鳏居，因见此篇（《绝句》："白藕作花风已秋，不堪残睡更回头。晚云带雨归飞急，去作西窗一夜愁。"），遂与之为亲。余以为乃二十八字媒也。"

32. 晞发道人（十一画）

何梦桂《晞发文集》卷六《晞发道人诗序》：

"晞发道人诗原于骚（按，骚深于怨），……道人诗盖骚之墨守也，故其诗思远而悲，征而不讦（jié，揭短），而辞称之，诗之所至，志亦至焉，于此可以观道人之所志矣。"

按，认为道人诗不仅"原于骚"，而且又"墨守"骚之传统。而骚诗深于怨，故其诗"思远而悲"。《四库总目》不载。《四库总目》卷一六五著录《晞发集》乃宋遗民谢翱撰，同名的非一书。

33. 陈古庄（七画）

何梦桂《潜斋文集》卷六《陈古庄诗序》：

"古庄，钱塘诗家流也。钱塘多名诗人。……古庄后出，刻厉于诗，……（余）读而喜之，爱之，益信钱塘诗称不苟得。"

"古庄诗如幽闺处女，靓妆绰约，而愁情怨思，间复郁发于妍姿媚态中，美矣！"

按，《四库总目》不载。

34. 徐冰壑（十画）

何梦桂《潜斋文集》卷六《徐冰壑诗序》：

"士生武林（杭州），多攻诗。徐君冰壑，盖诗中一派也。"

"其遣词与思，清炯照人。"

按，《四库总目》不载。

35. 杜竹处（七画）

何梦桂《潜斋文集》卷六《杜学正竹处诗序》：

"竹处杜君，盖少陵耳孙（即仍孙，指远代孙）也。人知少陵之诗在方册，而不知枕中之法，肘后之方，必有世所不传，而君独得之者，是鼻祖之文脉诗派殆私于君，而不可与世之学诗者同日语也。"

"竹处攻于诗者也，其自命犹曰待删，则其之进，岂浅浅所能窥哉？"

按，只是说少陵耳孙，得杜诗"枕中之法，肘后之方"，传"文脉诗派"；但究不知其诗竟有何优处。《四库总目》不载。

36. 吴愚隐（七画）

何梦桂《潜斋文集》卷七《吴愚隐诗序》：

"古括（不知何地）吴君愚隐以诗文相证，读之气劲辞直，至于言议之公，虽亲者不附，疏者不遗，予是以嘉君用志之独如此也。……（谢翱）复谈愚隐，曰：'好义不屈人也。'亦敬之，爱之。"

按，《四库总目》不载。

37. 钱肯堂（十画）

何梦桂《晞发文集》卷七《钱肯堂诗序》：

"肯堂钱君，修谨士也，以其读书余暇发之吟咏，不肯镌心镂肝，以为艰深刻苦之语，其辞气平易似其人。"

按，《四库总目》不载。

《四库总目》卷一六五著录何梦桂《潜斋（何梦桂号）文集》。

《纪事》卷七十五小传：何梦桂，字岩叟，初名应祈，字申甫，淳安人。历仕至大理寺卿，引疾去。至元累征不起，曾作《赠留中斋（留梦炎，宋状元，已降元）归》云："白发门生羞未死，青衫留得裹遗尸。"知其爱国情怀。

《全宋诗》卷六十七亦收录。

38. 高端叔（十画）

楼钥《攻媿集》卷一〇三《高端叔墓志铭》：

（高端叔）"诗三千，杂著五百，号《荼甘甲乙稿》"。

"尝结庐察廉（不知何地），在大小万竹之间，著《万竹先生传》，自言为人达生任性，不拘拘儒者之节；好学而未至于道，好文而不中绳墨，好闲而刳（kū，挖）心于古澹，苦吟而不能自已。"

按，《荼甘甲乙稿》，《四库总目》不载。

39. 安光远（六画）

楼钥《攻媿集》卷一〇三《安光远墓志铭》：

"好为古文，尤工于诗，平澹敷腴，不为艰深之词。每曰：'工夫到处，却无奇特。'有文集二十卷，名《通村遗稿》。"

按，《通村遗稿》，《四库总目》不载。

40. 权巽中（六画）

舒邦佐《双峰猥稿》卷九《真隐诗集序》：

"（靖安释氏子）权巽中与东溪可正平为诗名相齐，人目为'瘦权病可'。……巽中少时澜翻百氏，长无意功名，平生所蓄，皆发于诗。"

引徐师川跋其诗云："巽中下笔，豪特之气，凌跨前辈。（见其诗）……如得李北海字，字外出骨，骨中藏棱。读之者当置轴（放下书）紬绎（引端伸义），想见静坐时也。"

又引洪觉范：（听其诗）"令人骨清气爽，通夕不寐。"

按，僧者，一般特点，都是"骨清气爽"，但权巽中另辟新境，于"骨中藏棱"，其"豪特"凌跨他僧。

41. 释玄觉（十二画）

叶适《水心文集》卷九《宿觉庵记》：

"玄觉师歌诗数十章，……自立证解，深而易达，浅不可测，明悟勇决，不累于生死，盖人杰也。"

按，深不可测，为常道；而"浅不可测"，则蕴含禅机，禅机"深"而易"达"，让人"明悟"，就是特点了。

42. 周会卿（八画）

叶适《水心文集》卷一二《周会卿诗序》：

"周会卿诗，本与潘德久（按，《纪事》卷五十九有传：潘柽字德久）齐称，盘折生语，有若天设，德久甚畏之。"

"会卿常闭门，里巷不相识，居谢池坊，窟山宅水，自成深致。"

按，《补正》引《秋崖小稿文集》（南宋方岳号秋崖有《秋崖小稿》）卷四十三《跋潘君诗卷》："潘德久诗，不宫不商，自成音调。（叶）水心谓：'永嘉言诗，皆本德久'。"

可知德久诗本身影响甚大，并非因周会卿"常闭门"而不被人所知也。

43. 胡文卿（九画）

孙应时《烛湖集》卷一《胡文卿樵隐诗稿序》：

"文卿少独嗜学，举进士不售，而肆其情于诗。当其觅句时，往往忘寝与食，问以家事，瞠目不答。诗则工矣，而家益落，妻孥愠怒，姻族笑且骂之，自如也。"

"所居门瞰湖山，风晨月夕，鸥鹭翔集，樵牧往来，文卿曳杖行吟其间，自视天下之乐无己若者。"

"其诗闲澹清美，与其人境相称。时亦感激顿挫，奇壮可骇愕，知其中自有所抱负，非苟然也。"

按，诗之"闲澹清美，与其人境相称"，解释了诗风之规律性认识。《四库总目》不载。

44. 吴士刚（七画）

陈元晋《渔墅类稿》卷五《跋吴士刚诗》：

"吴士刚父子皆嗜诗，有《樵隐遗稿》，《楚山狂吟》，气豪辞壮，如出一律,亦甚可喜矣。更能于前辈所谓发秾纤于简古,寄至味于淡泊者,涵茹沉浸而放于辞则至矣。"

按,二书《四库总目》不载。

45. 赵公茂(九画)

陈元晋《渔墅类稿》卷五《跋赵寺丞公茂诗》:

"得公茂所寄吟稿,其间佳处窃以为深厚如懒庵,峻洁如紫芝(赵师秀,见《纪事》卷八十五),清切如仲白(赵康夫字,有《山中集》,见《纪事》卷八十五),盖兼儒藻宗英之长乃到此。"

按,将此诗人风格与同时代的某诗人、或前时代(往往是汉魏六朝或唐)某诗人之特点进行比较,以见出同中之异,或异中之同,不失为一种研究的好办法。《四库总目》不载。

46. 柴史君(十画)

程珌《洛水集》卷八《柴史君〈德政诗集〉序》:

"安庆史君《德政诗》也。……蔼然烟云,铿然宫商,其声洋洋,克满淮壖(ruán,水也)。"

按,《四库总目》不载。

47. 吴㢘(厚)(七画)

程珌《洛水集》卷八《吴基仲诗集序》:

"新安吴君㢘,字基仲,笃学嗜文辞,然天资孝友,诚确温恭,乐天知命,恬于势利,退然中古人。"

"君其益务充达,使之宏广,如山之高,如水之深,如日月之升,君之进行于未已也。然君之诗,平淡质实,亦皆践履体察之所形见者。"

48. 吴竹洲（七画）

程珌《洺水集》卷八《吴安抚竹洲集序》：

"器巨者其声庞，量浅者其词薄，才隽而言卓，德厔（厚）而言醇，气馁而言卑，道长而言远。……竹洲抱负不群，志气激烈，思欲提精兵十万直入穹庐，系降王而献厥下，盖一饭不忘也。迨其见之词章，则峭直而纡余，严洁而平澹，质而不俚，华而非雕，穆乎郁乎，有正笏垂绅，雍容廊庙之风。"

按，《四库总目》不载。

49. 丁监黼（二画）

魏了翁《鹤山先生大全文集》卷三六《答丁监黼》：

"古诗见怀，唐韵蔼然，有怀人忧世之意，非但词工味隽。"

按，《四库总目》不载。

50. 坐忘居士房公（七画）

魏了翁《鹤山先生大全文集》卷五一《坐忘居士房公文集序》：

"其为诗婉而不媚，达而不肆，心气和平而无寒苦浅涩之态。"

51. 陈正献（七画）

魏了翁《鹤山先生大全文集》卷五四《陈正献诗集序》：

"公所为诗，宽裕而理，造次仁义，无一毫纂组雕琢之习。呜呼！是岂一夕之致哉！祖宗涵濡之泽，山川清明之禀，师友渐益之功，其根既厚，其叶滋沃。"

按，"祖宗"、"山川"、"师友"，此均"外"部之因素，其"内"必有以也。惜未挖掘。《四库总目》不载。

52. 龚德庄（号达斋）（十一画）

真德秀《西山先生真文忠公文集》卷二七《咏古诗序》：

"德庄所赋，遇得意处，不减二公（杜牧、王安石）。至若以诗人比兴之体，发圣门理义之秘，则虽前世以诗自雄者，犹有惭色也。"

"盖德庄少而学诗，微词奥旨，既以洞贯，而又博（团，满也）参于诸老先生之书，沉酣反复，不极不止。其涵泳久，故蕴积丰；权度公，故美刺审。有本固如是也。"

"悯时忧世之志，亡以自发，则一寓于诗。善善极其褒，冀来者之知慕也；恶恶致其严，冀闻者之知戒也。名虽咏古，实以讽今，此孤臣畎（quǎn，田亩）亩（亩）之心（按，指关心农民、农事）。人见其优游而和平，不知其殷忧愤叹而至于啜泣也。"

按，《四库总目》不载。

53. 河汾王氏（名字不详）（八画）

真德秀《西山先生真文忠公文集》卷二八《日湖文集序》：

"公天资宽洪，而养以静厚，平居怡然自适，未尝见忿厉之容。于书亡所不观，而尤喜闻理义之说，故其文章不事刻画而敷腴丰衍，寔（实）似其为人。"

"自少好为歌诗，晚释政途，优繇（遥）里社，凡岩谷卉木之观，题咏殆遍，真率之集，倡酬逓（递）发，忘衮服（礼服）之贵，而浃布韦衣之欢，又非乐易，君子弗能也。"

按，《四库总目》不载。

54. 林子（八画）

真德秀《西山先生真文忠公文集》卷二九《送林子序》：

"始吾与林子游，得其诗文读之，耸拔奔放，不受羁束，（有）其最奇且赡者……名章秀句，嘻笑辄就，无出吻鸣声之悲，予固知其佳士也。

按，《四库总目》不载。

55. 张甫（七画）

张端义《贵耳集》卷上：

"张冠之，名甫，号易足居士，有文集十卷。多从于湖交游，豪放飘荡，不受拘羁。淳熙间，淮有三士：舒之张用晦，和之张进卿，真之张冠之也。"（按，"舒"、"和"、"真"，皆州之名也）

按，《四库总目》不载。

56. 林性老（桂高）（八画）

赵汝腾《庸斋集》卷五《跋林桂高诗》：

"林君性老，才器英拔，识见深远。……以一编诗遗予于湖山间，读之尽卷，扫除腥腐，吞咀菁华，凌厉高远，骎骎（渐）当与后山相上下。性老又谓予曰：'自得从径坂后，非人之门不登，非礼之馈不拜。'是其甘处枯槁，傲视富贵，则他日之进未可量，何独诗哉？"

57. 徐渊子（十画）

刘克庄《后村诗话》续集卷三（《后村先生大全集》卷一七九）：

"渊子有《竹隐集》十一卷，多其旧作，暮年诗无枣本。此公曾见石湖（范成大）、放翁（陆游）、诚斋（杨万里）一辈人，又材气飘逸，记问精博，警句巧对，天造地设，略不戟人喉舌，费人思索。人品在姜尧章（夔）诸人之上。集中及晚作尤佳。"

58. 陈西轩（七画）

林希逸《竹溪鬳斋十一稿续集》卷一二《陈西轩集序》：

公讳某，字某，兴化人，承议郎，知长乐县。生政和辛卯（北宋徽宗），卒乾道丁亥（南宋初孝宗）。"古今五七言，可与子昂、元结、浩然相上下。"

59. 方应发（四画）

林希逸《竹溪鬳斋十一稿续集》卷一二《方君节诗序》：

"北山（号）趋慕远而抱负大，吟咏之适，古比律为多，骨气见（现）于丰，意态寓于约，不肯寄人篱下，操纵自如，譬之老禅不缚律，譬之粹学（专学）不逾矩，造之必愈深，积之必愈富，则杨（万里）、陆（游）心印（禅语，心相印证），舍我谁属哉？"

按，《四库总目》未载。

60. 陈子宽（七画）

林希逸《竹溪鬳斋十一稿续集》卷一二《陈子宽诗集序》：

"子宽，余乡友（按，今福建福清人）。"

"殊有驰骛陶、谢，凭陵郊、岛之意"。

"长短五七言皆有趣，古与律俱春媚秋明，姿态美矣。"

按，《四库总目》不载。

61. 黄绍谷（十一画）

林希逸《竹溪鬳斋十一稿续集》卷一三《黄绍谷集跋》：

绍谷"年十二即能文，弱冠前后诗集，有名者数种，上追陶、谢，下轧郊、岛，志趣之远，犹及于删前。一家人物超诣如此，诚可爱而敬者。时之名胜随集题品，其推许甚至……。"

按，《四库总目》不载。

62. 傅子渊（十二画）

林希逸《竹溪鬳斋十一稿续集》卷一三《跋〈静观小稿〉》：

先释"静观"名："太极一图，所主者静。夫子言诗曰：'可以观。'子渊学圣门而宗濂洛者，意以是名之。"

"翁之自叙，则因闲观时，因静照物，因物寓言，因言成诗。"

"其词清放，而意闲适。"

"子渊虽以吟事为乐，而观心静定之学，所得者奥。"

按，《四库总目》不载。

63. 赵次山（九画）

林希逸《竹溪鬳斋十一稿续集》卷一二《跋赵次山〈云舍小稿〉》：

"白云以诗名江西，次山，白云之子也。"

"《云舍小稿》步趋陶、谢，而隐然有诚斋（杨万里）之深思。"

"工力到而兴味深。"

按，《四库总目》不载。

64. 黄自信（十一画）

林希逸《竹溪鬳斋十一稿续集》卷二一《适轩（号）黄君墓志铭》：

"筑室以'适轩'名，日夕吟咏其间。"

"潜心经典，大抵以诗发之，故有《适轩吟稿》、《纪行》、《游湘》、《游岳》诸集，余尝及见其半，为之跋矣（按，时人仅见其半，可知全部著作未流传）。今存一千六十八首，无非输写己意，略不蹈践古人。"

按，《四库总目》不载。

65. 黄元肇（十一画）

徐经孙《矩山存稿》卷三《黄元肇〈江山风月阁诗〉序》："元肇家传山谷之印，见闻文献，与他人殊；而游目骋怀，又有江山风月之妙。"

"一燕息顷，因水上之风（按，"江山风月"，乃黄元肇燕息之地）而识天下之至文，因月林有影而悟容光之必照。庶乎与天地同一清明，而不独以嘲风弄月为得江山助矣！"

按，江山风月，陶冶其性灵，使其诗风具江山风月之"清明"，不单是嘲风弄月而已。

《四库总目》不载。

66. 杜濠州（字世兴）（七画）

居简《北磵集》卷七《跋杜濠州诗稿》：

评其诗"诗则清深秀整，不为斩绝刻削，澄渟涵蓄，驰骤作者阃奥（精微境界），人谓白眉最良。间关戎马间，悲歌慷慨一昌于吟，崭然行辈中，落落不谐俗，朣朣（朦胧）云锦，莫知其几。"

按，三国蜀汉马良兄弟五人并有名，尤以良最。良眉有白毛。乡里谚曰："马氏五常（五人皆以"常"为字），白眉最良。"

《四库总目》未载。

67. 伟屏岩（六画）

王柏《鲁斋王文宪公文集》卷二《题屏岩诗卷》：

"有伟屏岩稿，温淳撷众芳。波澜虽未阔，骨骼已先张。尽扫江湖气，且无蔬笋香。若参诗本旨，却恐费商量。"

按，《四库总目》不载。

68. 汪功父（七画）

王柏《鲁斋王文宪公文集》卷九《汪功父〈知非稿〉》：

"吾于功父之诗，似觉微有此气骨（按，指"平澹闲雅"），若充之以学，庶此气骨开张完固，而骎骎乎成矣。"

按，《四库总目》不载。

69. 邵絜矩（七画）

王柏《鲁斋王文宪公文集》卷十一《跋邵絜矩诗》：

"词平则真力见，音澹则古意完，是犹不失诗之正气。于此可以观世变矣。横渠曰：'置心平易始知诗。'此难与今之诗之言也。"

按，"今之诗"，指南宋末年那种一味雕琢而不顾内容（专指"世变"）之诗。

70. 默成（十六画）

王柏《鲁斋王文宪公文集》卷十一《跋默成诗卷》：

"默成此诗，笔豪气逸，归宿有味，非特一时题咏而已。此所以为可敬也。"

71. 潘竹真（十五画）

王柏《鲁斋王文宪公文集》卷十一《跋潘竹真四尖词》：

"竹真以扛鼎之笔力，游戏题咏，张皇幽眇，华彩四尖，使人畏避不敢逼视。"

"漏泄（走漏）一段风雅于二三君子，以发鸿音振古之閟（秘），而反严号令戒坚壁。"

72. 孙雪窗（六画）

赵孟坚《彝斋文编》卷三《孙雪窗诗序》：

"鸳湖（不知何地）雪窗孙君志古工吟，持编过访，嘉其体备而不时世妆也，……雪窗其感而寓兴以有韵之文，春容大篇，《北征》、《庐山高》其行辈乎？精密简短，《秋浦》其流丽乎？载扬古风，一洗靡习，吾其望子！"

按，以李白、杜甫相比，不免高抬乎？雪窗，疑其号。名、字不详。

73. 陈大经（七画）

李昴英《文溪集》卷五《题三衢陈大经诗卷》：

"陈君自号岫云，所以寄萧闲之趣，非以是状其诗也。而澹乎物表，纳宇宙之大，于胸次吐之，成韵自然，清绝不尘。"

按，以"清"对"尘"。可见在宋人的审美视野中，不清者，即恶浊，即鄙野，即尘俗。

"清"，是宋人诗学的核心价值观念，是评判优劣的标尺。

74. 潜仲刚（十五画）

道璨《柳塘外集》卷三《潜仲刚诗集序》：

"仲刚生长藕花汀洲间，天地清气固以染其肺腑，久从北涧（赵紫芝）游，受诗学于东嘉赵紫芝，警拔清苦，无近世诗家之弊。"

按，前斥"近时诗家艳丽新美如梅花舞女，一见非不使人心醉，移项则意败无他，其所生出者有欠耳"。可与此相比照。

75. 营玉涧（十一画）

道璨《柳塘外集》卷三《营玉涧诗集序》：

"予友莹玉涧早为诸生，游场屋数不利，于是以缁（代指僧）易儒，胸中所存浩浩不可遏，溢而为诗，本之礼义以浚其源，参之经史以畅其文，游观远览以利其器，反闻默照以导其归由，千煅万炼以归于平易，自大江大河而入于短浅，轻不浮，巧不淫，肥不腴，癯不瘠。吾是以知有本者如是而非前所谓不学者所能也。"

76. 释雪屋（十二画）

道璨《柳塘外集》卷三《韶雪屋诗集序》：

"乾坤清气尽入其手，无怪乎诗之清而活也。"其《兔园集》诗"清不癯，活不放，黎然有当于人心"。

认为近日诗家大病"清之失也癯，活之失也放，此近日诗家大病。无他，学不胜才，气不胜识，理不胜词"之故。

按，《四库总目》不载。

77. 陈舜民（七画）

欧阳守道《巽斋文集》卷八《陈舜民诗集序》：

"知诗者一口曰：'舜民诗平易自得噫。'亦所谓治世安乐之音也，予独为舜民喜也。"

"平易自得如舜民诗，亦可以甚幸其所遇矣。诗之为诗，既可以观所遇，又可以召方来，宜吾于舜民甚幸之也。"

78. 李云卿（七画）

欧阳守道《巽斋文集》卷一一《又题李云卿诗卷》：

"予见诗人多作穷愁羁旅之语，或所遇本不然，而尤寄托以致其思，诗必如此而后工耶。"

"云卿之诗不然。……尽卷读之，能使予心宽舒怡愉，如得美食甘寝。"

按，《四库总目》不载。

79. 刘相岩（六画）

欧阳守道《巽斋文集》卷一二《刘相岩诗序》：

"刘君相岩，年少气壮，容貌轩轩，望而知其非平凡人也。其诗思致幽洁，如在山平水远，鸟啼花落间，不见酒酣气张，悲愤激扬之态。"

80. 柳月涧（九画）

卫宗武《秋声集》卷五《柳月涧吟秋后稿序》：

"老友《月涧吟集》行于江湖，前编固已隽永人口，所刊后稿视昔愈胜。虽不无时花美女之艳，而自有高山流水之雅，约有五六言一二韵，亦造精深。吾乡（按，华亭，今上海松江）之士能以声韵之文鸣于时者也。"

"今以篇章参校互考，非但得其筋骨，而精神风采具有之矣。……虽置之唐人集中，不谓之唐可乎？"

按，《纪事》卷七十六、《全宋诗》第六十七册皆有柳桂孙号月硐，《补遗》卷九十一亦有柳月硐（有补诗，无传），"涧""硐"不同，又无《吟秋后稿》，疑非一人。

又，唐即唐，宋即宋，动辄以唐绳宋，不亦钝乎？

《四库总目》不载。

81. 钱竹深（十画）

卫宗武《秋声集》卷五《钱竹深吟稿序》：

"及阅，已刻之编，亦多仿唐，……尝熟味而细评之，其气萧瑟，其色碧鲜，其容婵娟。声琮琤如鸣泉，济济如君子，昂昂如丈夫，……使肆诸外而融于笔端，其精到绝俗，又讵可量哉？"

按，《四库总目》不载。

82. 刘药庄（六画）

卫宗武《秋声集》卷五《刘药庄（疑为号，字不详）诗集序》：

"窃窥所作，古体胜五言，五言胜七言，纵未能方驾前修，亦几近之。倘步骤古作，益加刻厉，则追踪于许浑、贾岛，可以及鲍、谢，殆无难者颜。"

按，不仅以唐绳宋，而且所谓"唐"，也仅限于晚唐几个人，更偏仄了。

钱锺书《谈艺录》（第452页）指出："明人言'唐诗'，意在'盛唐'，尤主少陵；南宋人言'唐诗'，意在'晚唐'，尤外少陵，此其大较也。"

83. 陆象翁（七画）

卫宗武《秋声集》卷五《陆象翁候鸣吟编序》：

"袖出巨编，至于三四，其间芬芳翘楚秀句层出，……察其所以，则自其志于诗也。孜孜切切，凡物象事，为之所感触，忧愤欢虞之所陶写，唱酬题品之所发，以至飞潜鸣跃天条华实，假之以程形取象，而试其巧，课其能者，吻之呻吟，手之推敲，心腹肾肠之掐触，靡有一日之停，一刻之怠，特其念虑、无鸿鹄之将至，而犹承蜩者之唯蜩翼是知，则夫成功之敏，岂不由志之专与是则然矣。"

"苟志之徒立，而学不足以传其成，则浅陋鄙俗，亦奚足观，盖其嗜学也有素。淹贯于经史，博综于群籍，至虞初稗官等书亦无不阅，阅必强记弗遗，而所专攻则在于三百五篇。……学知务其本矣。吐辞成文，则柯叶畅遂，英华敷舒，自不容掩。其思之涌，则若泉浚，其滔滔汩汩，来不可御。……日新又新，功深力到，又将薄《风》、《雅》而集大成。"

"象翁志高学茂，才识过人……华亭鹤唳，复振清响。"

按，《四库总目》不载。

84. 张石山（七画）

卫宗武《秋声集》卷五《张石山戏笔序》：

"石山（疑为号，但名、字不详）张君以雄辞杰作驰骋场屋，而敛其锋锷于吟咏，集以成编，名以戏笔。夫以宇宙间事事物物，牢笼于胸次，顿挫于毫端，以之簸弄娱悦撝诃嘲笑美刺抑扬，一惟吾意，可谓善于为戏者矣！然观长篇短什，若霭霭春云之多态，迢迢秋水之无涯，皆匪率然之作，是果戏笔能之乎？"

按，《四库总目》不载。

85. 秋岩上人（九画）

卫宗武《秋声集》卷五《秋岩上人诗集序》：

"上人颖然为丛林之秀，于研精宗旨冥心观想之暇，而独嗜吟。"

"虽春容之篇，淋漓之笔，未及遍阅，而五言七字尝鼎一脔，句意清圆，而疏越骎骎（渐渐），迫近前辈，亦今盆盎之罍洗也。"

"及夫造微入妙，超诣乎冲澹之境，沉乎太虚之不可控搏，杳乎真空之不可拟议，斯集乎诗之大成，而非区区事物可得而名言矣。必如是，后谓之能诗，上人此编将以耀今而垂后也。"

按，"清圆"，乃僧诗之共性；而"疏越"则为上人之个性特征。非"清"可一言以蔽之也。《四库总目》不载。

86. 赵师干（九画）

卫宗武《秋声集》卷五《赵师干在莒吟集序》：

"及得其所集吟章，谛观熟玩，输写其流落患难无聊之情，而怡然有恬愉闲雅之度，如《书怀》、《纪梦》、《寄友》等篇，莫不理趣幽远，其味悠然以长，几迫古作，非胸中有书者不能为，亦非浅之为章句者所能到也。"

按，赵氏皇家之裔，"诗"字辈诗人多矣。《全宋诗》录13人。而师干未入列？

《四库总目》不载。

87. 陈南斋（七画）

卫宗武《秋声集》卷五《陈南斋诗序》：

"南斋，台人也。台山万八千丈之峻拔雄秀，钟于气禀。游于吴，而观诸海，茫洋澎湃，不知几千万里，日月风云之吞吐，鼋鼍蛟龙之出没，珠宫贝阙之变衔，有无尽揽，而得之眉睫，融之胸次，当肆而长吟巨篇，卓荦宏伟，如李、杜、欧、苏等作，岂但琐琐局缩于贾岛、许浑声律俪偶之句而已乎？"

按，贾岛，许浑声律俪偶，乃南宋诗流学晚唐之流弊。陈南斋能突出其藩篱，成"卓荦宏伟"之长吟巨篇，乃出污泥而不染也。《四库总目》不载。

88. 李黄山（七画）

卫宗武《秋声集》卷五《李黄山乙稿序》：

"吾友李黄山，儒林之秀，文场之雄，敛进取之辞藻归于吟咏，而一章一句俱非草草之作，步骤古先，横驱远骛，而直欲追及之，非才之良学之洽不能也。"

"黄山乙稿长言居多，而歌行辞引古诗之流，一仿前代作者，体裁气象往往逼真，盖其博学强记而才思又足以发之，故为辞疏达而幽深，宏肆酝藉，古体理胜，近体语新，而古乐府尤工，何异贯累累之珠，屑霏霏之玉！昔人之所难全而可兼而有之矣，非有三千首五千卷融贯胸次而溢出焉能至是哉？"

按，陆机《文赋》所云"石韫玉而山晖，水怀珠而川媚"，李黄山之个案是一说明。

89. 林丹岩（八画）

卫宗武《秋声集》卷五《林丹岩吟编序》：

"畏友丹岩自冷泉一绝，隽永人口，而诗声震撼南北，是特囊颖之露耳。及得全稿而玩绎之，如入积玉之圃，而瑰奇错出，眩目洞心。律五言七言追唐，拟古近选，而长篇有三峡倒流万马奔轶之势，合众美而兼擅之，伟作也。盖其于经子传记历代诗文，以至九流百家，稗官野史，靡不诵阅，腹之所贮，手之所集，殆成笥而成栋矣。肆而成章，皆英华膏馥所流溢，而尤善于用，故自不得不喜也。"

90. 刘正仲（六画）

卫宗武《秋声集》卷五《刘正仲和陶集序》：

"刘正仲自丙子乱离崎岖，遇事触物有所感愤，有所悲忧，有所好乐，一以和陶自遣。其体主陶，其意主苏（按，苏轼和陶诗"和陶而不学陶，乃真陶也"），特借题以起兴，不窘韵而学步。于流离奔避之日，而有田园自得之趣；当偃仰啸歌之际，而寓伤今悼古之怀，迫而裕，乐而忧也，其深得二公（陶、苏）之旨哉！"

按，和陶，有二种：一种和陶、拟陶，结果死在陶的窠臼里；一种和陶而不拟陶，从窠臼中跳脱出来，形成自我特点，学而活矣。

91. 张仲实（七画）

方回《桐江集》卷四《跋张仲实诗》：

"南湖（按，张镃号南湖）从侄孙仲实君，年甫二十五，示余《采菊吟卷》凡三十首，……细润清密，淡而有味。"

"仲实之名曰榠，其书室曰菊存，……诗友数十人，皆湖海盛绝。"

牟巘《陵阳集》卷一二《张仲实诗稿序》：

"仲实生王侯家，不有其富贵，力学自课，……肆意于诗间。"

"仲实迈往不群，天分高而笔力胜，不肯稍从时尚，必期于简洁深稳而后止。"

"凡诗之病既尽去，而活法精意，高情雅韵，亦可得而见焉。"

按，《四库总目》不载。

92. 俞好问（九画）

牟巘《陵阳集》卷一二《俞好问诗稿序》：

"俞君好问，日以吟哦为事，……佳句层出，不务为深刻噍杀，自有法度，读之犹能使人喜，岂不足陶写性情哉！"

93. 缪淡圃（十四画）

牟巘《陵阳集》卷一三《缪淡圃诗文序》：

"合沙缪君，自号淡圃，风骨整峻……及睹其诗，乃更清婉，意以韵胜。讽之而有遗音，挹之而有余味。风味蕴藉如此，非唐（诗）乎？"

按，"遗音"、"余味"、"蕴藉"，皆为"韵胜"。

又卷一七《跋缪淡圃文集》：

"合沙（地名）缪仲晦（字）甫（名），自号淡圃。能得天地间至清之气。淡于进取，淡于声利，淡于嗜欲。顾独耽书。胸次三万竿皆取英咀华，拔新领异，绝畦径而为文。"

余观其文，"如明珠大贝，潜深闭幽，光景时见，而有卓荦者存；如清湍急流，枞金戛玉，音节悲壮，而有逶迤者存；如晚菊寿梅，凌雪傲霜，意象凄凉，而有芳烈者存。真老于文学者也。"

94. 唐师善（十画）

牟巘《陵阳集》卷一三《唐月心诗序》：

"唐师善自号月心，旧时举子，业修而学博，去为诗人，诗尤工。世人往往苦心竭蹶，求合唐诗，而卒不近。师善则优为之。句意至到，音节谐美处，活脱唐诗。……参（陈）简斋之语（陈简斋亦欲学诗者，以唐诗掇入少陵，步骤绳墨中，大抵句律是尚），千古一月，当印此心。"

按，月印此心，系指以唐诗掇入少陵，以为学诗畦径。《四库总目》不载。

95. 高景仁（十画）

牟巘《陵阳集》卷一四《高景仁诗稿序》：

"（景仁）自谓平生刻意于诗，既去其谐俗者，又去其乏和平之韵者，所存者仅十之二三焉。何其择之精也！"

"景仁天藻渲发，盖异时举子之雄。一旦敛芒锷，束绳墨以为小诗，岂其所甚难？然犹仡仡（yì，勇）用力如此，景仁其亦知恬澹之难，而又欲造乎和平之极致焉耳。"（"夫和平之词，恬澹而难工。非用力之深，孰能知声外之声、味外之味，而造夫《诗·颂》之所谓'和且平'者乎？故精能之至，及造和平，此乃《诗》之极致也。"）

"今观其诗，金石相宣，盐梅相济（按，可得"味外之味"），大抵皆出于和平，诗之进，德之验也。"

按，《四库总目》不载。

96. 梅方（十一画）

牟巘《陵阳集》卷一四《怡云说》（按，梅方有《怡云》诗）：

"师居浮云之山，其心漠然无所起，其容淡然无所滞，其意怡然无所忧。其诗盖亦似之，不划刻，不推敲，不鉥心而擢胃，信乎有得于怡云者也。……予笑曰："然。子之诗曰'山好野云多'，高卧白云，归而求之可也。此真用意会心句也。他日见芗林，不妨举示。""

97. 金拱之（八画）

牟巘《陵阳集》卷一七《题毗陵所吟》：

（金拱之）"诗中多及宫府承平风物，所谓欢愉之辞也。于其难工者（按，韩愈所谓"欢愉之辞难工，愁苦之辞易好"）而工之，无他，恬澹之气常存乎胸中，纷华外物不得而诱故也。"

98. 恩上人（十画）

牟巘《陵阳集》卷一七《跋恩上人诗》：

"上人有诗千百首，自号断江，声价喧传远近。……不过千百首中之一二，已为奇特。大率不疏笥，不葛藤，又老辣，又精采，而用字新，用字活。所谓诗中有句，句中有眼，直是透出畦径，能道人所不到处。想当来必从悟入，非区区效苦吟生，鉥心挢胃，作为如此诗也。……不知是诗、是禅、是习、是悟、是外、是内耶？"

按，末六"是"字，直击僧诗之灵魂处。

99. 裴晋公（十四画）

叶梦得《避暑录话》卷上：

"裴公（名、字不详。"晋"疑为封号）固不特以文字名世，然诗辞皆整齐闲雅，忠义端亮之气，凛然时见，览之每可喜也"。

100. 王次卿（四画）

周紫芝《太仓稊米集》卷五一《溪文集序》：

"吾友王次卿好学喜文，尤长于诗。其为诗，如江平风霁，微波不回，而汹涌之势，澎湃之声，固已隐然在其中。其为人似其为诗，平居言笑乐易，与人和柔，未尝一失颜色；而其泾渭白黑，自有胸次，不肯略毫发于人。"

"绍兴七年秋九月，学佛者宗毅出其遗编以示仆，得诗若干、文若干，总三百七十有九首，……（宗）毅少学于次卿。"

按，《四库总目》不载。

101. 惠先觉（十二画）

施德操《北窗炙輠录》卷上：

"惠先觉最为东坡、米元璋所礼，甚为朴野，布衣草履，绳棕榈为带……"

"先觉诗浑然天成，无一毫斧凿痕，雍容闲逸，最有唐人风气，但七言殊未称，盖学力未至耳。"

102. 微上人（十三画）

李弥逊《筠溪集》卷二一《跋微上人〈径山赋〉后》：

"微上人作《径山赋》，浏亮工体物，杂取众言，苦不见瑕颣（lèi，疙瘩），更能以古为师，遣词严平，立意深切，置之才士述作中，孰知其为僧语。"

按，僧诗与一般诗之不同，就在于其"僧语"。没了"僧语"，就没了僧诗。

《全宋诗》第十九册有微禅师，疑为一人。"上人"与"禅师"均为对僧人的不同称呼。

103. 林时敷（又作勇）（八画）

李弥逊《筠溪集》卷二二《舍人林公时勇集句后序》：

"介翁（号）深于诗，不自立户牖，其欣于所遇，悲于所感，赋事体物，酬饯赞赠，一取它人语而隐括之。章成，千态万状，贯穿妥帖，不见罅隙，皆足以发难显之情。至其奔放曲折，莫可排障，浩浩汩汩，行于地中，是岂章句士所能为哉！"

"介翁敏博而文，读书过眼辄诵，自著及训解，卷百有奇，煨烬之余，唯此稿存。"

"其受才廓达雄骛，大而难用，立朝不避怨嫉，宦不遂，抱其蕴以死。"

按，《四库总目》不载。

104. 李觌（七画）

吴曾《能改斋漫录》卷十一《记诗》：

"李觌，字子范，袁州人。元丰二年，以特奏名，推恩尉吉州太和县。时豫章（黄庭坚）先生为令，赠之诗曰：'乃兄自是文章伯，（其兄为李觏，字梦符。《纪事》卷十六自《漫录》有小传及诗）之子今为矍铄翁（按，《后汉书·马援传》帝称赞马援为此翁）'。"

按，《四库总目》不载。

105. 曾宗元（十二画）

龚明之《中吴纪闻》卷二《曾大父》：

"曾大父，讳宗元，字曾之，自幼颖悟绝人，读书于虎丘寺，昼夜不绝。举进士，为乡里首选，继登天圣五年第，主杭州仁和县簿。……尝通判衢、越二州，终都官员外郎，葬南峰山。有文集十卷，号《武邱居士遗稿》。子程、孙况，具擢第。"

"曾大父善作诗，……尝以所业投范文正，文正曰：'子之文温厚和平而不乏正气，似其为人也。'世以为确论云。"

按，《四库总目》不载。

106. 李晋寿（七画）

李石《方舟集》卷一〇《李晋寿诗叙》：
"吾兄晋寿盖豪于气者也，其发为语言文章，充然肆，毅然立，沛然不可御。……非世之所谓穷人之诗也。……吾晋寿则有不穷者，迫之以事而不乱，怖之以威而不夺，所谓刚大之气浩然盘结胸次。盖学道君子也。晋寿抱负所学，困于场屋，老得一官，为诸侯重客，而经济功名之念，慷慨睥睨，未尝一日忘之。"

按，《四库总目》不载。

107. 许总卿（六画）

王之望《汉滨集》卷一《和许总卿》：
"句如星斗烂，气与云天杳。词藻倒三江，倾泻何时了。"
"观公惊俗句，更觉岷山小。短章锋斩绝，大篇气深杳。"

108. 制帅（八画）

王之望《汉滨集》卷一《次制帅和前韵再和》：
"出尘秀句若霞摘，走笔豪篇逾响赴。……力扛九鼎更妥帖，胸蟠万卷森差互"。

又《和制帅》：
"来诗忽作蛟龙吼，三日能令两耳聋。"

又《和制帅》：
"学有渊源流不竭，诗如珠玉价难酬。词章怪底犹雄健，棠荫曾联柳柳州。"（见《诗·召南·甘棠》喻良吏政绩）

《又和》：
"已向诗坛称独步，……要将李杜与名齐。"

109. 李宪仲（七画）

周辉《清波杂志》卷八引东坡为作悼诗（按，出自《苏轼诗集》卷二十五《李宪仲哀词》）：

"后生有奇骨，出语已精悍。
萧然野鹤姿，谁复识中散。"

按，李宪仲为李廌父。《纪事》卷三十二有《李廌传》，卷六十有《廌孙李大方传》。

110. 施渊然（少才）（九画）

杨万里《诚斋集》卷七七《施少才〈蓬户甲稿〉（按，《四库总目》不载）后序》：

"《蓬户甲稿》者，吾友生蜀人施渊然少才之文也。""腴乎其有文""琅乎其有诗。……闭焉而不有觏（不显不露），市焉而不以亟（不急不躁，稳），施子之为人则然，诗文云乎哉！"

111. 冯颀（五画）

《诚斋集》卷七八《双桂老人诗集后序》：

"读双桂一编之诗，吾甚爱之。"
"其清丽奔绝处已优入江西宗派；至于惨澹深长处则浸淫乎唐人矣。"
"子长名颀，洛人，今居严陵之双桂坊，为江川道判云。"

按，冯颀，字子长，号双桂老人。《四库总目》不载。

112. 胡公武（九画）

《诚斋集》卷一二八《胡英彦墓志铭》：

"澹庵先生胡公……其宗族家庭俊茂尤角立。其好学刻深，厉操清苦，克肖先生者，犹子英彦也。英彦讳公武……性嗜文，尤工于诗，其句法祖元白而宗苏、黄，追琢光景，绘事万汇，金春玉应，山高水深，独造其极"。

按，名公武，字英彦，号学林居士。

113. 段延龄（九画）

王正德《余师录》引张芸叟曰：

"关中前辈有段延龄者，始见于皇祐、嘉祐间，与姚嗣宗游。为文法欧阳永叔，气格范模，似是深切，好事者有所不能辨。其言汪洋浩博，从容浏亮，敛而蓄之不可测其深，决而放之不可穷其远，若春夏之敷华，秋冬之闭藏，时亦有顿挫拂郁裂眦冲冠不平之气，大抵取唐人之精华集而为己用。"

114. 杜泽之（七画）

王正德《余师录》引王履道作《鄄城杜泽之诗集序》：

其诗"精深婉约，华而不绮，清而不癯，刊陈而趋新，出险而掇奇，人所甚啬，而公独裕。然拟古诸篇，尤得唐人格法。至于贯穿该洽，熟复殚尽，则前辈长老多闻博识之风，犹可想见"。

"盖公自熙宁（北宋神宗朝）中擢进士第，及与先生长者游，至老手不释书，平居作诗不一日辍。"

115. 陈梦锡（七画）

陈造《江湖长翁集》卷三一《题月溪辞后》：

"吾宗梦锡公养高行意，傲睨人士，若不可挹而扳之，其文高古简淡，称其所为。见于长短句，则婉丽丰嫩（美），音谐字帖。"

按，《四库总目》不载。

116. 赵子野（九画）

陈造《江湖长翁集》卷三一《跋赵子野诗卷》：
"晚乃得赵子野诗，读之，予敬且服焉。"（其诗）"清峻而丰腴，丽雅而精粹，其调度功力，排戛顿挫，沉着恢托，诗所应尽有之。"

117. 林景思（八画）

楼钥《攻媿集》卷五二《雪巢诗集序》：
"雪巢（疑号）林君景思，行谊高洁，骯髒（高亢刚直）不与世合，环堵萧瑟，忍穷如铁石，一郡人士称重之。读其诗，恍然自失，愈叩愈无穷。身虽未达，而以诗闻于诸公间。"

"君诗出入古今作者门户，善备众体，二公极力称道，犹有未及者。诗之众体，惟大篇为难，非积学不可为；而又非积学所能到。必其胸中浩浩包括千载，笔力宏放，间见层出，如淮阴用兵，多多益办，用变化舒卷，不可端倪，而后为不可及。"

按，《四库总目》不载。

118. 李才翁（七画）

楼钥《攻媿集》卷五二《静斋（号）迂论序》：
"才翁学有本原，又自刻厉，文章日高，兼备众体。"
"益取经史百家读之，以昌其诗，以大放于文。"
"素安贫约，粗给即止。"
"贯穿今古，多识前辈行事，清谈亹亹，听者忘倦。"

按，《四库总目》不载。

119. 张武子（七画）

楼钥《攻媿集》卷六九《书张武子诗集后》：

"人物高胜，笔力可畏。……天资绝高，少以流寓名荐书，文已怪怪奇奇。或诮之，笑曰：'吾宁僻无俗，宁怪无凡。'此意卒不变，然亦以此不偶。闲居好与诸禅游，佛日宏智皆入其室，颖悟超卓，学亦与之大进。结交老苍，闻见多前辈事，听之使人忘倦。"

"闭门读书，室中无一物，凭案开卷，经日凝然。性虽嗜诗，未尝轻作，或终岁无一语，故所作必绝人。"

"其清丽粹洁，上参古作，旁出入禅门，寄兴高远，遽读之或不易之，而中有理窟。"

按，《四库总目》不载。

120. 唯己（十一画）

文同《丹渊集》卷二五《拾遗下·重序九皋集》评：

"（唯己，仇姓，字亚休）温纯谨愿，含蓄意思，诚钟磬埙篪之雅韵，鸾凤虎豹之奇采，其春容彪炳不假于他，而一出于自然矣"。

按，《全宋诗》已录诗僧743人。仍不免有遗佚者。见出宋代诗僧之多与僧诗之胜！

121. 柳师圣（九画）

孔武仲《宗伯集》卷一三《柳师圣诗集序》：

"其为人也，简易质直，学无所不窥，而尤喜为诗。"

"（其诗）语益丽，气益清。其缀绩纤巧，发越雄健，如错布绘绣，间奏金石，使玩而听之者愈久而不厌焉。"

"君于世俗之所争一无所好，而独以古道自求于恬淡寂寞之间，辛勤白首，志益不倦。其所到，岂易量哉！"

按,《四库总目》不载。

122. 傅野（十二画）

吕南公《灌园集》卷二〇《傅野墓志铭》：
"君傅氏讳野，字亨甫，幼有节操，屹然慕古豪杰风，……君辞高古，于诗最奇崛。"
按,《四库总目》不载。

123. 石起（五画）

晁补之《鸡肋集》卷三四《石远叔（字，魏人）集序》：
"远叔又倜傥有美才，自童子时为词赋，则已绮丽。……其所为诗文，盖多至四百篇，其言雅训，类唐人语，尤长于议论酬答，思而不迫。"

124. 吴孝宗（七画）

吴曾《能改斋漫录》卷八《韩退之学文而及道》：
"（吴）子经名孝宗，欧阳文忠公尝有诗送吴生者也。荆公（王安石）与之论文甚著。""子经《法语》曰：'古之人好道而及文，韩退之学文而及道。'"
按，吴氏，北宋时人。《四库总目》不载。

125. 彻上人（七画）

惠洪《石门文字禅》卷二五《题彻公石刻》：
"彻上人诗，初若散缓，熟味之有奇趣。字虽不工，有胜韵。……公虽游戏翰墨而持律甚严，与道标、皎然齐名。"

126. 良玉（七画）

龚明之《中吴纪闻》卷一《梅圣俞与僧良玉诗》：

"崑山慧聚寺僧良玉，字蕴之。僧行甚高，旁通文史之学，又善书工琴棋。因游京师，梅圣俞见而喜之。以姓名闻于朝，赐以紫衣。……后潜遁故山，专以讲经为务，号所居曰'雨花堂'。"

按，苏轼与陆道士对话，论僧诗特点（陈善《扪虱新话》上集引坡《陆道士墓志铭》云："子神清而骨寒。其清足以仙，其寒亦足以死。""清"、"寒"二字囊括无余。

按，《宋诗纪事》卷九十一至卷九十三凡三卷录诗僧240人。

《宋诗纪事补遗》卷九十六、九十七凡二卷录诗僧110人。

《宋诗纪事续补》录诗僧333人。

《全宋诗》录诗僧743人。

127. 葛和仲（十二画）

葛胜仲（和仲弟有次仲字亚卿，胜仲字鲁卿。胜仲为葛立方父）《丹阳集》卷八《中散兄诗集序》（按，和仲，字尧卿，号虚室先生，右中散大夫，集名以官称）：

"其诗粹清而气壮，平淡而趣深。"

按，《纪事》有其弟次仲、胜仲之诗及小传，独不录和仲。《全宋诗》亦无。《四库总目》亦不载。

128. 刘渊材（六画）

惠洪《冷斋夜话》卷八：

"渊材游京师贵人之门十余年，人皆前席。其家在筠之新昌，其贫至饘（zhān，稠粥）粥不给。"

"渊材喜见眉须，曰：'吾富可敌国也。汝可拭目以观。'乃开橐，有李廷珪墨一丸、文与可竹一枝、欧公《五代史》草稿一巨编。"

又卷九：

"刘渊材迂阔好怪。"

按，《四库总目》不载。

129. 毛麾（四画）

赵与时（旹）《宾退录》卷二：

"（毛）麾字牧达，平阳府人，有《平水老人诗集》十卷，行于虏境，榷商（商榷）或携至中国。余偶得一帙，可观者颇多。"

按，《宋诗纪事》、《全宋诗》无此人。《宋诗纪事补遗》卷八十八据《祥符县志》补得《过龙德故宫》一诗，而无传。

130. 一山魁（一画）

方回《桐江集》卷一《僧一山魁〈松江诗集〉序》：

"唐僧诗韩吏部门无本第一，……极其味之苦。宋僧诗苏玉局（按，轼）门参寥第一，……极其味之淡。苦也，竭力而追之者也，……淡也，适意而迎之者也。"

"吴僧魁公诗，合（贾）岛苦参（寥）淡而一之，苦如定，淡如慧，定非劳，慧非逸，至其得也，无不天圆。"

"魁集（按，指《松江诗集》）姑评其五言律，偶联皆极其味之苦，结句皆极其味之淡。矩斯规斯，精搜髓索。"

"即打包捨天台（山）庐阜（山）之旧，北走齐鲁燕赵，南逾襄汉广闽，西涉巴蜀秦陇，眼界廓而足迹阔。岂无今代韩、苏，为今日僧诗第一，与之为不朽哉！"

131. 王尧臣（四画）

方回《桐江集》卷四《跋王尧臣君谨诗》：

"王君谨古乐府见教数十篇，有张籍、王建之风，追近李贺。"

"君谨名尧臣，……家真定。"

"奇才也，下笔如有神。"

132. 王隽父（四画）

方回《桐江续集》卷三三《柳州教授王北山诗序》：

"予友王隽父（字）国杰，比为柳州教授，卒年四十八，……隽父藏修之所曰北山（因此为号并名集）。"

"众谓北山诗典雅庄重，如被端冕入宗庙。"

133. 王达善（四画）

舒岳祥《阆风集》卷一二《跋王达善烧痕稿》：

"（王达善）出其残稿数纸，题曰《烧痕》者示予，自以追忆不全为恨。予解之曰：……君出语散朗绵丽，简短而舂容，是不亦珍乎，毋庸与俗子较多寡也。"

134. 孔文杓（四画）

方回《桐江续集》卷三二《孔端卿〈东征集〉序》：

（永嘉孔君文杓，其《东征集》记其泊舟竹岛，帆走高丽，过平壤之都，历极女真、契丹之境，凡九十四日，徒步七千余里，抵燕山）

"君诗善押险韵，善用雅语，善赋长篇。天下奇观，无过于此。役天下奇作，亦无过于此。诗死中求奇，奇中脱死。天所以不死君者，欲留此吟以为诗史乎？"

"然则奇而不失其正,尚当勉之。"

135. 仇远（四画）

方回《桐江续集》卷三二《仇仁近百诗序》：

"予友武林仇仁近（名远），早工为诗,晚乃渐以不求工,有稿二千篇有奇,予为选四百篇,犹以为多,则删之而取百焉。"

"仁近此百诗,翳尽而珠明也,气至而果熟也,霜降而水涸也,箭鸣而的破也,琴瑟具而淫哇退舍,衣冠正而强暴拱手者也。"

又牟巘《陵阳集》卷一二《仇山邨诗集序》：

"仇君自号山邨,有山邨不愿富贵而志在田园,正如《己酉九日》、《庚戌西田》、《丙辰下澅田舍家》（按,引诗均为陶渊明诗,但引多有脱误）耳,是真慕渊明者可尚已。"

又方回《桐江集》卷四《跋仇仁近诗集》：

"予读钱塘山村（邨）仇君远仁近诗集三卷,……此诗不似韦应物,亦似储光羲也。……律体亦非近世晚学可及也。"

136. 厉白云（五画）

牟巘《陵阳集》卷一三《跋厉白云诗》：

"白云,（太师屏山公）季孙也。徙家于杭,年甫逾弱冠,籍籍有诗声。为诸公所称道,是家信多能邪?……《白云集》（诗）示予。其辞隽,其思清,其兴寄远,读之殊使人有凌云意。"

137. 江石卿（六画）

方回《桐江集》卷四《跋江石卿诗文》：

"石卿得一文稿,他人千言,敛以数语,十步而近,折旋二三。能简又能委曲,一奇也。《古瓢诗丸》……及《再和全归十绝》,皆气劲律严,又一奇也。忧时而不怨,伤己而不戚,俯首默默,若无所有,又一奇也。"

138. 孙元京(六画)

方回《桐江续集》卷三三《孙元京诗集序》:

"予友孙元京诗,有近陶者,有近似二谢者,有似元次山、孟东野者;其少作七言律,有全似陆放翁者。"

"长句……其得之中而见之外者欤?根本有自来矣。清劲而枯淡,整严而幽远。五言律近世诗人所未易及。五言古体,……乃近世诗人所不能为。"

139. 刘光(六画)

方回《桐江集》卷二《〈晓窗吟卷〉序》:

"同里刘君示予《晓窗吟稿》,读无虑数十过,和平则不流,优游则不怒,……又岂不自得于事物之外者乎?君旧名寅,字子敬,今改名光。"

又卷五《跋刘光诗》:

"回与同里刘君光(名)元辉(字),幼皆好为诗。"

"元辉早弃场屋,老于乡间,故其诗枯槁,多山林之意。"

"(元辉)自选七年诗,选之又选计六百四十首,令评之。大抵书无所不读,而不以用之于诗,天真自然,薄世故,遗物外,叶落水涸,玉韫珠藏,……尚陶慕杜,近韦(应物)逮梅(尧臣),非专精此事四五十年,笔力未易至此也。"

按,《宋诗纪事》卷七十七有刘光传。此可补事、补评。

140. 刘庄孙(六画)

舒岳祥《阆风集》卷一〇《刘正仲和陶集序》:

"正仲（名庄孙，台州宁海人）自丙子乱离崎岖，遇事触物有所感愤，有所悲忧，有所好乐，一以和陶自遣。"

"细味之，其体主陶，其意主苏，特借题以起兴，不窘韵而学步。于流离奔避之日，而有田园自得之趣；当偃仰啸歌之际，而寓伤今悼古之怀，迫而裕，乐而优也，其深得二公（按，指陶与苏）之旨哉！"

141. 孟淳（八画）

方回《桐江续集》卷三一《孟衡湖诗集序》：

"上饶过予武林，言郡太守孟侯之贤，所赋诗出，诸生争传抄。"

"侯之诗，得之于气质之聪明，成之于问学之精赡。……尚有淳熙、元祐、庆历诸老之遗风。乃若邪蹊偏门，淫哀哇思，非不尽其力也，而终不能臻其极，非不愈工愈巧，而愈不似，白首望洋，不渐（修）不顿（悟），视侯之得正脉而何如哉！"

"（侯）名淳，字君复，其寓居曰衡湖，斋曰能静。"

142. 陈一斋（七画）

牟巘《陵阳集》卷一三《陈一斋诗序》：

"一斋陈君博物多识，而以诗名，……其雅言《步骤山寨》之十章，奇（误作齐）采横溢，如明珠光霁，一见使人惊眩不定。《白石》《雁荡》纪行，则又如挹刚风浩露，神情为之爽也。"

"一斋师友渊源，讲明有自，岂但言语之工而已？温柔笃（误作敦）厚，诗之教也。一斋尝授教其乡，诗之教，固已行于里闾矣。今合三道而主文盟，所施益以广。一吟一咏，何莫非教？因其风俗，通其性情，自近而远，无难焉。"

143. 陈士表（七画）

舒岳祥《阆风集》卷一〇《陈仪仲诗序》：

"仪仲（名士表）问之乡人，有知仪仲者皆言此邑东海上俊人朗士也。观仪仲自序（误作叙），谓大儿梦庚，能作堂以逸君，小儿梦辰，能聚书以怡君。君偃仰逍遥，浩歌微吟乎其中，……故其诗不为搜抉过苦之态，而有平易自得之趣。"

144. 俞唯道（九画）

舒岳祥《阆风集》卷一〇（或为方回）《送俞唯道序》：

"婺源唯道师鲁俞君从予游，性质超迈，学力精到，于书无不读，躬身粹然。"

"先世与文公（按，指朱熹）同里闬（hàn，里巷门），叙通家，渊源有自来，作诗格高律严，见处与予吻合。……每一来见，笔力益雄，雅奥峻洁。"

145. 俞伯初（九画）

方回《桐江集》卷四《跋俞伯初诗》：

"星源俞君□伯初（按，失名，字伯初）见示诗百三十篇，唐宋体也，有格有句，有力有意，然颇得之易。"

"'稳贴'二字，一生受用不尽。……题目、称谓、送赠、唱和，种种不同，然必字字稳贴乃可。"

146. 胡方（九画）

方回《桐江集》卷一《送胡植芸（按，疑其号，并以名集）北行序》：

"包山书院胡方，字直内，居淳安县城。"

"宾旸（兰溪如县赵与东，字宾旸）、直内诗亦然（按，指"宋真诗人"）。……宾旸之淡而峭，直内之槁而幽，予是以亦敬之畏之。"

又卷四《跋胡直内诗》：

"青溪胡君方直内过予言诗，读其《植芸》之编，锻意铸辞，亢幽致而抑浮俗，善矣。"

147. 赵泉南（九画）

方回《桐江集》卷三《跋赵一溪诗》：

"歙邑□夫泉南赵侯自号一溪，年未逾三十，而诗集已前后数百千首。邑不可易治，诗不可易工，侯治此难治之邑，而诗每出辄工，尤不见其难，抑可谓天才矣。"

"是集（指赵一溪诗集）也，清新而不刻，俊逸而不放，飘然不群之思，与光风霁月，浮动天外，不可模仿。……然则一溪者，固今之太白也。"

148. 郑子封（八画）

方回《桐江集》卷四《跋郑子封诗》：

"予作郡（指"睦"）七年，去官又三年，名人胜士无不识，独未识郑君子封。一旦相遇武林，以其诗若文见示。夫诗与文之分，犹分水也。虽分为左湖右江之异，其有不终会于海者乎？君之诗如悬崖怒瀑，君之文如峻峰急滩。"

149. 释恢大山（十二画）

方回《桐江续集》卷三《恢大山西山小稿序》：

"住持上竺兴福寺恢公大山，越之诸暨人，与予同姓方者。《西山小稿》诗三百八十八首。"

"五言古《拟古》六首……可入《文选》,生蛇活龙,飞舞滚动。七言《怀故山》……无愧古乐府。五七言律绝句则余所批出者,字字珠圆,句句律协,近世僧诗无此人也。他人之诗,新则不熟,熟则不新。熟而不新则腐烂,新而不熟则生涩。惟公诗熟而新、新而熟,可百世不朽。"

中编 补诗事（132 则）

1. 东坡著述用典

何薳《春渚纪闻》卷六：
"（轼）每有赋咏及撰著，所用故实，虽目前烂熟事，必令秦（秦少章）与叔党（按，坡子）诸人检视而后出。"

同上卷六：
"何薳家所藏枯木并拳石丛筱二纸，连手帖一幅，乃（轼）是在黄州与章质夫庄敏公（按，《宋诗纪事》卷三十三："章楶字质夫，卒谥庄简。"疑"庄敏公"为"庄简公"误）者。帖云：'某（指坡公）近者百事废懒，唯作墨木颇精。奉寄一纸，思我当一展观也。'后又书云：'本只作墨木，余兴未已，更作竹石一纸同往。'"

2. 作诗不惮屡改

何薳《春渚纪闻》卷七：
"欧阳文忠公作文既毕，贴之墙壁，坐卧观之，改正尽善，方出以示人。"薳尝于文忠公诸孙望之处得东坡先生数诗稿，其和欧（阳）叔弼（按，六一后人）诗云："'渊明为小邑'，继圈去'为'字，改作'求'字；又连涂'小邑'二字作'县令'。字凡三改乃成今句。至'胡椒铢两多，安用八百斛'，初云'胡椒亦安用，乃贮八百斛'。若如初语，未免后人疵议。又知虽大手笔，不以一时笔快为定，而惮于屡改也！"

3. 诗之误读

何薳《春渚纪闻》卷七：

《王子直（按，王直方）诗话》云："东坡先生作《程筼归真亭诗》，有'会看千字诔，木杪见龟趺'，龟趺是碑座，不应见于木杪，指以为病。"

（何薳）以为："初不知亭在山半，自下望碑，则龟趺正在木杪，岂真在木上耶？杜子美《北征》诗云：'我行已水滨，我仆犹木末。'岂亦子美之仆留挂木末如猿猱耶？"

4. 米芾书诗索端砚

何薳《春渚纪闻》卷七：

"米元章为书学博士，一日，上幸后苑，春物韶美，仪卫严整，遽召芾至，出乌丝栏一轴，宣语曰：'知卿能大书，为朕竟此轴。'芾拜舞讫，即绾袖砥笔伸卷，神韵可观，大书二十言以进，曰：'目眩九光开，云蒸步起雷。不知天近远，亲见玉皇来。'上大喜，锡赉甚渥。又一日，上与蔡京论书艮岳，复召芾至，令书一大屏。顾左右宣取笔砚，而上指御案间端砚，使就用之。芾书成，即捧砚跪请曰：'此砚经赐臣濡染，不堪复以进御，取进止。'上大笑，因以赐之。芾蹈舞以谢，即抱负趋出，余墨沾渍袍袖，而喜见颜色。上顾蔡京曰：'颠（按，米芾号米颠）名不虚得也。'京奏曰：'芾人品诚高，所谓不可无一、不可有二者也。'"

曾敏行《独醒杂志》卷六：

"米元章（字）以书名，而词章亦豪放不群。……其倾邪险怪，诡诈不近人情，人谓之'颠'……喜服唐衣冠，宽袖博带，人多怪之。又有洁疾，器用不肯令人执持。尝衣冠出谒，帽檐高不可以乘肩舆，乃彻其盖，见者莫不惊笑。"

5. 米芾狂怪

何薳《春渚纪闻》卷七：

米芾元章善书，"尤工临摹，人有古帖，假去，率多为其模易真本。至于纸素破汗，皆能为之，卒莫辨也"。

又云："（芾）有好洁之癖，任太常博士，奉祠太庙，乃洗去祭服藻火，而坐是被黜。"

又："人物标致可爱，故一时名士俱与之游。"

又："其作文亦狂怪。"

6. 欧阳修、王安石赠答诗

庄绰《鸡肋编》卷上：

欧阳文忠有赠介甫诗云："翰林风月三千首，吏部文章二百年。老去自怜心尚在，后来谁与子争先？"王答云："它日若能窥孟子（按，指孟郊），终身何敢望韩公！"

7. 夏竦诗好属对

魏泰《东轩笔录》卷二：

夏竦"自少好读书，攻为诗"。"有'山势蜂腰断，溪流燕尾分'之句，深爱之。终卷皆佳句。翊日，袖诗呈真宗。"

8. 丁谓荣辱两忘，不废笔砚

魏泰《东轩笔录》卷二：

"丁谓有才智，然多希合（上旨），天下以为奸邪。"

又卷三：

"丁晋公至朱崖，……作《青衿集》百余篇，皆为一字题，寄归西洛。

又作《天香传》，叙海南诸香。又作州郡名，配古人姓名诗。又集近人词赋而为之序，及它记述题咏，各不下百余篇，盖未尝废笔砚也。……流落贬窜十五年，髭鬓无斑白者，人亦伏其量（谓心胸广大）也。……其能荣辱两忘，而大变不怛，真异人也。"

9. 洛下文人群体

魏泰《东轩笔录》卷三：

"钱文僖公惟演生贵家，而文雅乐善出天性。晚年以使相留守西京，时通判谢绛、掌书记尹洙、留守推官欧阳修，皆一时名士，游宴吟咏，未尝不同。洛下多水竹奇花，凡园囿之胜，无不到者。"

10. 王安国生性亮直

魏泰《东轩笔录》卷五：

"王安国性亮直，嫉恶太甚"，"天下之奇才"。魏泰作诗赞曰："海内文章杰，朝廷亮直闻。""平甫博学，工文章，通古今，达治道，劲直寡合，不阿时之好恶，虽与荆公（按，其兄王安石）论议亦不苟合。"

又卷十二："王平甫学士躯干魁硕而眉宇秀朗。"

魏泰《东轩笔录》卷三：

"王平甫（安国，王安石弟）为之（按，指宫女王琼奴）作歌（即指《咏琼奴歌》），《宋诗纪事》、《全宋诗》皆未收。盖七言60句凡420字，嫌长乎），辞意精当，盛传于世。"

按，这是一首长篇叙事诗，具有极浓厚抒情味。系各种宋诗版本所阙者。

11. 韩琦德量才智

魏泰《东轩笔录》卷六：

"（荆公）曰：'韩公德量才智，心期高远，诸公皆莫及也。'及魏公（按，韩琦卒谥号）薨，荆公为挽词曰：'心期自与众人殊，骨相知非浅丈夫。'"

12. 王安石压抑郭祥正

魏泰《东轩笔录》卷六：

"王荆公当国，郭祥正知邵州武岗县，……乞以天下之计专听王安石区画。凡议论有异于安石者，虽大吏亦当屏黜。表辞亦甚辨畅，上览而异之，一日问荆公曰：'卿识郭祥正否？其才似可用。'荆公曰：'臣顷在江东尝识之，其为人才近纵横，言近捭阖，而薄于行。不知何人引荐，而圣聪闻知也。'上出其章以示荆公，荆公耻为小人所荐，因极口陈其不可用而止。"

13. 王安石变法，内部反对强烈

魏泰《东轩笔录》卷九：

"熙宁初，……荆公方得君，锐意新美天下之政，自宰执同列无一人议论稍合。而台谏章疏攻击者无虚日。吕诲、范纯仁、钱顗、程颢之伦尤极诋訾，天下之人皆目为生事。"

又卷十二：

"王荆公再罢政，……（居金陵）筑第于南门外七里，去蒋山亦七里，平日乘一驴，从数僮游诸山寺。欲入城，则乘小舫，泛潮沟以行，盖未尝乘马与肩舆也。所居之地，四无人家，其宅仅蔽风雨，又不设垣墙，望之若逆旅之舍，有劝筑垣墙，辄不答。元丰末，荆公被疾，奏舍此宅为寺，有旨赐名报宁。"

14. 曾公亮长于四六

魏泰《东轩笔录》卷六：

"曾鲁公（按，曾封鲁国公）公亮职度精审，练达治体……其为文章，尤长于四六，虽造次柬牍，亦属对精切。"

15. 刘攽喜谑玩

魏泰《东轩笔录》卷八：
"刘攽博学有俊才，然滑稽，喜谑玩，亦屡以犯人。"

16. 王琪性滑稽

魏泰《东轩笔录》卷九：
"王琪性滑稽，多所侮诮。"

17. 欧阳修的官风

魏泰《东轩笔录》卷九：
"欧阳文忠公自历官至为两府，凡有建明于上前，其词意坚确，持守不变，且勇于敢为，王荆公尝叹其可任大事。"

岳珂《桯史》卷十一《三忠堂记》引周益公绝笔云：
"欧阳公（修），以六经粹然之文，崇雅黜浮，儒术复明，遂以忠言直道，辅佐三朝，士大夫翕然尊之，天子从而谥曰'文忠'，莫不以为然。"

18. 范仲淹力荐石介为谏官

魏泰《东轩笔录》卷十三：
"时范仲淹为参知政事，独谓同列曰：'石介刚正，天下所闻，然性亦好为奇异，若使为谏官，必以难行之事责人君以必行。少怫其意，则引裾折槛，叩头流血，无所不为矣。'……诸公服其言。"

19. 宋祁带《唐书》于任所修刊

魏泰《东轩笔录》卷十五：

"宋子京（名祁）博学能文章，天资蕴藉，好游宴，以矜持自喜。晚年知成都府，带《唐书》于本任刊修。"

按，宋祁于此守任史馆修撰时，曾与欧阳修等共同完成《唐书》的修撰。

20. 陈执中为人严重，与人少周旋

魏泰《东轩笔录》卷十二：

"陈恭公（谥"恭"）执中，事仁宗，两为相。悉心尽瘁，百度振举。然性严重，语言简直，与人少周旋。接宾客，以至亲戚骨肉，未尝从容谈笑，尤靳（吝惜，不与人）恩泽，士大夫多怨之。惟仁宗尝曰：'不昧我者，惟陈执中耳。'"

"及终也，韩维、张洞谥之曰荣灵，仁宗特赐曰恭。薨后月余，夫人谢氏继卒，一子才七岁，诸侄俱之官。葬日，门下之人惟解宾王至墓所，世人嗟悼之。梅尧臣作挽词两首，具载其事。……其二曰：'公在中书日，朝廷百事崇。王官多不喜，天子以为忠。富贵人间少，恩荣殁后隆。若非笳鼓咽，寂寞奈秋风。'"

21. 苏轼、苏辙兄弟大挞吕惠卿

魏泰《东轩笔录》卷十四：

苏辙上疏，力阻朝廷提升吕惠卿，说他"巧诈"、"奸凶"，"诡变多端，敢行非度，见利忘义，黩货无厌"。

后贬吕。由苏轼草制，说吕"以斗筲（小容器，言才短识浅）之才，挟穿（穿壁）窬（逾墙盗窃）之智，谄事宰辅，同升庙堂，乐祸而贪功，好兵而喜杀，以聚敛为仁义"。

22. 穆修倡古文，革文风

魏泰《东轩笔录》卷三：

"文章随时（风）美恶，咸通已后，文力衰弱，无复气格。本朝穆修首倡古道，学者稍稍向之。修性褊忤少合，……是故衣食不能给。晚年得《柳宗元集》，募工镂板，印数百帙，携入京相国寺，设肆鬻之。有儒生数辈至其肆，未评价直（值），先展揭披阅，修就手夺取，瞋目谓曰：'汝辈能读一篇，不失句读，吾当以一部赠汝。'其忤物如此，自是经年不售一部。"

23. 对韩愈诗、欧阳修诗评价不同

魏泰《东轩笔录》卷十二：

"沈括存中、吕惠卿吉甫、王存正仲、李常公择（四人），治平中，同在馆下谈诗。

"存中曰：'韩退之诗，乃押韵之文耳，虽健美富赡，而终不近古。'吉甫曰：'诗正当如是，我谓诗人以来，未有如退之者。'正仲是存中，公择是吉甫，四人者交相诘难，久而不决，公择忽正色而谓正仲曰：'君子群而不党，君何党存中也？'正仲勃然曰：'我所见如是耳，顾岂党耶？以我偶同存中，遂谓之党，然则君非吉甫之党乎？'一坐皆大笑。

"余（按，指魏泰）每评诗亦多与存中合。顷年尝与王荆公评诗，余谓凡为诗，当使挹之而源不穷，咀之而味愈长，至如欧阳永叔之诗，才力敏迈，句亦健美，但恨其少余味耳。荆公曰：'不然。如"行人仰头飞鸟惊"之句，亦可谓有味矣。'然余至今思之，不见此句之佳，亦竟莫原荆公之意，信乎所言之殊，不可强同也。"

24. 宋代官员，允许公开买卖妓人

魏泰《东轩笔录》卷十：

"张咏知益州，单骑赴任，是时一府官属，惮其严峻，莫敢蓄婢使者。张不欲绝人情，遂自买一婢，以侍巾帻，自此官属稍稍置姬属矣。"

25. 苏舜钦的书与诗

魏泰《东轩笔录》卷十一：

"尚书郎周越以书名盛行于天圣、景祐间，然字法软俗，殊无古气。梅尧臣作诗，务为清切闲淡，近代诗人鲜及也。皇祐已后，时人作诗尚豪放，甚者粗俗强恶，遂以成风。"

"苏舜钦喜为健句，草书尤俊快，尝曰：'吾不幸写字为人比周越（按，"软俗"、"无古气"），作诗为人比梅尧臣，良可叹也（按，苏"健"而梅"淡"，为两种风格）。'盖欧阳公常目为'苏梅'（按，不同风格，不得同列）耳。"

26. 常秩与欧阳修：不上朝与已下朝

魏泰《东轩笔录》卷十一：

"常秩居颍州，仁宗时，近臣荐其文行，召不赴。欧阳文忠公为翰林学士，尤礼重之，尝因早朝作诗寄秩曰：'笑杀汝阴常处士，十年骑马听朝鸡。'熙宁中，文忠致仕居颍州，秩被召而起，或改文忠诗曰：'笑杀汝阴欧少保，新来处士听朝鸡。'"

27. 王汾"口吃"

魏泰《东轩笔录》卷十一：

"王汾口吃，刘攽尝嘲之曰：'恐是昌（周昌）家，又疑非（韩非）类。不见雄（扬雄）名，惟闻艾气。'盖以周昌、韩非、扬雄、邓艾皆吃也。"

28. 孙觉、孙洙皆髯

魏泰《东轩笔录》卷十一：

"孙觉、孙洙，同在三馆，（孙）觉肥而长，（孙）洙短而小，然二人皆髯，刘攽呼为'大胡孙'、'小胡孙'。"

29. 吴处厚上书封程婴、公孙杵臼

魏泰《东轩笔录》卷十二：

"元丰中，屡失皇子，有承议郎吴处厚诣阁门上书云：'昔程婴、公孙杵臼二人尝因下宫之难而全赵氏之孤，最有功于社稷，而皆死忠义，逮今千有余岁，庙食弗显，魂无所依，疑有祟厉者，愿遣使寻访冢墓，饰祠加封，使血食有归，庶或变厉为福。'"

"是时，郓王疾亟，主上即命寻访，未数月，得土冢于绛州太平县之赵村。诏封婴为成信侯、杵臼为忠智侯，大建庙貌，以时致祭，而以（吴）处厚为将作监丞云。"

30. 宋太祖称颂李昉

刘斧《青琐高议》前集卷一：

艺祖（按，指宋太祖）"顾谓西府曰：'李昉事朕十余年，最竭忠孝（按，李昉为宋降臣。原侍后汉、后周二朝），未尝见损害一人，此所谓善人君子也。'"

又记："其告戒子弟以'忠孝之身'，勉强学问，'所以起家'。"

按，李昉主编《太平御览》、《太平广记》、《文苑英华》，并与王钦若等编撰一千册的《册府元龟》，为后人留下重要的历史文化典籍。

31. 高言不顾名节

刘斧《青琐高议》卷三：

"高言字明道，京师人。好学，倜傥豪杰，不守小节，酒酣气壮，顾命若毛发，是人莫与结交。其或风月佳时，宾朋宴聚浩歌，音调慷慨，泣下云：'使我生高光时，万户侯何足道哉！'，好高视大，论言狂讦，直攻人过，不顾名节（按，又记其"杀友人走窜诸国"）。家资荡尽，乃游中牟，干友人，作诗曰云云。"

按，《宋诗纪事》卷十载其诗曰《呈友人》，但不载其事。

32. 寇莱公誓神插竹表忠烈

刘斧《青琐高议》前集卷三：

"寇莱公赴贬雷州，道出公安，剪竹插于神祠之前而祝之曰：'准之心若有负于朝廷，此竹必不生。若不负朝廷，此竹当再生。'其竹果生。"

又记："公贬死于雷州，诏还葬，道过公安，民皆迎祭，斩竹插地，以挂纸钱而焚之，寻复生笋成林，邦人神之，号曰'相公竹'。"

33. 张俞讦鲠太直，不得意

刘斧《青琐高议》前集卷六：

"张俞，字才叔，又字少愚，西蜀人。幼锐于学，久而愈勤，心慕至道，应制科，辞理优赡赅博，有司罪其文讦鲠太直，不可进，俞由是不得意，……未尝不吟咏，反覆烂熳，终日啸傲。"

按，《宋诗纪事》卷十七有小传并选诗六首，但无此记载。

34. 陈搏学识通广

刘斧《青琐高议》前集卷六：

陈抟"自束发不为儿戏事，年十五，诗礼书数之书，莫不通究，考校方药之书，特余事耳"。

按，《宋诗纪事》卷五小传不载此。

35. 蔡君谟改范仲淹诗

刘斧《青琐高议》前集卷九：

蔡君谟与范仲淹讨论范之《採茶歌》，蔡先肯定范公之《采茶》"脍炙人口"。但以为尚"有少未完"，原因为"公才气豪杰，失于少思"。

于是将茶诗之"黄金碾畔绿尘飞，碧玉瓯中翠涛起"中"绿"改为"玉"，"翠"改为"素"，因为"今茶之绝品，其色贵白，翠绿乃茶之下（品）者耳"。范公认为"此中吾语之病"，并喜曰："善。"

36. 张齐贤饮食过人

刘斧《青琐高议》后集卷二：

"张齐贤（按，《宋诗纪事》卷三小传云："字师亮，谥文定，曹州人。"）布衣时，性倜傥，有大度，孤贫落魄，尝舍道上。"

"体质魁伟，饮食过人，尤嗜肥猪肉，每食，数斤立尽。"

"淳化中，罢相知安州陆山郡，达官见公饮啖不类常人，举郡骇讶。"

37. 刘过以诗鸣江西

岳珂《桯史》卷二：

"庐陵刘改之（过）以诗鸣江西，厄于韦布（韦带布衣，未仕或隐士之服），放浪荆楚，客食诸侯间"。"词翰俱卓荦可喜。""词语峻拔，……对偶错综，盖出唐王勃体而又变之。"

按，《宋诗纪事》卷五十八录诗5首，并引《山房随笔》评之云："改之豪杰也，善赋诗。"并得辛弃疾赏识。

38. 周梦与喜愠不形于色

岳珂《桯史》卷四：

"梦与老儒，自号牧斋，精史学，议论亹亹，起人意表，器局凝重，喜愠不形于色。"

按，梦与，名石龄，号牧斋。永嘉人。德化宰，仕终安丰倅。《宋诗纪事》、《补遗》、《续补》、《全宋诗》皆无此人。

39. 孙觌铭志，文名猎猎

岳珂《桯史》卷六：

"孙仲益（按，孙字）觌《鸿庆集》（按，仕至户部尚书，提举鸿庆宫，故名之），太半铭志，一时文名猎猎起，四方争辇金帛请，日至不暇给。今集中多云云，盖谀墓之常，不足咤。独有武功大夫李公碑列其间，乃俨然一档（dāng，官员之装饰）耳，亟称其高风绝识，自以不获见之为大恨，言必称公，殊不怍（zuó，愧）于宋用臣之论谥也。"

40. 孙儗诗多散佚不传

岳珂《桯史》卷六：

"叔儗名儗（按，同拟），才豪甚，其诗往往不肯入格律。"其诗"新警峭拔，足洗尘腐而空之矣。独以伤露筋骨，盖与改之（按，指刘过）为一流人物云。叔儗后亦终韦布，诗多散佚不传"。

按，《宋诗纪事》卷六十三有小传云：号仙伦，有《招山小集》。

41. 山谷浩然之气，百折不衰

岳珂《桯史》卷六：

"党祸既起，山谷居黔。有以屏图遗之者，绘双蝶翩舞，胃于蛛丝而队，蚁憧憧（chōng，往来不绝）其间，题六言于上曰：'胡蝶双飞得意，偶然毕命网罗。群蚁争收坠翼，策勋归去南柯。'崇宁间，又迁于宜，图偶为人携入京，鬻于相国寺肆。蔡（京）客得之，以示元长（京），元长大怒，将指为怨望，重其贬，会以讦奏仅免。其在黔，尝摘香山句为十诗，卒章曰：'病人多梦医，囚人多梦赦。如何春来梦，合眼在乡社。'一时网罗之味，盖可想见。然余观其前篇，又有'冥怀齐远近，委顺随南北。归去诚可怜，天涯住亦得'之句，浩然之气又有百折而不衰者，存蚁（附）计左（佐，证）矣。"

42. 吉州三公

岳珂《桯史》卷十一：

"庐陵号多士，儒先名臣，今古辈出，里人图所以尊显风厉以垂无穷者。嘉泰四年（按，南宋宁宗，公元1204年）八月，始为堂，县庠以祀三忠。时周益公（必大）在里居，春秋七十有九矣，……文不加点而成……盖绝笔焉（按，公于其冬十月朔薨）。"

其文曰："文章，天下之公器，万世不可得而私也；节义，天下之大闲（栏杆），万世不可得而逾也。吉（州）为江西上郡，自皇朝逮今，二百余年，兼是二者（按，指上言"文章"、"节义"），得三公焉。曰欧阳公修，以六经粹然之文，崇雅黜浮，儒术复明，遂以忠言直道，辅佐三朝，士大夫翕然尊之，天子从而谥曰'文忠'，莫不以为然。"

按，另"二公"：一为编修胡铨，谥"忠简"，其毅然上书，乞斩相参、虏使，三纲五常赖以不坠；二为通判杨邦乂，戟手（将手屈成戟形）骂贼，视死如归，国势凛凛，谥曰"忠襄"。

43. 陈瓘名节之重

王应麟《困学纪闻》第十三卷：

"陈了翁在徽祖朝，名重一时，为右司员外郎。曾文肃（布）敬之，欲引以附己，屡荐于上，使人谕意，以将大用之。

"了翁谓其子正汇曰：'吾与丞相议多不合，今乃欲以官相饵。'……录所《上文肃书》、《日录辨》、《国用须知》，以状申三省。（曾）布大怒，以元祐党籍除名遭贬。人多救之，而其不从。岳珂叹曰：'名节之重，身陷危机，不复小顾，申省公牍，百载而下，读之凛凛有生气。'

"其《书》直斥布'独擅政柄，首坏先烈，弥缝壅蔽，人未敢议'。'尊私史而厌宗庙，缘边费而坏先政，此二者阁下之过也。违神（宗）考之志，坏神考之事，在此二者，天下所共知'。"

按，《宋诗纪事》卷二十七有小传云：字莹中，号了翁，有《了斋集》。岳珂《桯史》卷十四有《陈了翁始末》与王应麟《困学纪闻》相同。

44. 喻汝砺谓"八阵图"不自诸葛亮始

王应麟《困学纪闻》卷十四：

绍兴中，蜀士有喻汝砺者，独谓"八阵图"不自（诸葛）武侯始，并（自）作《八阵图》古风（按，《宋诗纪事》卷三十九有小传而无此诗。《全宋诗》第二十七册录此诗）。并称其《扪膝集》十四卷（按，喻字迪孺，号扪膝先生）"诗文崄（峭峻）怪挺绝皆称是"。

按，钱锺书《宋诗纪事补正》卷三十九补《八阵图》诗并序。

45. 王令（逢原）、邢居实（敦夫）短寿

洪迈《容斋随笔》卷十六：

"王逢原以学术，邢居实以文采，有盛名于嘉祐（仁宗朝）、元丰（神宗朝）间。然所为诗文，多怨抑沉愤，哀伤涕泣，若辛苦憔悴不得其平者，故皆不克寿，逢原年二十八，居实才二十。天畀（bì，赐予）其才而啬其寿，吁，可惜哉！"

46. 陈（慥）季常老婆为"河东狮子"（凶妒）

洪迈《容斋随笔》卷三：

"陈慥字季常，公弼之子，居于黄州之岐亭（山），自称'龙丘先生'，又曰方山子。好宾客，喜畜声妓，然其妻柳氏绝（太）凶妒，故东坡有诗云：'龙丘居士亦可怜，谈空说有夜不眠。忽闻河东狮子吼，柱杖落手心茫然。'河东狮子，指柳氏也。"

47. 张咏为一代伟人

洪迈《容斋随笔》卷五：

"张忠定公咏（按，《宋诗纪事》卷六：咏字复之，鄄城人，知益州，自号乖崖，卒谥忠定），为一代伟人，而治蜀（益州）之绩尤为超卓。"

"韩魏公（韩琦封魏国公）作公神道碑云：'公以魁奇豪杰之才，逢时自奋，智略神出，勋业赫赫，震暴当世，诚一世伟人。'"

王荆公跋云："忠定公殁久矣，而士大夫至今称之，岂不以刚毅正直有劳于世若公者少欤？"

文潞公（文彦博封潞国公）云："予尝守蜀，睹忠定之像，遗爱在民，钦服已甚。"

黄浩云："公风烈如此，而不至于宰相，然有忠定之才，而无宰相之位，于公阿损？有宰相之位，而无忠定之才，于宰相和益？"

48. 东坡慕乐天

洪迈《容斋随笔》卷五：

"苏公谪居黄州，始自称东坡居士。详考其意，盖专慕白乐天而然。白公有《东坡种花》二诗云：'持钱买花树，城东坡上栽。'又云：'东坡春向暮，树木今何如？'又有《步东坡》诗云：'朝上东坡步，夕上东坡步，东坡何所爱？爱此新成树。'又有《别东坡花树》诗云：'何处殷勤重回首？东坡桃李种新成。'皆为忠州刺史时所作也。

"苏公在黄（州），正与白公忠州相似，因忆苏诗，如《赠写真李道士》云：'他时要指集贤人，知是香山老居士。'《赠善相程杰》云：'我似乐天君记取，华颠赏遍洛阳春。'《送程懿叔》云：'我甚似乐天，但无素（按，指樊素小妓）与蛮（蛮子，亦小妓）。'《入侍迩英》云：'定似香山老居士，世缘终浅道根深。'而跋曰：'乐天自江州司马除忠州刺史，旋以主客郎中知制诰，遂拜中书舍人。某虽不敢自比，然谪居黄州，起知文登，召为仪曹，遂忝侍从。出处老少，大略相似，庶几复享晚节闲适之乐。'《去杭州》云：'出处依稀似乐天，敢将衰朽较前贤。'序曰：'平生自觉出处老少粗似乐天。'则公之所以景仰者，不止一再言之，非东坡之名偶尔暗合也。"

49. 陈无己（师道）《妾薄命》脱胎于张籍《节妇吟》

洪迈《容斋随笔》卷六：

"张籍在他镇幕府，郓帅李师古以书币辟（征召做官）之。籍却而不纳，而作《节妇吟》一章寄之，曰：'君知妾有夫，赠妾双明珠。感君缠绵意，系在红罗襦。妾家高楼连苑起，良人执戟明光里。知君用心如日月，事夫誓拟同生死。还君明珠双泪垂，何不相逢未嫁时。'

"陈无己为颍州教授，东坡领郡（知府），而陈赋《妾薄命》篇，言为曾南丰（巩）作。其首章云：'主家十二楼，一身当三千。古来妾薄命，事主不尽年。起舞为主寿，相送南阳阡。忍著主衣裳，为人作春妍。有声当彻天，有泪当彻泉。死者恐无知，妾身长自怜。'全用籍意。或谓无己轻坡公，是不然。……薄命拟况（是用妾薄命比况陈无己身己），盖不忍师死而遂倍（背，叛）之，忠厚之至也。"

50. 李清照序赵明诚《金石录》

洪迈《容斋随笔》之"四笔"卷四：

"东武（今山东诸城）赵明诚德甫，清宪（谥号）丞相（赵挺之）中子也。著《金石录》三十篇，上自三代，下讫五季。……其妻易安李居士，平生与之同志，赵没后，愍悼旧物之不存，乃作后序，极道遭罹变故本末。"

洪并说，易安作此序为文宗绍兴四年（即易安52岁）。他"获见原稿（按，知南宋时尚见清照原稿。但不知此"原稿"是否为最早本），……予读其文而悲之，为识于是书"。

朱弁《风月堂诗话》卷上：

李清照"赵明诚妻，李格非（按，山东人，元祐间作馆职）之女也。善属文，于诗尤工。晁无咎多对士大夫称之"。

赵彦卫《云麓漫钞》卷十四：

"李氏自号易安居士，赵明诚德夫之室，李文叔（名格非）女，有才思，文章落纸，人争传之。小词多脍炙人口，已版行于世，他文少有见者。"

51. 苏辙批评李白诗"华而不实"

辙有《诗病五事》（原收于《栾城三集》卷八，《四川通志·艺文志》始以书名，尔后《说郛》、《萤雪轩丛书》等均以一卷论诗书收录），其"一病"即指摘李白：

"李白诗类其为人，骏发豪放，华而不实，好事喜名，不知义理之所在也。……唐诗人李杜称首，今其诗皆在杜甫有好义之心，白所不及也。"

按，唐宋以来，"李杜优劣"成为公案。此即扬杜而抑白者。

52. 宋皇爱诗亦能诗

太宗作诗并收藏别人诗。

《文莹诗话》九："至道元年灯夕，太宗御楼，时李文正昉以司空致仕于家。上亟以安舆就其宅召至，赐坐于御榻之侧，……从容语及平日藩邸唱和之事，公遂离席，历历口诵御诗七十余篇，一句不讹。……上喜曰：'朕以卿诗别笥贮之。'"

魏泰《临汉隐居诗话》一："神宗皇帝以天纵圣智，旁工文章。其于诗，虽穆王《黄竹》、汉武《秋风》之词，皆莫可拟其彷佛也。秦国大长公主薨，帝赐挽诗三首……盖古今词人无此比也。"

《阮阅诗话》卷一：

"太宗好文，每进士及第赐文喜宴，常作诗赠之，景祐朝以为故事。仁宗……赐诗尤多。"

《李欣诗话》四〇一："太宗留意艺文，好篇咏。淳化中，春日苑中有赏花钓鱼小宴，宰相至，三馆毕预坐，（帝）咸使赋诗，中字为韵，上览以第优劣。"

《文莹诗话》六："六祖收并门，凯旋日，为范杲县令，叩迥銮，进讲圣寿诗，有'千里版图来浙右，一声金鼓下河东'之句。上爱之，赐一官，改服色。"

吴曾《能改斋漫录》卷十二：

"仁宗庆历初，急于用贤。当时有声望者，王兵部素、欧阳校理修、余校理靖、鱼工部周询四人。并命作谏官，朝野相庆。……蔡君谟时为校勘，乃为诗庆之曰：'御笔新除三谏官，士林相贺复相欢。'"

53. 许洞能诗

欧阳修《六一诗话》记进士许洞难倒诸僧作诗事。但许洞别无记载。

龚明之诗话（见其《中吴纪闻》卷一）专有《许洞》一条记云：

"许洞，太子洗马仲容之子，登咸平三年进士第，平生以文章自负，所著诗篇甚多，当世皆知其名，欧阳文忠公尝称其为俊逸之士。所居惟植一竹，以表特立之操。吴人至今称之曰：许洞门前一竿竹。"

又云："（许）洞与潘阆、钱易为友，狂放不羁。"当潘阆坐罪亡命，隐入中条山时，他不惧时政，还"密赠之诗"，祈愿中条山神能保佑（潘）。

54. 诗申规警

《文莹诗话》一〇：

"（太和县）里俗险悍……（县令）先设巨械……次作《谕民诗》五十绝，不事风雅，皆风俗易晓之语，俾之讽诵，以申规警。立限日：'讽诵半年，顽心不悛，一以苛法治之。'果因此诗，狱讼大减。其诗有云：'……官中验出虚兼实，枷锁鞭笞痛不禁。'大率类此。"

又《临汉隐居诗话》：

"苗振，熙宁初知明州，致仕归郓，自明州造一堂极华壮，载以归。或言：'郓州置田亦多机数而得。'是时，王逵亦居郓，作诗嘲之（按，实为"检举诗"）曰：'伯起（苗振字）雄豪世莫偕，官高禄重富于财。田从汶上天生出（掠夺大量田产），堂自明州地架（抬）来。十只画船风破浪（似今之集装箱），两行红粉夜传杯（歌舞妓陪侍）。自怜憔悴东邻叟（王逵自谓），草舍茅檐真可咍（hāi，可笑）。'……是时，王荆公秉政，闻此诗，遽遣王子韶为浙路察访，于明州廉得其实，遂起大狱，（苗）振竟至削夺（摘去官帽）。"

55. 苏过亦学渊明

过《斜川集》卷一《次韵岑彦高史强本春日书怀二首》自言："晚境桑榆邻。""云泉许容身。""澹然忘出处，任此无心云。"

卷三《次韵姚美叔约寻春之什》："斜川终拟学渊明。"（按，似其父）

按，苏过，苏轼幼子，号斜川，有《斜川集》。人称"小坡"。

56. 宋代武夫诗

杨文公《谈苑》载：

"本朝武人多能诗。若曹翰句有'曾经国难穿金甲，不为家贫卖宝刀'。刘吉父诗云：'一箭不中鹄，五湖归钓鱼。'大年称其豪。"

魏泰《临汉隐居诗话》：

"近世有张师正本进士及第，换武为遥郡防御使，亦能诗。有《升平词》云：'旧将封侯尽，降王赐姓归。'又有：'蜗角功名时不与，涧松材干老罢休。''分鹿是非皆委梦，落花贵贱不由人。'他句皆类此。"

57. 宋代妇女诗

张邦基《墨庄漫录》卷五：

"王荆公女适吴丞相之子封长安县君者，能诗。……丞相鱼轩李氏侍从徐宥之女也，亦能文（诗）。有诗云（略）。皆妇人有才思者，可喜也。"

蔡絛《西清诗话》卷下：

"朝奉郎丘舜中者，滏阳人，韩魏公（琦）客。诸女能文词，落笔敏妙。每兄弟内集，必联咏为乐。其仲尝作《寄夫诗》：'帘里孤灯觉晓迟，独眠留得宿妆眉。珊瑚枕上惊残梦，认得萧郎马过时。'此亦不减班（昭，固之妹）、谢（道韫）。"

王铚《补侍儿小名录》：

"王霞卿者，蓝田人，才华清赡，节行尤高。"

《冷斋夜话》：

"张奎妻长安县君，荆公之妹也，佳句最为多。著者如'草草杯盘供语笑，昏昏灯火话平生'。吴安持妻蓬莱县君，荆公之女也。有句曰：'西风不入小窗纱，秋意应怜我忆家。极目江山千万恨，依前和泪看黄花。'刘天保妻，平甫（安石弟）女也。句有：'不缘燕子穿帘幕，春去春来那得知。'荆公妻吴国夫人，亦能文，尝有小词《约诸亲游西池》

句云：'待得明年重把酒，携手，那知无雨又无风。'皆脱洒可喜也。"

58. 王安石叹爱王钦臣

吕颐浩《忠穆集》卷七《跋王仲至诗》：

"王仲至诗十卷。仲至名钦臣，世为睢阳人，博学善属文，尤工于诗。"

"吕汲公（按，吕大防封汲郡公）微仲为相，荐其才，浸擢用，绍兴元年为吏部侍郎，坐汲公（吕大防）罢（官）。"

蔡絛《西清诗话》卷上："王仲至钦臣能诗，短句尤秀绝。……王文公见之，甚叹爱。"

59. 郑文宝集兵火散亡

《吕□诗话》：
欧阳修云："郑文宝诗如王维、杜甫。"
又："予家有《郑集》二十卷，兵火散亡，每惜之。"
按，《宋诗精华录》卷一："郑文宝，字仲贤，宁化人，官至兵部员外郎。"录《阙题》一首。
《全宋诗》第一册录诗15首。

60. 俞紫芝，王荆公极善之

《吕□诗话》："秀老放达不娶，能诗。"
《张邦基诗话》（《墨庄漫录》卷一〇）："俞紫芝秀老，荆公客也。能诗，（荆）公极善之。"
《石林诗话》卷中：
"俞紫芝，字秀老，扬州人，少有高行，不娶，得浮屠心法，所至翛然，而工于诗。王荆公居钟山，秀老数相往来，尤爱重之，每见于诗，所谓'……未怕元刘妨独步，不妨陶谢与同游'者是也。……卒于元祐初，惜时无发明之者。"

"其弟澹，字清老，亦不娶，滑稽善谐谑，洞晓音律，能歌。……使酒好骂，不若秀老之介静。"

61. 陈辅之少为荆公所知

《吕□诗话》："丹阳陈辅，字辅之，自号南郭子，以诗名世，能尽其妙，少为荆公所知。"

62. 袁世弼被欧阳修、王安石引为"知友"

《王直方诗话》："（袁）世弼能为诗，慕韦应物，而道丽奇壮过之。王介甫尝手书世弼《赠郭功父诗》云云。""世弼自号遁翁（按，有《遁翁集》），《临死》一篇尤佳。"

《临汉隐居诗话》："陟（按，名陟，字世弼），洪州人。庆历初登进士第，官至太常博士，寿不满四十（按，《苕溪渔隐丛话》言年34岁），少有文学，古诗尤佳，惜乎早死，文章多流落。"

蔡絛《西清诗话》卷中："袁陟字世弼，豫章人。韩魏公（琦）、欧阳文忠公（修）、刘原父、王文公（安石），皆其知友。丱角时能诗，天才秀颖，有唐人风。嘉祐间，终秘书丞。……陟自号遁翁，有集十卷。"

63. 王令既知于王安石，而声誉赫然

《王直方诗话》："王令逢原，广陵人，既见知于王荆公，声誉赫然。"

按，《宋诗纪事》卷二十四小传云："王安石爱其才，因妻以吴夫人女弟。"

64. 司马光师范来世

张耒《张太史文集》卷四八《记行色诗》云：

"丞相温公（按，司马光赠温国公），以盛德名世，以直道立朝，名闻华夷，功施社稷，其完节美行既载在天下，而著书立言皆足以师范来世。盖尝评古今诗句，著《诗话》一卷。"

65. 宋郊奉诏更名

王得臣《麈史》卷三："元宪（宋郊谥元宪）宋公始名郊，字伯庠，文价振天下。……雍雍然（鸟鸣声，谐和意）有德之君子。"

又蔡絛《西清诗话》卷中："宋元宪公始拜内相，望重一时，且大用矣。同列谮其姓宋而郊名，非便（按，宋始与宋朝之"宋"同）。公奉诏更名庠，（郊）意殊泱泱不满。"

66. 魏泰尤能谈朝野趣事

《潘子真诗话》："魏道辅少与徐忠愍及山谷老人友善。博极群书，尤能谈朝野可喜事。亹亹（wěi，勤勉）终日，作诗自成一家，有集二十卷，号汉上丈人（按，又作汉南处士，溪上丈人）。……不减江左诸人语。"

67. 张咏性极清介

《蔡居厚诗话》："乖崖（按，咏字复之，自号乖崖）少喜任侠，学击剑，尤乐闻神仙事。……性极清介，居无媵姿，不事服玩，朝衣之外，燕处唯纱帽皂绦一黄土布裘而已（按，以上《宋诗纪事》卷六小传引）。……李顺之乱，乖崖帅蜀，有诗寄陈希夷云：'性愚不肯林泉住，刚要清疏拟致君。今日晨驰剑南去，回头惭愧华山云。'皆见其素志。"

68. 杜衍以清德直道闻天下

《蔡居厚诗话》："杜正献公（按，《宋诗纪事》卷八小传云：杜字世昌，封祁国公，谥正献）以清德直道闻天下，而风姿尤奇古，年近七十，发鬓皓然（《石林诗话》："年过四十，鬓发即尽白。"），无一茎黑者。居相位，未几，以岁旦请老，上章得谢，退居睢阳。欧阳文忠公未显时，正献推荐特厚。"

69. 张昭能诗善画

李新《跨鳌集》卷一八《送张潜夫入道序》：

"潜夫（昭字潜夫，有《嘉善集》）能诗而善画，如刘奉先画，如李长吉诗。……潜夫发言则坐客哄堂，头不接席则巾濡杯，每每于此不凡。"

70. 刘攽论新法不便受斥

《彭城集》卷四《除日得王深甫书因寄》：

"况兹山野性，放荡破崖岸。应接人事间，何时无谤讪。"终因致书王安石论新法不便，受斥通判泰州。

71. 晏殊作品乃过万篇

宋祁《宋景文公笔记》卷上：

"丞相末年，诗见编集者乃过万篇，唐人以来所未有。"

按，《宋诗纪事》小传云有《临川集》、《紫微集》等。

72. 赵概为人重厚

《涑水纪闻》:"赵(概)重厚寡言。"
《避暑录话》:"赵康靖公(卒谥号)厚德长者,未尝言人短。"

73. 李建中以林泉自娱,善书法

《玉壶诗话》:"李集贤建中,恬退喜道,处缙绅有逍遥之风。善翰札,行笔尤工,至于草、隶、分、篆,俱绝其妙,人得之则宝焉。""为诗清淡闲暇,如其人也。"

《娱书堂诗话》引吕居仁跋其诗:"观西台诗,想见国初太平气象不远,余风遗烈,足以悚动后世。"

按,《宋诗纪事》卷三小传云:李建中,字得中,人谓之李西台。有《李西台集》。

又引《宣和书谱》曰:"李西台居洛中,以林泉自娱。善篆籀草隶八分,于真行尤精。当时士大夫得其笔迹,莫不藏以为楷法。"

又引《蔡宽夫诗史》:"李西台建中,平生师凝式(按,杨凝式书法高妙,杰出五代,可与颜、柳并轨)书,书亦自深稳老健,前辈所贵重也。"

74. 契丹人喜诵魏野诗

《文莹诗话》二一:

"祥符中,契丹使至,因言本国喜诵魏野诗,但得上帙,愿求全部。真宗始知其名。将召之,死已数年,搜其诗,果得《草堂(按,野号草堂居士)集》十卷,诏赐之。"

"魏野,字仲先,其诗固无飘逸俊迈之气,但平朴而常不事虚语尔。……中的易晓,故庸俗爱之。"

《墨客挥犀》卷三(又《梦溪笔谈》卷一六《文艺》下同):"蜀人

魏野，隐居不仕宦，喜为诗，以诗著名。卜居陕州东门之外，所居颇潇洒，当世显人多与之游，寇忠愍（寇准谥忠愍）尤爱之。……野死，有子闲，亦有清名。"

《李顾诗话》："魏野，陕人，字仲先。少时未知名，《题河上寺柱》云：'数风离岸橹，几点别州山。'时有幕僚本江南文士，见之大惊，邀与相见，赠诗曰：'怪得名称野，元（原）来性不群。'大为延誉，由是人始重之。"

75. 杨亿年少入阙下

《孔氏谈苑》卷四："杨大年（亿字大年，谥曰文）年十一，举神童至阙下。"

按，《宋诗纪事》卷六引《渑水燕谈》："杨文公初为光禄丞，太宗颇爱其才。"

76. 杜默（字师雄）为歌豪

石介《徂徕集》卷二《三豪诗送杜默师雄》：

"近世作者，石曼卿之诗，欧阳永叔之文辞，杜师雄之歌篇，豪于一代矣。"并作《三豪诗》以送之："曼卿豪于诗，社坛高数层；永叔豪于辞，举世绝俦朋；师雄歌亦豪，三人宜同称。"并专说"师雄二十二，笔距狞如鹰，才格自天来，辞华非学能。迴顾李贺辈，粗俗良可憎。玉川《月蚀》诗，犹欲相凭凌；曼卿苟不死，其才堪股肱；永叔器甚宏，用之王道兴"。

《临汉隐居诗话》："默少以歌行自负，石介赠《三豪诗》谓之'歌豪'，以配石曼卿、欧阳永叔。晚节亦纵酒落魄，文章犹狂鄙。""年近七十卒。"

王辟之《渑水燕谈录》卷八"歌咏"云："石守道作《三豪诗》，谓石曼卿豪于诗，永叔豪于文，杜默豪于歌。"

《王直方诗话》引欧公诗云:"杜默东土秀,能吟凤凰声;作诗几百篇,长歌仍短行。"王直方云:"谓(默)豪于歌者。"

77. 苏舜卿不牵世俗

《欧阳文忠公集》卷四一《苏氏文集序》:

"独子美(苏字)为于举世不为之时,其始终自守,不牵世俗趋舍,可谓特立之士也。"又云:"见(现)时学者务于言语声偶摘裂,号为时文,以相夸尚。而子美独与其兄才翁及穆参军伯长(修),作为古歌杂文,时人颇共非笑之,而子美不顾也。"

78. 石曼卿自任于古道

《徂徕集》卷十八《石曼卿诗集序》:

"祥符中,民风豫而泰,操笔之士率藻丽为胜,惟曼卿与穆参军伯长(穆修)自任以古道作为文,必经实不放于世,而曼卿之诗,又特震奇秀发,盖取古之所未至,托讽物象之表,警时动众,未尝徒设。""独以劲语幡泊会而终于篇,而复气横意举,飘出章句之外,学者不可寻其屏阈而依倚之。其诗之豪者欤?"

"曼卿资宇轩豁,遇事辄咏,前后所为不可胜计,其遗亡而存者才三百余篇。"

《临汉隐居诗话》:"石延年(石字曼卿,一字安仁)长韵律,诗善其事,其它无大好处。"

按,石介《徂徕集》卷十八《石曼卿诗集序》,与苏舜卿所言大体相同,只个别字如"四百"为"三百"等不同。苏生于1008年,卒于1048年。石介生于1005年,卒于1045年。石在前而苏在后,岂苏序袭石序乎?

79. 翁挺，天下之奇才

李纲《梁溪集》卷一三八《五峰居士（按，翁号）文集序》：

"故尚书考功员外郎翁君，讳挺，字士特，建之崇安人，天才秀发，器业夙成，年未成童，已知声律，能赋诗，有惊人语。及长，该极群书，贯穿古今，落笔即数千言。既而游行四方，渡浙江，寓淮楚，窥衡湘，观光上都，宦游赵魏之邦，尽友其豪俊，以故为文雄浑雅健，渊源浩博，能备众体。而尤长于诗。其五言、七言，属对律切，风清调深，其古风、歌行浑厚简淡，凌厉奋发，绝去笔墨，畦径间追古作者，信乎天下之奇才也。……触时相怒，窜逐流离，得病以死，而年仅逾于知命。身之穷，近世鲜有与君比者。平生所作数千百篇，悲欢感慨，一寓于诗以发之，奇辞秀句，脍炙人口。诗之昌，近世亦鲜与君比者。"

80. 东坡影响超过欧公

朱弁《风月堂诗话》卷上：

"东坡诗文，落笔辄为人所传诵。每一篇到欧公（阳修）处，公为终日喜。前后类如此。一日与棐论文及坡公，叹曰：'汝记吾言，三十年后世上人更不道着我也'。崇宁、大观间，（坡于）海外（指琼岛，今海南岛）诗盛行，后生不复有言欧公者。……士大夫不能诵坡诗者，便自觉气索。"

81. 苏门四学士

吴曾《能改斋漫录》卷一一《四客各有所长》：

"子瞻、子由门下客最知名者黄鲁直、张文潜、晁无咎、秦少游，世谓之四学士。至若陈无己，文行虽高，以晚出东坡门，故不若四人之著。"

晁无咎诗云："黄子似渊明，城市亦复真。陈君有道举，化行闾井淳。张侯公瑾流，英思春泉新。高才更难及，淮海一髯秦。"

陈无己答李端叔云："苏公之门，有客四人。黄鲁直、秦少游、晁无咎，则长公（轼）之客也；张文潜，则少公（辙）之客也。"……然四客各有所长，鲁直长于诗辞。秦、晁长于议论。鲁直与秦少章书曰："庭坚心醉于《诗》与《楚辞》，似若有得。至于议论文字，今日乃当付之少游及晁、张、无己，足下可从此四君子一一问之。"

张文潜《赠李德载》诗亦云："长公波涛万顷海，少公峭拔千寻麓。黄郎萧萧日下鹤，陈子峭峭霜中竹；秦文倩丽若桃李，晁论峥嵘走珠玉。"

82. 蔡耕道慷慨自许

李弥逊《筠溪集》卷二一《书蔡耕道学士书后》：

"（蔡诗）清丽超轶，有不群之思，余以是益知其才，惜乎不见用于时也。耕道为人慷慨自许，尚气节，不少屈于人。"

按，《宋诗纪事》卷三十六小传云：蔡佃，字耕道。蔡襄之孙，蔡旻之子。

83. 邵雍：儿童奴隶皆知尊奉

邵伯温（按，邵雍子）《邵氏闻见前后录》卷十九：

邵雍（字尧夫，谥康节）"于书无所不读，独以六经为本，盖得圣人之深意。平生不为训解之学……于佛老之学，口未尝言，知之而不言也。诗有'时有四不出：大风、大雨、大寒、大暑；会有四不赴：公会、葬会、生会、醵（jù，凑钱饮酒）会'。每出，人皆倒屣迎致，虽儿童奴隶皆知尊奉。

又《王直方诗话》："邵尧夫平生所作为十卷，号曰《击壤》，富丞相（弼）作诗云：'黎民于变似尧时，便字尧夫德可知。更览新诗名《击壤》，先生全道略无遗。'"

《苕溪渔隐丛话》后集卷二二(《吴曾诗话》亦载):

"邵尧夫居洛四十年,安贫乐道,自云未尝皱眉,故诗云:'平生不做皱眉事,世上应无切齿人。'所居寝息处为安乐窝,自号为安乐先生。"

"喜吟诗,作大字书。然遇兴则为之,不牵强也。"

"尧夫每出,随意所之,遇上人喜客,则留三五宿,又之一家,亦如之。或经月忘返。虽性高洁,而对宾客接人,无贤不肖贵贱,皆欢然相亲。自言:'……有小疾,有客对话,不自觉疾之去体也。'"

"学者从之问经义,精深浩博,应对不穷,思致幽远,妙极道数。间有相知之深者,开口论天下事,虽久存心世务者,不能及也。朝廷常用大臣荐,以官起之,不屈。及其死,以著作佐郎告赐其家,邦人请易其名于朝,太常考行,谥之曰'康节'。"

84. 丁谓贬窜十五年

龚明之《中吴纪闻》卷一《丁晋公》:

"公讳谓,字谓之,家世于冀,其祖仕钱氏,遂为吴人。公少负才名,……淳化三年,登进士科,名在第四,与孙何俱有声。当时王黄州偶诗曰:'三百年来文不振,直从韩柳到孙(何)丁(谓)。'"

"天禧中拜相。仁宗即位,进司徒,兼侍中。后为章圣山陵使,擅移陵域,贬将仕郎、崖州司户参军。公自迁谪,日赋一诗,号《知命集》。……因徙雷州,移道州,复秘书,监光州。居住贬窜十五年,须发无斑白者,人皆服其量。临终,半月不食,焚香危坐,诵佛书。以沉香煎汤,时呷而已。……归葬华山,所居在大郎桥,号晋公坊,字甚古。"

按,《宋诗纪事》卷六引《高斋诗话》、《洪驹父诗话》,《宋诗纪事补正》引《东轩笔录》,皆无此丰富资料。

丁谓,字谓之,更字公言,封晋公。

85. 龚况所交游皆一时名士

龚明之《中吴纪闻》卷五：

"季父（龚）讳况，字濬之，登崇宁五年进士第，再迁入馆，在馆八年。学术文章，俱不在人下。时同列知名者，惟季父与苏元老在庭尔，当时号为'龚苏'。叶石林俊声籍甚，尝为文字交。其它所与酬唱者，如洪玉父、朱新仲、王丰甫、张敏叔亦皆一时名士。用先都官中隐故事，自号起隐子，有文集三十卷，曰《起隐集》。终祠部员外郎、朝议大夫。季父诗格清古。"

86. 江暐事母极孝

曾敏行《独醒杂志》卷六：

"江彦明（名暐，字彦明，号寮阳居士），吉之永新人，喜作诗，事母极孝。母尝有疾，彦明携笔砚坐床下，进药之余，吟诗自遣，遂以诗名。"

87. 范成大以诗名一代

陆游《渭南文集》卷四《范待制诗集序》：

"公素以诗名一代，故落纸墨未及燥，士女万人，已更传诵，被之乐府弦歌，或题写素屏团扇，更相赠遗。"

88. 晁公迈以文学称

陆游《渭南文集》卷一四《晁伯咎（字）诗集序》：

"东里晁公伯咎（讳公迈）诗四百六十有一篇，其孙集为四卷。"

"伯咎少以文学称，自其诸父景迂（晁说之号）、具茨（晁冲之号）先生皆叹誉之。诸公贵人亦往往闻其名，……傲睨忧患，不少动心。……其名章秀句,传之士大夫,皆以为有承平台阁之风。"

"伯咎学问赡博,胸中恢疏,勇于为义,视死生祸福无如也。至他文亦皆豪奇,不独其诗可贵。"

89. 朱敦儒尝三召不起

周必大《二老堂诗话》:

补《宋诗纪事》卷四十四小传:"(敦儒)深达治体,有经世之才,静退无竞,安于贱贫,尝三召不起,特补迪公郎。后赐出身。历官职郎官,出为浙东提刑,致仕居嘉禾,诗词独步一世。"

90. 胡公武为胡铨犹子

杨万里《诚斋集》卷一二八《胡英彦墓志铭》:

"澹庵先生胡公……其宗族家庭俊茂尤角立。其好学刻深,厉操清苦,克肖先生者,犹子(侄儿)英彦也……性嗜文,尤工于诗,其句法祖元白而宗苏黄,追逐光景,绘事万汇,金春玉应,山高水深,独造其极。"

91. 徐俯以诗酒自娱

王明清《挥麈录》后集卷八《高宗擢用徐师川》:

"德占一子,裕陵怜之,襁褓中补通直郎。后来一向以诗酒自娱,放浪江南山川间,食祠禄者四十年。……师川没后十年,(其子)瑀贫不能家。"

"初师川仕钦宗为郎,二圣北去,张邦昌僭位,师川独不拜庭下,持其用事之臣,大呼号恸,卒不自污,挂冠以去,故上(高宗)有立节可嘉之语。"

"既登宥密(近臣),颇骄傲自满。"

92. 晏殊以文学谋议为任

王正德《余师录》引苏洵《类要序》：

晏元献（字）"在朝廷五十余年，常以文学谋议为任，所为赋、颂、铭、碑、制、诏、册、命、书、奏、议论之文传天下，尤长于诗，天下皆吟诵之"。

93. 沈东山林野逸之气

陈造《江湖长翁集》卷二三《云壑诗序》：

居士诗"婉而峻，健而泽，含台阁风骨，而山林野逸之气不乏也。取律多而不杂，用意邃而不凿，篇意字法，要皆深稳惬当，学力可谓不苟"。

"胸襟恢疏，遇物倏然，故不屑愤狷讥评之作。其气夷，故清平不迫。其所养熟，故萧散有余。"

"居士贤而才，幼则儒，尝为举子，一不得意，置不为。取古今书传，博取而精用之，凡有感于中，一发于诗，乐乎此。"

按，沈东，字元序，又作"叙"，二字通用。号云壑居士。昆山人。

94. 李庚沉酣万卷，不与人通

楼钥《攻媿集》卷五二《詅痴符序》：

"公方买屋近郊，古木交阴，庭草错列，若隐士居。聚书数万卷于楼上，闭门不与人通，老矣，犹沉酣其中，里闾罕识其面，间与人接，虽微贱必与之抗礼，后生有以经史叩请，随即响答。诗文晚益高，时出一篇，即日传诵；哀挽之作，尤为凄婉，真可以泣鬼神也。"

按，《宋诗纪事》卷四十七言庚字子长，临海人。集名《詅痴符》。并引楼序释云：海邦货鱼于市者，夸诩其美，谓之"詅鱼"。

引颜之推《家训》曰："吾见世人至无才思，自谓清华，流布丑拙，亦已众矣，江南号为'诊痴符'。"并认为李庚名此，"特谦耳"。《补遗》、《续补》、《补正》均未补上述诗事。

95. 王正己自校书

楼钥《攻媿集》卷五二《酌古堂文集序》：

王"风流蕴藉，如晋宋间人"。"自少至老，聚书六万余卷，多自雠校，为之目甚详。名堂以酌古（并以名书）。"

"未尝无为而作，文遇论事，则明白洞达，援据审谛，切于事物，理之所在，无所回挠，压之以万钧，震之以雷霆，不动也。"

按，《攻媿集》卷九十九另有《朝议大夫秘阁修撰王公墓志铭》，可详参。

96. 王禹偁能为歌诗

晁公武《郡斋读书志》卷四《王元之小畜集》：

"（禹偁字元之）能为歌诗"，"善属文"。

97. 鲜于瑰累举不第

晁公武《郡斋读书志》卷四《鲜于伯圭集》：

"累举不第，尝作《摅愁词》，时人称之。"

98. 史伯强时时醉中骂坐

韩淲《涧泉日记》卷上：

"史伯强，蜀人，豪于诗酒，议论激烈，有战国气象。只身往来江湖间。上书不偶，布衣皮冠自放浪而已。……平日不肯妄与人过从，世不识者多怪其好骂也。（时时醉中骂坐，语不徒发）有《虎囊

（其号）集》。"

99. 毛升负气不群

韩淲《涧泉日记》卷上：

"毛升，字平仲，柯山人，尚书友龙之子也。负气不群，诗文清快。与尤袤相厚。自宛陵罢官归，号樵隐居士，有集。临死，作手书抵延之（尤袤），语如神仙。"

100. 陈亮跌宕不羁

韩淲《涧泉日记》卷下：

"陈亮，字同父，婺州人。有才气笔力，有议论远略，忿世疾邪。在太学欲言天下事，学官阻之，遂变名作陈同，奏三书，极论当世之弊，甚欲一言寤主。虽召至都堂，竟与执政不合而止。屡以它事桎梏。……叶适与之为至交。当今天下文章，陈亮、叶适。"

又，岳珂《桯史》卷二：

"东阳陈同父，资高学齐，跌宕不羁。"

101. 杨万里与风月之约

罗大经《鹤林玉露》卷一四：

"杨诚斋自秘书监将漕江东，年未七十退休。南溪之上，老屋一区，仅庇风雨，长须赤脚。……聪明强健，享清闲之福，十有六年。宁皇初元，与朱文公（熹）同召，文公出，公独不起。……然公高蹈之志，已不可违也，尝自赞云：'江风索我吟，山月唤我饮。醉倒落花前，天地为衾枕。'又云：'青白不形眼底，雌黄不出口中，只有一罪不赦，唐突明月清风。'"

102. 赵蕃乃公朝尊老

张端义《贵耳集》卷上：

"赵昌父名蕃，号章泉，郑州管城人，与（周）益公同里也。益公当轴，所仕但一酒官耳。五十年不调，居信（州）上，一时名胜纳交，户外之屦常满。放翁皆有（赠）诗，寿九十余。公朝尊老，以秘阁正郎聘之，不至。"

按，《纪事》卷五十九有传无此。《续补》、《补正》无补此。《补遗》无此人。

103. 王介素与荆公不相能

祝穆《古今事文类聚》后集卷一〇：

"王介素与荆公不相能"，"鄙之曰：金陵村里王夫子"。"王介性轻率，语言无伦。"

按，《纪事》、《补遗》、《补正》皆无此。《续补》附录一：补制举登第年份，并云其辛苏轼有挽词。

104. 刘过与辛弃疾酬唱亹亹

岳珂《桯史》卷二《刘改之（字）诗词》：

"庐陵刘改之（过）以诗鸣江西，厄于韦布，放浪荆楚，客食诸侯间。"

"词翰俱卓荦可喜。"

"嘉泰癸亥岁，改之在中都，时辛稼轩（弃疾）帅越，闻其名，遣介招之。适以事不及行，作书归辂者。因效辛体《沁园春》一词，并缄往，下笔便逼真。其词曰云云（略）。辛得之大喜，致馈数百千，竟邀之去。馆燕弥月，酬唱亹亹，皆似之，逾喜。垂别，赆之千缗，曰：'以是为求田资。'改之归，竟荡于酒，不问也。词语峻拔，如尾腔对偶错综,盖出唐王勃体而又变之。"

"余(按,岳珂)时与之饮西园,改之中席自言,掀髯有得色……继而别去,如崑山,大姓某氏者爱之,女焉。余未及瓜(瓜代,任期届满,别人接替),而闻其讣。"

按,《纪事》卷五十八引《山房纪事》与上述大同而小异。

105. 徐铉杰出于"三徐"

岳珂《桯史》卷一:

"国初,三徐(按,父延休、兄铉、弟锴)名著江左,皆以博洽闻中朝,而骑省(按,铉有《骑省集》)铉,又其白眉(按,指杰出者)者也"。

"徐骑省(按,铉原事江南后主,为文院学士。归宋为直学士院给事中,散骑常侍。有《骑省集》)……坐是削官为静难军行军司马。后端居不出。"

"弟锴,词藻尤赡,年十岁,群从燕集,令赋《秋声》诗,顷刻而就。"

按,《宋诗纪事》卷三有铉传(铉,字鼎臣)但未录锴。

106. 孙觌历践四朝

岳珂《桯史》卷六:

"孙仲益觌《鸿庆集》,大半铭志,一时文名猎猎起,四方争辇金帛请,日至不暇给。其高风绝识,自以不获见之为大恨。有铭曰:'历践四朝,如砥柱立,不震不摇。'"

按,《纪事》卷三十八有小传,《补正》有补诗。

107. 陈瓘名节之重

岳珂《桯史》卷十四《陈了翁始末》：

"陈了翁在徽祖朝，名重一时，为右司员外郎。曾文肃敬之，欲引以附己，屡荐于上，使人谕意，以将大用之。了翁谓其子（正汇）曰：'吾与丞相议多不合，今乃欲以官相饵。'"

以一书上文肃，责其"独擅政柄，首坏先烈，弥缝壅弊，人未敢议"。结果被以元祐党籍除名。岳珂慨叹曰："前辈名节之重，身蹈危机，不复小顾，申省公牍，百载而下，读之凛凛有生气。"

按，《纪事》卷二十七有小传云："瓘字莹中，号了翁，有《了翁集》。"而未及其事。《补遗》、《补正》均有补诗，亦未及事。

108. 谢希孟有古淑女幽闲之风雅

陈振孙《直斋书录解题》卷二〇《女郎谢希孟集》：

"闽人谢景山（按，谢伯初字景山）之妹，嫁陈安国年三十三而死。其诗甚可观，欧公为之序，言有古淑女幽闲之风雅，非特妇人之言也。"

109. 王义丰以其集名称人

岳珂《桯史》卷一《王义丰诗》：

"王阮者，德安（按，今属江西）人，仕至抚州守，尝从张紫微（张孝祥）学诗。……阮所作诗号《义丰集》，刻江泮，其出于蓝者盖鲜，校官冯椅为之序"。

按，《全宋诗》第五十册有传云：王阮，字南卿。有《义丰集》一卷。

110. 司马光于德义甚于利欲

蔡正孙《诗林广记》后集卷之十引《元城先生语录》范纯夫云：

"公于物，澹无所好。其于德义，甚于利欲。其清如水，而澄之不已。其直如矢，而端之不已。居处必有法，动作必有礼。其被服如陋巷之士，一室萧然，群书盈几，终日正坐，泊如也。又以圆木为警枕，少睡，则枕转而觉，乃起读书。盖恭俭勤谨，出于天性，自以为适。不勉而能，起而泽被天下。内之儿童，外之蛮夷戎狄，莫不钦其德，服其名。惟至诚无欲故也。"

按，《补正》引《邵氏闻见后录》东坡书公神道之石曰："论公之德，至于感人心，动天地，巍巍如此。而蔽以二言：曰诚，曰一云。"可补。

111. 俞清老脱逢腋着僧伽黎

《王直方诗话》引山谷云：

"金华俞清老，……十年前，与余共学于淮南。元丰甲子相见于广陵，自云荆公欲使之脱缝掖，（君子有道艺者所衣）着僧伽黎（僧服大衣），奉香火于半山宅寺，所谓报宁禅院者。予之僧名紫琳，字清老，无妻子之累。……后数年，见之，儒冠自若也。"

112. 吴含灵俗呼为"吴猱"

《竹庄诗话》卷二十一引《郡阁雅谈》：

吴含灵，江西人也，为道士，居南岳六七年，俗呼为吴猱。好睡，经旬不饮食。……素不攻文，偶作《上昇歌》，甚奇绝。云云。清泰年，羽化后，有客人乾祐中在嵩山见之。

113. 赵德麟妻：二十八字媒

祝穆《古今事文类聚后集》卷一一：

"（赵）德麟鳏居难其配，因见此篇（按，指《绝句》："白藕作花风已秋,不堪残睡更回头。晚云带雨归飞急,去作西窗一夜愁。"),遂与之为亲。余以为二十八字媒也。"

114. 甘泳平生不娶

陈普《石堂遗集·甘泳东溪集》:

"泳字中夫,一字泳之,自号东溪子,崇仁人。性刚正,不与时俯仰。平生不娶,效林和靖,读书不拘绳尺,尤工于诗。……至元二十七年卒(按,《纪事》卷七十九小传云:"生宋末")。有《东溪集》。(当时人)黄大山序其诗谓'高不诞,深不晦,劲不粗,全体似李贺而不涉于怪怪奇奇'。……所作甚富,鳌溪刻本止七百三十余篇,今亦失传,可惜也。"

115. 曹纬、曹组兄弟俱有俊才

阙名《桐江诗话》:

"颍昌曹纬彦文(先字元象),弟组彦章(后字元宠),俱有俊才。彦文释褐即物故,彦章多依栖中贵人门下。……今人但知彦章善谑,不知其才,良可惜也。彦章后字元宠,兄弟幼孤,母王氏教养成就。王氏亦能诗,尝有《雪中观妓诗》云(略)。"

116. 柳开任气凌物

沈括《梦溪笔谈》卷九:

"柳开少好任气,大言凌物,应举时以文章投主司于帘前,凡千轴,载以独轮车,引试日,衣襕(长袍),自拥车以入,欲以此骇众取名。"

117. 曹翰有宏才伟特之度

《文莹诗话》二二：

"曹武毅（按，赐谥武毅）翰，……翰有宏才伟特之度，能诗，有《玉关集》。"并曾因诗得太宗嘉赏。（见《青箱杂志》）

118. 唐询、唐诏兄弟俱擅一时之誉

《文莹诗话》二九：

"唐彦猷侍读询、弟彦范诏，俱擅一时才雅之誉。彦猷知书好古，彦范文章气格高简不屈，疏秀比六朝人物，尤精翰墨，遗一小札，亦必华笺妙管，详雅有意。"

按，《宋诗纪事》卷十二：唐询，字彦猷。引《皇宋书录》与此条大义相同。但不知何书在前。唐诏，字彦范。

119. 吕祖谦气度冲和

韩淲《涧泉日记》卷上：

"吕祖谦，申国公丞相公著之孙，中书舍人（吕）本中之姪孙，……有学问，有文章，气度冲和，议论平正，仅为秘书郎而死。"

120. 文同作诗骚亦过人

《叶梦得诗话》卷中：

"文同字与可，蜀人，与苏子瞻厚。为人靖深，超然不撄（yīng，触犯）世故。善画墨竹，作诗骚亦过人。"

"子瞻数上书论天下事，退而与宾客言，亦多以时事为讥诮，（文）同极以为不然，每苦口力戒之，子瞻不能听也。"

"（轼）出为杭州通判，（文）同送行诗有'北客若来休问事，西湖

虽好莫吟诗'。"

121. 郭功甫（又作父）为李谪仙后身

吴曾《能改斋漫录》卷一〇《议论》：

郑毅夫、章表民、梅圣俞等"皆以功甫为李谪仙之后身"。

圣俞《赠功甫》："采石月下闻谪仙，夜披锦袍坐钓船。"

"然东坡、山谷，不以为然。"

按，《宋诗纪事》卷二十七传：郭祥正，字公甫，号谢公山人。请老归家于青山下，有《青山集》。

122. 刘边于月泉吟社赋诗

陈普《石堂遗集》《刘边〈自家意思集〉》：

"边字近道，建安人，与同邑虞韶、虞延硕、毛直方四人齐名。所著有《自家意思集》四卷及《读书撼言》若干卷。月泉吟社（按，宋亡以后，不少遗民诗人结社吟诗，以抒发《黍离》、《麦秀》之叹。由婺州浦江人吴渭延致乡遗老方凤，与闽谢翱、吴思齐等人成立月泉吟社，与各地移民赋诗唱和。今存《月泉吟社》诗一卷，收60位作者的诗凡74首）分赋《春日田园杂兴》诗，近道有句云（略）。若干卷。"

123. 赵良淳守土死节

周密《浩然斋雅谈》卷上：

"赵良淳，字景程，号常轩，饶之余干人。忠定丞相（赵汝愚）之曾孙。咸淳（南宋度宗）甲戌，长江失守，凡内郡悉除授宗姓，公守霅（zhà，水名，在浙江吴兴）。明年，城失守。公以片纸书付其子曰：'宁为赵氏鬼，不为他国臣。行年五十有三，守土而死节，尚复奚憾！诸子幸而生者，勉旃（zhān）忠教。'书讫，付其子友伯，遂闭阁投缳（绞索)而死,时乙亥除夕也。陈体仁尚书作诗三章哀之曰:'忠定扶神鼎,安邦不顾身。曾孙能致命,属籍岂无人。归骨潘江上,招魂雪水滨。死生均此念,老病泣遗民。'"

124. 郑若春松泉之趣

何梦桂《晞文集》卷六《题郑松泉诗序》:

"郑若春叟筑屋松间,暇日蹒跚其下,採花摭实,时汲清泉咀嚼之(按,知其号"松泉"者,其意在此),故其诗思多得于此。日新月长,松泉之趣无穷,君之诗所得亦未渠央也。"

按,宋诗有郑若冲者,与若春非一人。

125. 王石涧作诗纾忧娱老

何梦桂《晞文集》卷十《王石涧临清诗稿跋》:

"石涧兄,我先人甥也,长予六年。……予方童卯,兄与儿辈争念诗文,已跨人先。及长为举子业,不肯落人后。近世学者废举子业,好尚为诗(按,言石涧能于好尚中独不废举子业)。"

读其诗"盘空硬语,掷地金声,使人惊喜。以年考之,石涧八十一矣,其精力不衰,笔力愈劲如此。病乡持玩,纾忧娱老之一助也。石涧进而年九十授《尚书》,九十五作《抑》诗"。

126. 陈之奇以道德著于乡

龚明之《中吴纪闻》卷一《陈君子》:

"陈之奇,字虞卿,乡人以其有贤德,故以君子称之。初登第,为鄱阳尉,后为丹徒泰兴令。……乞致仕,迁太子中允,时年未五十。俄除平江军节度,掌书记,复以为教授。"

"公道德著于乡,虽闾巷小儿,亦知爱敬。有争讼久不决者,跨骞驴至其家，以大义感动之，皆为之革心。自挂冠后，闲居十八年。熙宁初卒，葬花山。王岐公为作志，题之曰'陈君子墓铭'。"

按，未及其诗，亦不见其诗。

127. 蒋仲武乡评无不以善人长者称之

龚明之《中吴纪闻》卷五二《放麂子集序》：

"吾友蒋仲武，天资仁厚，自号放麂子。"

"仲武嗜学如嗜芰（菱角），于书无所不读，于诗无所不记，虽字画任真，而手抄之书，至不可计。其孝友慈祥，爱人利物之心，既不得少见于世，一寓之诗，大篇短章，蔼然仁义之言溢于编牍。……乡评无不以善人长者称之。"

按，可补事、补传，不及评。《四库总目》未载。

128. 詹默被陆游祖父引为上客

阙名《漫叟诗话》：

"詹默存中，会稽人，博极群书，文词高古，陆农师（按，陆佃字农师，陆游之祖）列为上客。元符（按，北宋哲宗年号，距徽宗三年）中，在临川（按，今江西）作法掾，游从甚久。"

下引《祷雨诗》、《送高彦应诗》等，认为"皆奇作"。

按，《全宋诗》第二十二册第14931页引《苕溪渔隐丛话》，又作唐默，字存中。

129. 唐长孺有《艺圃小集》

《桐江续集》卷三三《唐长孺艺圃小集序》：

"艺圃有作所谓小园，仅有百步者，凡十六句，似乎作拟陶，后二首亦然，予为题曰《艺圃小集》而序之。"

"其（诗）所以可人意者，格高也。何以谓之格高？近人之学许浑、姚合者，长孺扫之如粃糠，而以陶、杜、黄（庭坚）、陈（后山）为师者也。"

130. 唐师善与其父诗声震江湖三十余年

《桐江续集》卷三二《唐师善月心诗集序》：

"师善明年始三十一，能如予之言（按，指"欲师善订後山存稿·焚稿之意"），愈参愈悟，愈变愈进。"

"师善名侯举。乃翁号中斋，亦有诗，声震江湖三十余年，家法有来云。"

又牟巘《陵阳集》卷一三《唐月心诗集序》：

"唐师善自号月心，旧时举子，业修而学博，去为诗人，诗尤工。……句意至到，音节谐美处，活脱唐诗。诗名方猎猎以起。"

131. 唐棣作诗之暇，留意于画

牟巘《陵阳集》卷一三《唐棣诗序》：

"予卧蓬庐中，忽唐棣者袖诗来见。名甚异，貌甚臞，词甚敏。……唐棣锐有立志，不肯碌碌随俗，用力甚勤，亦可喜者。又闻作诗之暇，舐笔和墨，留意于画。"

132. 谌祐使律诗中兴

元朝刘埙《隐居通议》卷七《桂舟七言律撷》：

"谌公祐，字自求，号桂舟。世居南丰之西曰瞿邨。幼厌举子业，不求仕，专志古学，……喜著书，有《三传朝宗》、《史汉韵纪》、《古书合辙》。所作有《桂舟歌咏》、《桂舟杂著》。集中记序最佳，其论诗处皆入妙品，笔力高峻，有《史》、《汉》文气。古体、乐府俱善，而以律体尤精,唐律绝响三百年,公自出机轴,扫空凡马。……识者谓律诗至公中兴。"

又《桂舟评论》曰:

"公之于诗,其学其识,其议论其法度,精且严如此。"

"唐棣锐有立志,不肯碌碌随俗,用力甚勤,亦可喜者。又闻作诗之暇,舐笔和墨,留意于画。"

按,《全宋诗》第六十四册有谌祜,有作谌"祐"者,疑误。

下编 补诗评（202 则）

1. 韩驹（字子苍）诗淡泊而奇丽

周紫芝《太仓稊米集》卷六七《书陵阳集后》：

"大抵子苍之诗极似张文潜，淡泊而有思致，奇丽而不雕刻。"

按，《宋诗纪事》前后征引宋人诗话九种之多评论韩驹诗，皆不及此二句入骨也。

又苏辙《栾城后集》中卷《题韩驹秀才诗卷》：

"我读君诗无笑语，恍然重见储光羲。"

陈振孙《直斋书录解题》卷十八：

"（韩）自幼能诗，黄太史（山谷）称其超轶绝尘，苏文定（苏辙）以比储光羲。"

钱《补正》：

"至于苏辙即句品评，我们实在看不懂。看来苏辙动不动把人比储光羲（按，曾称赞参寥诗"酷似储光羲"，而参回曰："某平生未闻光羲名，况其诗乎？"），也许这是一顶照例的高帽子，并非量了韩的脑瓜的尺寸定做的。"

2. 苏、黄、王三家诗各有特点

释普闻《诗论》：

"东坡长于古韵，豪逸大度；鲁直长于律诗，老健超迈；荆公长于绝句，闲暇清癯。其各一家也。"

"然则荆公之诗，覃深精思，是亦今时之所尚者。鲁直（评荆公）

曰:'荆公暮年小诗,雅丽清绝,脱去尘俗,不可以常理待之也。'"

3. 蔡百衲(百衲居士)评宋四人诗

《蔡百衲诗评》:

"黄太史诗,妙脱蹊径,言谋鬼神,唯胸中无一点尘,故能吐出世间语;所恨务高,一似参曹洞下禅,尚堕在玄妙窟里。"

"东坡诗,天才宏放,宜与日月争光,凡古人所不到处,发明殆尽,万斛泉源,未为过也;然颇恨方朔极谏,时杂以滑稽,故罕逢蕴藉。"

"王介甫诗虽乏风骨,一番清新,方似学语之小儿,酷令人爱。"

"欧阳公诗,温丽深稳,自是学者所宗;然似三馆画手,未免多与古人传神。"

又《郭思诗话》:

"欧阳永叔情实而葩华";"王舒王诚意而粹熟"。

又惠洪《石门文字禅》卷二七《跋东坡悦池录》:

"欧阳文忠公以文章宗一世。读其书,病在理不通。以理不通,故心多不能平。以是后世之卓绝颖脱而出者皆目笑之。"

"东坡盖五祖戒禅师之后身,以其理通,故其文涣然,如水之质漫衍浩荡,则其波亦自然而成文章。……其文自孟轲、左丘明、太史公而来,一人而已。"

4. 潘大临多佳句,然其贫

惠洪《冷斋夜话》卷四:

"黄州潘大临工诗,多佳句,然其贫。东坡、山谷尤喜之。"

又彭乘《墨客挥犀》卷一〇:

"黄州潘大临工诗,多佳句,然贫甚。东坡、山谷尤善之。"

5. 文与可诗尤精绝

《冷斋夜话》卷一引东坡评文与可诗：

"其高才兼诸家之妙，诗尤精绝。"

6. 王琪诗深淳独至

蔡絛《西清诗话》：

"王君玉琪，诗务刻琢，而深淳独至，高视古今。"

7. 谢逸诗造语而工

《冷斋夜话》卷十：

临川谢逸字无逸，高才，江南胜士也。鲁直见其诗，叹曰："使在馆阁，当不减晁（无咎）、张（文潜）、朱世英。"

又《石门文字禅》卷二七《跋谢无逸诗》：

"临川谢无逸，布衣而名重搢绅。于书无所不读，于文无所不能而尤工于诗……。无逸又喜论列而气长，诗尚造语而工，置于文潜（张耒）、补之（晁无咎）集中，东坡不能辨。文章如良金美玉，自有定价。殆非虚语也。"

又吕本中《紫薇诗话》：

"谢无逸富赡。"

又宋阙名《漫叟诗话》：

"谢无逸学古文高洁，文词锻炼，篇篇有古意，尤工于诗。……淮南潘邠者与之甚熟，二公皆老死布衣，士议惜之。"

8. 陈与义一洗旧常畦径

葛胜仲《丹阳集》卷八《陈去非诗集序》：

"天分既高，用心亦苦，务一洗旧常畦径。意不拔俗，语不惊人，不轻出也。"

"虽流离困厄，而能以山川秀杰之气，益昌其诗，故晚年赋咏尤工。缙绅士庶争传诵而旗亭传舍摘句，题写殆遍，号称'新体'。"

又刘克庄《后村诗话》后集卷二引张嵲《与简斋》五言语评云：

"癯瘦藏具美，和平蓄余豪。"

又《刘辰翁集》卷六《简斋诗集序》云：

"惟陈简斋以后山体用后山，望之苍然，而光景艳丽，肌骨匀称。"

按，《纪事》卷三十八传：陈与义，字去非，号简斋，有《简斋集》。

严羽《沧浪诗话·诗体》：

"陈简斋体，陈去非与义也。亦江西之派而小异。"

按，钱《补正》驳此说，认为陈在南宋诗名极高，但没有人把他归在江西派里。只是到了南宋末期，严羽说他"亦江西诗派而小异"。刘辰翁更把他和黄庭坚、陈师道讲成一脉相承，而方回更把他抬举到"一祖三宗"（按，杜甫为"祖"，黄庭坚、陈师道、陈与义为"三宗"），"一直咬定他是江西派"。钱认为"从此淆惑了后世文学史家的耳目"。

因为黄、陈（师道）费心用力地学杜甫，而忽略了杜诗声调音节"弘亮而又沉著"的一面；而陈与义却注意到了这一点，因此他的诗尽管意思不深，可是"词句明净，而且音节响亮，比江西派的诗人（招人）喜欢"。

9. 王铚文词俊敏

《香溪集》卷一《国色诗并序》：

"性之文词俊敏，好奇博雅。"

按，《宋诗纪事》卷三十二小传云：字性之，有《香溪集》。

10. 苏、梅并称而诗风相反

《临汉隐居诗话》：

"苏舜钦以诗得名，学书亦飘逸，然其诗以奔放豪健为主。梅尧臣亦善诗，虽乏高致，而平淡有工，世谓之苏梅，其实与苏相反也。"

11. 邢居实用笔纵横

《王直方诗话》：

"邢居实字惇夫，年少豪迈，所与游皆一时名士。方年十四五时，尝作《明妃引》，……诸公多称之。既卒，余收拾其残章，编成一集，号曰《呻吟集》。""惇夫自少便多憔悴感慨之意。""惇夫之卒也，山谷以诗哭之云：'诗到年来更老成，江山为助笔纵横。'"

按，《纪事》卷三十四小传引《雪浪斋日记》云居实为邢恕（卷二十六有传，字和叔，从伊川学，第进士）之子。年十四时赋《明妃引》，子瞻见而称之，由是知名。病羸早夭，王直方编其遗草为《呻吟集》。可作佐证。

又汪藻《浮溪集》卷一七《呻吟集序》：

"（邢敦夫）为苏东坡之客，黄鲁直、张文潜、秦少游、晁无咎之友。""虽不幸短年，而东坡以为足以藉手见古人，鲁直以为足以不朽，无咎以为足以追逐古人。"

"敦夫之诗文盛行于时，与黄、秦、晁、张并传，信诸公许可为知言也。"

黄庭坚《次韵答邢敦夫》：

"邢子好少年，如世有源水。方求无津涯，不作井蛙喜。儿中兀老苍，趣造甚奇异。"

12. 思聪诗如水镜以一含万

《王直方诗话》：

"东坡号思聪诗为《水镜集》，又作序赠之，云：'聪能如水镜以一含万，则书与诗当益奇。'"

13. 陈渊诗得欧阳修喜欢

《王直方诗话》引田承君云：

"欧阳公晚年最喜陈知默诗，至云：'修方且欲学之。'陈诗不多见，承君但见其两联云：'平地风烟横白鸟，半山云木卷苍藤'、'云埋山丽藏秋雨，叶脱林梢带晚风'。"

按，《纪事》卷四十五小传云：陈渊，字知默，初名渐，字几叟，陈瓘之侄孙。有《默堂集》。上引两联《纪事》未录。

14. 秦觌诗需刮目视之

《王直方诗话》：

"秦觌字少仪，好为诗。"山谷曾称其诗"乃能持一䤵（shī，矛），与我箭锋直"。"才难不其然，有亦未易识。"说觌"缘此诗思大发，交游亦刮目视之"。

按，《纪事》有秦观（字少游）、弟秦觏（字少章）传并诗，但无其小弟秦觌（字少仪）。

15. 徐俯作诗立意不蹈袭前人

《王直方诗话》云：
其诗"大为山谷所赏"。

《豫章诗话》云：
山谷尝称赞师川（按，徐俯字师川，有《东湖集》，为山谷甥）《上蓝庄诗》："词气甚壮，笔力绝不类年少书生。熟读数过，为之喜而不寐。"并预言甚有"日新之功"。

《后村诗话》言其创作"自为一家"。

《吕氏童蒙训》引徐俯言："作诗立意，不可蹈袭前人。"

又赵鼎《忠正德文集》卷八《丁巳笔录》：
"俯晚年学李白，稍放肆矣。"

16. 山谷诗取法于谢师厚

《王直方诗话》载：

"山谷对余言，谢师厚七言绝类老杜（按，黄、谢皆学杜），但人少知之耳。"

师厚也倾心于山谷诗："师厚方为其女择对，见庭坚诗，乃云吾得婿如是足矣。"

但王直方认为，"庭坚之诗竟从谢公得句法"。故黄尝有诗曰："自往见谢公，论诗得濠梁。"

按，二人源头都自老杜。在学杜过程中，互相渗透，互相影响，必然相互取法。

吴炯《五总志》：

"山谷老人自卯角能诗，……至中年以后，句律超妙入神，于诗人有开辟之功。受知于东坡先生，而名达夷夏，遂存'苏黄'之称。……坡、谷之道一也，特立法与嗣法者不同耳。"

又秦观论山谷诗文：

《王直方诗话》：

山谷旧所作诗文，名以《焦尾》、《弊帚》。少游云："每览此编，辄怅然终日……，以文墨称者，未见其比。所谓珠玉在傍，觉我形秽也。"

又《陈岩肖诗话》卷下：

"至山谷之诗，清新奇峭，颇造前人未尝道处，自为一家，此其妙也。至古体诗，不拘声律，间有歇后语，亦清新奇峭之极也。"

张戒《岁寒堂诗话》卷上：

"国朝黄鲁直，乃邪思之尤者。（按，孔子曰'思无邪'）。鲁直虽不多说妇人，然其韵度矜持，冶容太甚，读之足以荡人心魄，此正所谓邪思也。"

朱熹《清邃阁论诗》：

"山谷诗精绝，知他是用多少功夫。……可谓巧好无余，自成一家矣。"

刘克庄《后村诗话》后集卷一：

"黄庶亚父,山谷之父。……(其诗)奇崛不蹈袭。……杂之谷集中不能辨。谷尝手书此二诗,刻于星子湾,跋云:'先君平生刻意于诗。'与子美'吾祖诗冠古'之评价何异?亚夫真黄氏之审言(按,杜审言,杜甫之父)矣!"

刘克庄《后村诗话》后集卷二:

引张嵲巨山评山谷:"其古律诗酷学少陵,雄健太过,遂流而入于险怪。要其病在太着意,欲道古今人所未道语尔。"

何谿汶《竹庄诗话》卷十六引《苕溪渔隐丛话》评《书摩崖碑后》云:

"余顷岁往来湘中,屡游浯溪,徘徊摩崖碑下,读诸贤留题,惟鲁直、文潜(有《中兴碑诗》或曰《读中兴颂》)二诗,杰句伟论,殆为绝唱,后来难措词矣。"

17. 谢逸评江西诗社中人

评徐文学:

《溪堂集》卷二《伤徐文学》:

"东海儒林秀,落笔妙词赋,蹭蹬江湖秋,低徊老韦布。"

评洪驹父:

同上《寄洪驹父戏效其体》:

"毛锥摘秋颖,茧纸解水苍。挥洒有能事,著勋翰墨场。"

又《寄徐师川》:

"洪家兄弟皆英妙。"

评徐师川(徐俯字师川,山谷外甥):

同上《寄徐师川戏效其体》:

"斯人天下士,秀拔无等双。捉麈望青天,意气吞八荒,平生学古功,胸次罗典章。商略造理窟,清论排风霜。"

评汪信民(汪革):

同上《集西塔寺怀亡友汪信民以"言念君子,温其如玉"为韵,探得念字》:

"吾友汪夫子,才力百夫瞻,独立流俗中,如山不可堑。"
又卷七《送汪信民序》云:
"吾友汪信民,可谓善学者矣,……其为学无所不通,而尤长于经术。"
又吕本中《紫微诗话》:
"饶德操萧散。""德操为僧后,诗更高妙,殆不可及。"
"潘邠老刻苦。"

18. 王直方才出群雄

谢逸《溪堂集》卷一《和王立之见赠四首》:
"王子遗我诗,五言若长城。谁谓永嘉末,复闻正始声。"
又《次王直方承务见寄韵》:
"知君才是出群雄。"

19. 邵雍评"四贤"诗

《邵氏闻见前录》卷十五《四贤诗》:
"彦国(富弼)之言铺陈,晦叔(吕公著)之言简当,君实(司马光)之言优游,伯淳(程颢)之言条畅。"
以为四人"在人之上",是熙宁(指北宋神宗时期)间的"一时之壮"。

20. 许大方超然自放

张耒《张右史文集》卷五一《许大方诗集序》:
"往往英奇秀发之气发为文字,言语超然自放于尘垢之外。"

21. 秦观无忧而为忧者之词

张耒《张右史文集》卷五一《送秦观从苏杭州为学序》:

"秦子善文章而工为诗，其言清丽刻深，三反九复，一章乃成，大抵悲愁凄婉、郁塞无聊者之言也。其于物也，秋蛩寒螀，鸭鹀猿狖之号鸣也，霜竹之风，冰谷之水，楚囚之弦，越羁之呻吟也。嘻！秦子内有事亲之喜，外有朋友之乐，冬裘而夏绤，甘食而清饮，其中宁有介然者，而顾为是耶？世之文章多出于穷人，故后之为文者喜为穷人之词。秦子无忧而为忧者之词，殆出此耶？"

又李纲《梁溪集》卷一六二《秦少游所书诗词跋尾》：

"少游诗（与）字婉美，萧散如晋、宋间人，自有一种风气，所乏者骨骼耳，然要是一时才者。"

又朱弁《曲洧旧闻》卷三引东坡尝语苏过曰：

"秦少游、张文潜才识学问为当世第一，无能优劣二人者。少游下笔精悍，心所默识而口不能传者，能以笔传之。然而气韵雄拔、疏通秀朗，当推文潜。"

22. 石曼卿以气自豪

晁补之《鸡肋集》卷三三《跋曼卿诗刻》：

"曼卿与苏公子美（舜钦）齐名，两人皆欧阳文忠公所畏，《澄心堂诗》（按，欧作）所谓'曼卿子美皆奇才'者也。又《曼卿墓表》其略曰：曼卿，先世幽州人，少以气自豪，读书不治章句，独慕古人奇节伟行非常之功，顾不合于时，乃一混于酒，文章劲健，称其意气云。"

又石介《徂徕集》卷十八《石曼卿诗集序》：

"国朝祥符中，民风豫而泰，操笔之士率以藻丽为胜，惟曼卿与穆参军伯长（穆修）自任以古道作为文，必经实不放于世，而曼卿之诗，又特震奇秀发，盖能取古之所未至，托讽物象之表，警时动众，未尝徒设。虽能文者累数千百言，不能卒其义，独以劲语幡泊会而终于篇，而复气横意举，飘出章句之外，学者不可寻其屏阈而依倚之。其诗之豪者，与曼卿资宇轩豁，遇事辄咏，前后所为不可计，其遗亡而存者才三百余篇……"（按，此又见苏舜卿《苏学士集》卷一三《石曼卿诗集序》）

又《欧阳文忠公集》卷一《哭曼卿》：

"作诗几百篇，锦组联琼琚。时时出险语，意外研精粗。穷奇变云烟，搜怪蟠蛟鱼。"

《临汉隐居诗话》：

"石延年长韵律诗，善叙事，其它无大好处。"

又朱熹《清邃阁论诗》：

"石曼卿诗极有好处。""诗极雄豪而缜密方严，极好。""胸次极高，非诸公所及。其为人豪放，而诗词乃方严缜密，此便是他好处。可惜不曾得用。"

刘克庄《后村诗话》续集卷一：

"欧公尤重其人。"引范仲淹评"凿幽索秘，破坚发奇，高凌虹霓，清出金石"。"清拔有气骨。"又卷四引石介《读石安仁学士诗》云："齐梁无骏骨，李杜得秋毫。……，试看安仁咏，秋风有怒涛。"推重如此。

何谿汶《竹庄诗话》卷十九引范仲淹评：

"曼卿之诗，气雄而奇，大爱杜甫，酷能似之。曼卿之笔，颜筋柳骨，散落人间，宝为神物。"

又引《欧公诗话》评云：

"曼卿自少以诗酒豪放自得，其气貌伟然，诗格奇峭；又工于书，笔画遒健，体兼颜、柳，为世所好。"

23. 徐积（字仲车）非雕绘

杨时《龟山集》卷二六《跋诸公与徐仲车诗册》：

"余谓先生之节义，如大圭不琢而其美自见，非雕绘所能增饰也。"

24. 贺铸善取唐人遗意

杨时《龟山集》卷二六《跋贺方回〈鉴湖集〉》：

"复出《鉴湖集》示予，其托物引类，辞义清远，不见雕绘之迹，浑然天成,殆非前日之诗也。"

张耒《张右史文集》卷五一:

"余友贺方回,博学业文,而乐府之词,高绝一世。"

"是所谓满心而发,肆口而成,虽欲已焉而不得者。"(按,上又云:"皆天理之自然,而情性之道也。")

王铚《默记》卷下:

"贺方回遍读唐人遗集,取其意以为诗词,然所得在善取唐人遗意也。"

25. 王安石诗精深

赵令畤《侯鲭录》卷七引东坡评荆公晚年诗:

"荆公暮年诗始有合处,五字最胜,二韵小诗次之,七言诗终有晚唐气味。"

曾季貍《艇斋诗话》:

"荆公咏史诗,最于义理精深。"

又引吕本中不喜荆公诗,说汪信民(汪革)尝言荆公诗"失之软弱,每一诗中,必有'依依嫋嫋'等字"。曾季貍以东莱(吕本中)之言考之,认为"荆公诗每篇必用连绵字",(所以以为汪信民)评"不谬",但认为荆公诗之"精切藻丽,亦不可掩也"。

26. 李宗易(字简夫)诗旷然闲放

苏辙《栾城后集》下卷《李简夫少卿(按,仕至太常少卿)诗集引》:

"徐诵其所为诗,旷然闲放,往往脱略绳墨,有遗我忘物之思。"

27. 吴可(字思道)诗咄咄逼近

李之仪《姑溪居士全集》卷四〇:

"吴君诗咄咄逼近，时人未易接武。"（《跋吴思道诗》）

"思道近诗，度越唐人多矣，岂融（吴融）、偓（韩偓）能仿佛。其妙处……"（按，《宋诗纪事》卷四十一引"妙处"以下——《又跋吴思道诗》）

28. 郑文宝爱尚杜诗

《蔡居厚诗话》：

"仲贤（其字）当前辈未贵杜诗时，独知爱尚，往往造语警拔，但体小弱。……大抵仲贤情致深婉，比当时流辈，能不专使事（按，当时风气专"以才学为诗"），而尤长于绝句……若此等类，须在王摩诘伯仲之间，刘禹锡、杜牧之不足多也。"

按，钱《补正》云："根据司马光和欧阳修对他的称赏，想见他是宋初一位负有盛名的诗人，风格轻盈柔软，还承袭残唐五代的传统。"

29. 李昉诗务浅切

吴处厚《青箱杂记》卷一：

"李文正公昉，深州饶阳人。……诗务浅切，效白乐天体。"

30. 苏辙为"人龙"

道潜《参廖诗集》卷六：

《闻子由舟及南昌以寄之》称辙为"人龙"。又《和子由彭蠡湖遇风雪》称其"妙质静而默"。

又苏轼《答张文潜书》："子由之文实胜仆，而世俗不知，乃以为不如。其为人深不愿人知，其文如其为人，故汪洋澹泊，有一唱三叹之声，而其秀杰之气，终不可没。"

31. 苏轼真谪仙人也

王辟之《渑水燕谈录》卷四：

"子瞻文章议论独出当世，风格高迈，真谪仙人也。至于书画，亦皆精绝。"

"子瞻虽才行高世，而遇人温厚，有片善可取者辄与之倾尽城府，论辩唱酬，间以谈谑，以是尤为士大夫所爱。"

又苏辙《栾城后集》中卷《次韵子瞻道中见寄》：

"兄诗有味剧隽永，和者仅同如画影。短篇泉冽不容挹，长韵风吹忽千顷。"

又《子瞻和陶渊明诗集引》：

"东坡先生谪居儋耳……独喜为诗精深华妙，不见老人衰惫之气。是时辙亦迁海康，书来告曰：'古之诗人有拟古之作矣，……追和古人，则始于东坡。吾于诗人无所甚好，独好渊明之诗。渊明作诗不多，然其诗质而实绮，癯而实腴，自曹（植）、刘（桢）、鲍（照）、谢（灵运）、李（白）、杜（甫）诸人，皆莫及也。吾前后和其诗凡百数十篇，至其得意，自谓不甚愧渊明。'……其学日进，沛然如川之方至，其诗与杜子美、李太白为有余，遂与渊明比。"

又毛滂《东堂集》卷六《上苏内翰书》：

"父子兄弟怀才施道，吐秀发奇，又相鸣于翰墨之囿。如长江大河，浩无畔岸，崇岩峭壁，万仞崛起。此天下所以目骇耳回而披靡于下风也。"

又惠洪《冷斋夜话》卷十引徐俯评曰：

"东坡议论谏诤，真所谓杀身成仁者。其视死生如旦夜尔，安能为哉？"

陈造《江湖长翁集》卷三一《题韵类坡诗》：

"其于诗，迈往劲直之气溢于言外，而其严密腴丽，清而不浮，工而不露。"

刘克庄《后村诗话》前集卷二：

"坡诗略如昌黎,有汗漫者,有典严者,有丽缛者,有简澹者。翕张开合,千变万态。"

但朱熹则持批评态度:"东坡晚年诗固好,只文字也多是信笔胡说,全不看道理。"(《清邃阁论诗》)

32. 赵师民诗笔秀丽

彭乘《续墨客挥犀》卷一:

赵龙图师民"性淳古,而诗笔秀丽,是知有学而益有才也"。

又张耒《明道杂志》:

"周翰(师民字)作诗极有风味,是温飞卿、韩致光之流,而世以朴儒处之,非也。"

33. 满子权诗雄劲

王令《广陵集》卷四《寄满子权》:

"吾爱子权诗,苦嚼味不尽。穷思欲名状,百比无一近。"

又毛滂《东堂集》卷一《对月忆满子权》:

"骇哉剧雄劲","间逢骋新奇","古意终重厚"。

按,《宋诗纪事》卷二十四:满执中,字子权,广陵人。治平(北宋英宗)中,为万寿令。

34. 徐积历评曾巩、苏轼、黄庭坚、张耒、欧阳修、孙明复、石介

徐积《节孝语录》:

曾巩"简古";苏轼"新奇";黄庭坚"极奇古可畏";张耒"有雄才而笔力甚健,尤长于骚词,但恨不均(韵)耳";欧阳修"丰富新美";孙明复(孙复)徂徕公(石介)"严毅可畏"。

35. 吴处厚颇怪骇

郑獬《郧溪集》卷二四《答吴伯固》：

"初读颇怪骇，如录万鬼囚。笔墨又劲绝，涌纸花光流。想其挥扫时，天匠无雕镂。倒下百箧珠，滑走不可收。"

36. 文莹语雄气逸

同上卷一四《文莹诗集序》：

"语雄气逸"，老来诗"愈遒愈健"。其诗不同于其它僧诗"缚于其法，不能闳肆而演漾，故多幽独衰病枯槁之辞。予尝评其诗如平山远水而无豪放飞动之意"。

又刘挚《忠肃集》卷一《文莹诗集序》：

"文莹喜读书，才思清拔，博知世故，久以诗闻于人。""其辞气象巧，尤不觉其为穷人老夫之所作。"苏子美尝称其作曰："篇篇清雄，有古作者气态"；而郑獬为其集叙，说他"往往似杜紫微（杜牧）。"

按，《纪事》卷九十一传云：文莹字道温，钱塘僧。有《湖山野录》、《玉壶清话》。

37. 晏殊诗文富贵出于天然

宋祁《宋景文公笔记》卷上：

"晏相国，今世之工为诗者也。末年，见编集者乃过万篇，唐人已来所未有。"

又吴处厚《青箱杂记》卷五：

"晏元献公虽起田里，而文章富贵，出于天然。"

又曾巩《曾巩文集》卷一三《类要序》：

"其殊在朝廷五十余年，常以文学谋议为任，所为赋、颂、铭、碑、制、诏、册、命、书、奏、议论之文传天下，尤长于诗，天下皆吟诵之。"

38. 秘演善诗好论天下事

尹洙《河南先生文集》之《浮图秘演诗集序》：

"演善诗，复辨博，好论天下事。自谓浮图其服而儒其心。""演始健于诗，老而愈壮。""演诗既多，为人所重。"

39. 林逋平澹邃美

梅尧臣《林和靖先生诗集序》：

"崭崭有声，若高峰瀑泉，望之可爱，即之逾清，挹之甘洁而不厌也。""平澹邃美"，"趣尚博远"。

又沈括《梦溪笔谈》卷一：

"林逋隐居杭州孤山，常蓄两鹤，纵之则飞入云霄，盘旋久之，复入笼中。逋常泛小艇，游西湖诸寺，有客至逋所居，则一童子出应门，延客至，为开笼纵鹤，良久，逋必棹小船而归，盖常以鹤飞为验也。"

"逋高逸倨傲，多所学。"

又《许顗诗话》："大凡《和靖集》中，《梅》诗最好，梅花诗中此两句（按，指"疏影横斜水清浅，暗香浮动月黄昏"）尤奇丽。"

东坡评以为"和靖诗属对清切"。

40. 王禹偁诗语迫切而意雍容

《许顗诗话》：

"本朝王元之（字）诗可重，大抵语迫切而意雍容。"

41. 杨徽之诗神骨冰清

《文莹诗话》十四：

太宗闻其诗名，尽索所著，得四百篇奏御，仍献诗以谢，……上和之以赐，谓宰相曰："真儒雅之士，操履无玷。"拜礼部侍郎，御选集中十联写于屏。梁周翰诗曰："谁似金华杨学士，十联诗在御屏中。"

（文莹）谓公曰："以天地浩露涤其笔于冰瓯雪椀中，则方与公诗神骨相副焉。"

按，杨徽之，字仲猷，诏编《文苑英华》。《宋诗纪事》卷二引《渑水燕谈》所载全同。又引《古今诗话》载文莹评语。但不知孰在前乎？

42. 张师正（字不疑）诗有余蕴

《文莹诗话》十六：

"不疑晚学益深，经史沿革，讲磨纵横，文章歌诗，举笔即就。著《括异志》数万言，《倦游录》（按，《纪事》作《倦游杂录》）八卷。观其余蕴，尚盘错于胸中。"

43. 郑獬诗飘洒清放

《文莹诗话》二四：

"翰林郑毅夫公，晚年诗笔飘洒清放，几不落笔墨畛畦，间入李、杜深格。"

按，《纪事》卷十九有传，云：字毅夫，有《郧溪集》。并引《郡斋读书志》言"毅夫为文有豪气，峭整无长语"。

44. 潘阆诗有唐人风格

《刘攽诗话》：

"潘阆字逍遥，诗有唐人风格。""不减刘长卿。"

另《文莹诗话》据《玉壶诗话》卷下：

"潘道遥阆有诗名，所交游者皆一时豪杰。"

"阆有清才。"

按，《宋诗纪事》卷五传引《能改斋漫录》苏黄门跋其诗曰："诗颇有风味，不在石曼卿、苏子美下。"

45. 花蕊夫人其辞甚奇

《文莹诗话》自《续湘山野录》：

王平甫安国奉诏定蜀、楚、秦三家所献书，得花蕊夫人手写诗，"其辞甚奇，与王建《宫词》无异"。后文莹亲于平甫处得副本，凡三十二章（按，《宋诗纪事》卷八十四载其三十章）。

另周紫芝《竹坡诗话》引"冰肌玉骨"一首并评曰："世传此诗为花蕊夫人作，东坡尝用此诗作《洞仙歌》曲。或谓东坡托花蕊以自解耳，不可不知也。"

又引《苕溪渔隐丛话》评曰："皆清婉可喜。"

又引《韵语阳秋》评"花蕊《宫词》，亦可喜也"。

按，钱《补正》引《三家宫词》，于花蕊其人其事有详考。

46. 梅尧臣（圣俞）诗凄清

《司马光文集》卷一《梅圣俞挽歌二首》：

"凄清千古韵，寂寞一丘尘。"

王安石《王文公文集》卷四四《哭梅圣俞》：

"诗人况又多穷愁，李杜亦不为公侯。公窥穷厄以身投，坎坷坐老当谁尤！"

曾季貍《艇斋诗话》：

"大抵圣俞之词高古。"

《许顗诗话》：

"梅圣俞诗，句句精炼。……其他古体，若朱弦疏越，一唱三叹，读者当以意求之。"

《欧阳文忠公集》卷四二《梅圣俞诗集序》：

（梅）"郁其所蓄，不得奋见于事业"，"亦自以其不得志者，乐于诗而发之。故其平生所作，于诗尤多"。"其为文章，简古纯粹，不求苟说于世。"

又卷七三《书梅圣俞稿后》：

"今圣俞亦得之。然其体长于本人情，状风物，英华雅正，变态百出，哆兮其似春，凄兮其似秋，使人读之可以喜，可以悲，陶畅酣适，不知手足之将鼓舞也。斯固得深者邪！"认为其"乐之道深矣，故工之善者，必得于心，应于手"。

又卷七三《书梅圣俞河豚鱼诗后》：

"予友梅圣俞于范饶州席上赋此《河豚鱼》诗，余每体中不康，诵之数过辄佳，亦屡书以示人为奇赠。"

又朱弁《风月堂诗话》引欧公评圣俞曰：

"初喜为清丽闲肆平淡，久则涵演深远，间以琢刻以出怪巧，然气完力余，益老以劲。""又为人乐易，未尝忤于物。至于穷愁感愤，有所讥骂笑谑，一发于诗，然用以为欢，而不怨怼，可谓君子者也。"

张嵲《紫微集》卷三三《读梅圣俞诗》：

"圣俞诗长于叙事，雄健不足，而雅淡有余。然其淡而少味，令人无一唱三叹之意。……至于五言律诗特精，其句法步骤，真有大历诸公之骚雅云。"

朱熹《清邃阁论诗》：

"或谓梅圣俞长于诗。（余）曰：诗亦不得谓之好。或曰其诗亦平淡？（余）曰：他不是平淡，乃是枯槁。"

葛立方《韵语阳秋》卷一：

认为欧评梅过矣："欧公一世文宗，其集中美圣俞诗者，十几四五。称之甚者。……""圣俞诗佳处固多，然非欧公标榜之重，诗名亦安能至如此之重哉。"

又陈振孙《直斋书录解题》卷一七：

"圣俞会诗，古澹深远，有盛名于一时。"

刘克庄《后村诗话》前集卷二：

"本朝诗，惟宛陵为开山祖师。宛陵出，然后桑濮之哇淫稍熄，风雅之气脉复续，其功不在欧、尹下。"

按，如何认识这截然相反的评价？钱锺书《补正》有很中肯且生动的说明："梅尧臣反对这种意义空洞、语言晦涩的诗体（按，指"西昆体"），主张'平淡'，在当时有极高的声望，起极大的影响。不过他'平'得常常没有劲，'淡'得往往没有味。他要矫正华而不实、大而无当的习气，就每每一本正经的用些笨重干燥不很像诗的词句来写琐碎丑恶不大入诗的事物，……可以说是从坑里跳出来，不小心又恰恰掉在井里去了。"认为这正是"梅尧臣改革诗体所付的一部分代价"。

又晁公武《郡斋读书志》卷四《梅圣俞〈宛陵集〉》："幼习为诗，出语已惊人。既长，学六经仁义之说。其为文章简古纯粹，然最乐为诗，王举正见而叹曰：'二百年无此作矣！'"

47. 苏舜钦诗波澜汹浩

韩维《南阳集》卷一《寄苏子美》：
"若窥巨海涯，波澜方汹浩。龙螭郁骞腾……"
又《答苏子美见寄》：
"得君别后诗，满纸字腾骧。汪洋莫知极，精密不可耨。峻严山岳停，奔放江海漏。"
又刘克庄《后村诗话》前集卷二：
"苏子美歌行雄放于圣俞，轩昂不羁如其为人，及蟠屈为吴体，则极平夷妥帖。"

按，《补正》有补，可参照。"他跟梅尧臣齐名，创作的目标也大致相同。他的观察力虽没有梅尧臣那样细密，（但）情感比较激昂，语言比较畅达，只是修词上也常犯粗糙生硬的毛病。"

又龚明之《中吴纪闻》卷一《苏舜钦》：
苏舜钦，字子美，易简参政之孙。慷慨有大志，工为古文，声名与欧阳公相上下。……登景祐元年进士第。……庆历四年，授大理评事、集贤校理，监进奏院。当时用事者，以子美乃范文正所荐，而杜正献之婿也，因鬻故纸会客事，诬奏之，遂除名勒停。嘉祐初，韩魏公为请于朝，追复元官，卒年四十一。

山谷尝有《观秘阁苏子美题壁诗》称之"苏郎如虎豹，孤啸翰墨场。风流映海岱，俊锋不可当。……雄文终脍炙，妙墨见垣墙。高山仰豪气，峥嵘乃不亡"。

又《隐居诗话》比较苏、梅不同曰：

"（苏）其诗以奔放豪健为主，……（梅）虽乏高致，而平淡有工，世谓之'苏梅'，其实（梅）与苏正相反也。"

《六一诗话》亦云：

"二家诗体特异。子美笔力豪隽，以超迈横绝为奇；圣俞覃思精微，以深远闲淡为意。"

又晁公武《郡斋读书志》卷四《苏子美集》：

"发其愤懑于歌诗，其体豪放，往往惊人。"

48. 谢伯初雄健高逸，谢希孟隐约深厚

《欧阳文忠公集》卷四二《谢氏诗序》：

"景山（字）尝学杜甫、杜牧之文，以雄健高逸自喜。"（按，《宋诗纪事》卷十一引《六一诗话》评谢诗"无愧于唐诸贤"）

又评其妹谢希孟（字母仪）"尤隐约深厚，守礼而不自放，有古幽闲淑女之风，非妇人之能言者也"。（按，《纪事》卷八十七引此，但未注明出处）

49. 江休复诗清淡闲肆

《欧阳文忠公集》卷四四《江邻几（字）文集序》：

"邻几，毅然仁厚君子也……其学问通博，文辞雅正深粹，而论议多所发明，诗尤清淡闲肆可喜。"

又刘攽《中山诗话》：

"江邻几善为诗，清淡有古风。""江（休复）天质纯雅，喜饮酒、鼓琴、围棋。人以酒召之，未尝不往，饮未尝不醉，已醉眠，人强起饮之，亦不辞也。或不能归，即留宿人家，商度风韵，陶靖节（渊明）之比。"

50. 穆休诗深峭宏大

苏舜钦《苏学士集》卷一六《哀穆先生文》：

"性刚峭，喜于背俗，不肯下与庸人小合……又独为古文，其语深峭宏大。"

51. 宋绶（字公垂，谥宣献）诗豪横不可挫

苏舜钦《苏学士集》卷三《答宋太祝见赠》：

"恣睢莫能名，豪横不可挫。怒奔时旁出，力矗复下随。使人但惊绝，欲继谁敢作？"

52. 王平甫诗博而深

《曾巩集》卷一二《王平甫文集序》：

"平甫自少已杰然以材高见于世……为文思若河决，语出惊人，一时争传诵之。其学问尤敏，而资之以不倦；至晚愈笃，博览强记，于书无所不通，其明于是非得失之理为尤详。其文闳富典重，其诗博而深矣。"（其于诗、于文）"独兼得之，其于诗尤自喜"。

又《吕□诗话》："张文潜（耒）极喜王平甫诗，每摘句诵之。"

53. 丁宝臣（字元珍）诗清新俊逸

《曾巩集》卷三八《馆中祭丁元珍文》：

"既精众作,于诗复尤。清新俊逸,与古为俦。"

54. 陈无己评王安石、黄鲁直晚年诗

《王直方诗话》引陈评:

"荆公晚年诗伤工,鲁直晚年诗伤奇。"

55. 曾季貍比较山谷、张耒、潘邠老诗

曾季貍《艇斋诗话》:

"山谷《浯溪碑》诗有史法,古今诗人不至此也。张文潜《浯溪》只是事持语言。……张诗比山谷,真小巫见大巫也。潘邠老亦有《浯溪》诗,思致却稍深远。……予以为邠老诗虽不敢望山谷,然当在文潜之上矣。"

56. 陈洙诗质美而秀

吕南公《灌园集》卷八《陈殿院(按,洙庆历二年进士,历殿中侍御史)集序》:

"呜呼,君子哉!其质美而秀,其志大而正,其气直而充,故思虑之所绕,辞语之所达,无非圣贤经治根本,而远离群小畛逐。"

按,《宋诗纪事》卷十五小传云:洙字师道,与后山名同,而非一人。

57. 邵雍诗切道理

程颢《二程集·遗书(卷第十)》:

"尝观尧夫(字)诗意,才做得识道理,却于儒术未见所得。"

又晁公武《郡斋读书志》卷四《邵尧夫击壤集》:

"邃于《易》、数，……其精如此。歌诗盖其余事，亦颇切理，盛行于时。"

58. 评杨亿、刘筠之"西昆"诗

王安石《王文公文集》卷三六《张刑部诗序》：

"杨、刘以其文词染当世，学者迷其端原，靡靡然穷日力以摹之，粉墨青朱，颠错丛庞，无文章黼黻之序。"

又《临汉隐居诗话》：

"杨亿、刘筠作诗务积故实，而语意轻浅。一时慕之，号'西昆体'，识者病之。"

按，欧阳修亦有赞杨亿"何害为佳句"者。而魏泰亦评为"不可诬"。不因派废人，不因人废诗，不因诗废句，实事求是，具体分析为好。

又朱弁《风月堂诗话》卷下：

"后人挹其（按，指李商隐）余波，号'西昆体'，句律太严，无自然态度"。

王正德《余师录》引陈师道评云：

"杨文公笔力豪赡，体亦变，而不脱唐末五代之气，又喜用古语，以巧对为工，乃进士赋体耳。"

59. 强几圣（名至）思致逸发

《曾巩集》卷一二《强几圣（字）文集序》：

"几圣少贫，能自谋学，为进士，材拔出辈类，……其文词大传于时。及为吏，未尝不以其闲益读书为文。尤工于诗，句出惊人。世皆推其能，然最为相国韩魏公（琦）所知。……（按，公喜为诗，并与强属和之）几圣独思致逸发，若不可追蹑，魏公未尝不叹得之晚也。"

60. 宋君淡而实腴

楼钥《攻媿集》卷一〇九《宋君墓志铭》：

"诗辞高胜，淡而实腴，即席唱酬，锋起泉涌，人畏其捷而服其工。"

61. 王纲语精而意婉

王炎《双溪类稿》卷二五《懒翁诗序》：

"其学贯穿经史，其文自出杼轴，不肯蹈袭。""其语精而意婉，如孤桐之琴，清玉之佩，节奏锵然，知音者闻之，自当属耳。"

与贾岛、孟郊比："郊、岛困穷，诗诚工，语多酸寒，且有怨怼。翁则不然，辞气恬淡而和平，不激不戚，其所得有在诗之外者。"

按，《宋诗纪事补遗》有传。王纲，字德维，晚自号懒翁。有《懒翁诗》。

62. 李光诗清绝可爱

张淏《云谷杂记》卷四《李光诗》：

"李庄简公光，作诗极清绝可爱。"

63. 张元干文词雅健

蔡戡《定斋集》卷一三《芦川居士词》：

"徜徉泉石，浮湛诗酒，又喜作长短句。其忧国爱君之心，愤世嫉邪之气，间寓于歌诗。……公博览群书，尤好韩集杜诗，手之不释，故文词雅健，气格豪迈，有唐人风。"

按，《宋诗纪事》卷四十五有小传。元干，字仲宗，自号芦川居士。有《芦川归来集》。

64. 王大受常造其微

叶适《水心集》卷二九《题拙斋诗稿》：

"君文峻简通缛，而诗特工。"

"语益近，趣益远。"

"若君忧患不干其虑，而咏歌常造其微。"

按，《宋诗纪事》卷六十三小传称，大受字仲可，有《拙斋诗稿》。

65. 刘炎刻琢精丽

叶适《水心集》卷二九《题刘潜夫南岳诗稿》：

在"四灵诗"时，"刘潜夫年甚少，刻琢精丽，语特惊俗，不甘为雁行比也。……（待四灵沦没）而潜夫思益新，句愈工，涉历老练，布置阔远，建大旗将鼓，非子孰当！"

按，《宋诗纪事》卷六十三小传云：炎字潜夫，号撝（huī）堂，有《南岳诗稿》。

66. 刘克庄、刘克逊兄弟诗相上下

叶适《水心集》卷二九《跋刘克逊诗》：

"克庄始创为诗，字一偶，对一联，必警切深稳，人人咏重。"钱锺书《宋诗纪事补正》针对此云："（他）事先把搜集的典故成语分门别类做好了些对偶，题目一到手就马上拼凑成篇。'诗因料少不成联'，他的作品给人的印象是滑溜得有点机械，现成得似乎店底的宿货。（好比）一个瘦人饱吃了一顿好饭，肚子撑得圆鼓鼓的，可是相貌和骨骼都变不过来。"

"克逊继出，与克庄相上下，然其闲淡寂寞，独自成家，怪伟伏平易之中，趣味在言语之外，两谢、二陆不足多也。"

按，《宋诗纪事》卷六十六有传。克庄字后村。克逊字无竞，号

西墅。

又林希逸《竹溪鬳斋十一稿续集》卷一九《挽后村五首》称其"一世大宗工""词源泉万斛,笔欲挽天河。诗比欧韩密,文追汉晋多"。

又卷二三《后村刘公状》云:

"公负间世之材,问学所积,源流三世。公探索涵泳,又深造而自得之。无书不读,发以诗文,持论尚气节,下笔关风教,一篇一咏,脱稿争传。"

"公见地既高,而学有定力,穷达得丧,是非毁誉,寄之歌咏,一付嬉笑。……"

"诸作皆高,律诗尤精绝,李唐诸子所不及。"(按,推崇备至,不亦过乎?)

又宋末吴龙翰《古梅遗稿》卷六《上刘后村书》:

"惟见汪洋大肆,奥衍宏深,粹然一正,如韩昌黎。简明信通,归之至理,以服人心,如欧阳公。"

67. 崔鸥诗亦清丽可爱

韩淲《涧泉日记》卷下:

"崔德符(字)作墓志极好,诗亦清丽可爱。"

又《后村诗话》前集卷二:

"崔德符诗,幽丽高远,了不蹈袭,盖用功最深者。"

按,钱锺书《宋诗纪事补正》补陆游《渭南文集》卷二十六《跋崔正言所书书法要诀》言其字"瘦健有神采,亦类其诗"。

68. 严羽长歌激古风

戴复古《石屏诗集》卷一《祝二严》:

"前年得严粲,今年得严羽。我自得二严,牛铎谐钟吕。粲也苦吟身,束之以簪组。遍参百家体,终乃师杜甫。羽也天姿高,不肯事科举，风雅与骚些，历历在肺腑。持论（按，指严羽《沧浪诗话》论诗）伤太高，与世或龃龉。长歌激古风，自立一门户。"

按，《宋诗纪事》卷六十三严羽小传：羽字丹丘，一字仪卿，邵武人，自号沧浪逋客。有《沧浪吟》。卷七十三严粲传：粲字坦叔，邵武人。有《华谷集》。

69. 王桓追迫陶谢

魏了翁《鹤山先生大全文集》卷五四《王侍郎桓复斋诗集序》：

"大篇短章，精深丽（疑后阙文），则人第见其风格气韵，追迫陶谢，不知怀贤忧世，蔼然有少陵一饭不忘君之意。"

按，《宋诗纪事》卷五十一小传：桓字嘉叟，官至刑部侍郎。

70. 许玠雄辨慷慨

真德秀《西山真文忠公文集》卷三四《许介之诗卷》：

"予视其人，昂然鹄立，其论说今古，娓娓不穷，则为之悚然曰：'二先生（按，指周必大，杨万里）之知子，厚矣。……[按，许玠曾云："某之少也，获登平园（周必大）、诚斋（杨万里）之门，二先生不予鄙也，皆相期于词章之域。"]其智略纵横，可以参阃（kǔn，门限）外之画，其雄辨慷慨，可以使不测之虏。'"

按，《宋诗纪事》卷五十六小传：许玠，字介之，有《东溪诗稿》。

71. 王质隽放豪逸

岳珂《桯史》卷五：

"独近世王景文质所作，隽放豪逸，如其为人。（下引四篇《难忘篇》，略）景文它文极多，号《雪山集》，大略似是。"

按，《宋诗纪事》卷五十一有传。钱先生《宋诗纪事补正》补云：

"他佩服苏轼,甚至说:'一百年前有苏子瞻,一百年后有王景文。'(见《雪山集》卷十《自赞》)他的诗很流畅爽快,有点儿苏轼的气派。"

72. 刘儗新警峭拔

岳珂《桯史》卷六《快目楼题诗》:

"叔儗名儗,才豪甚,其诗往往不肯入格律。""新警峭拔,足洗尘腐","与改之为一流人物"。(按,《补正》引《贵耳集》卷上:"庐陵刘过,字改之;刘仙伦以诗名。淳熙间,有'庐陵二刘'。")"叔儗(字)后亦终韦布(未仕,或隐居),诗多散佚不传。"

按,《宋诗纪事》卷六十三:"刘仙伦一名儗。有《招山小集》。"

73. 朱松天然秀发

陈振孙《直斋书录解题》卷一八:

"其诗初不事雕饰,而天然秀发,格律闲暇,超然有出尘寰之趣。"

74. 李若水诗有风度

陈振孙《直斋书录解题》卷十七:

"诗文虽不多,而诗有风度,文有气概,足以知其所存矣。"

按,《宋诗纪事》卷四十二传:若水原名若冰,字清卿,有《李忠愍集》。

75. 谢薖诗似谢朓

陈振孙《直斋书录解题》卷十七:

"《竹友(谢薖自号)集》十卷,临川谢薖幼槃撰。(谢)逸从弟也。吕居仁题其后曰:'逸诗似康乐(谢灵运),薖诗似玄晖(谢朓)。'"

按，《宋诗纪事》卷三十三有传。《补正》补引《江西诗派小序》（按，刘克庄作）："幼槃善苦思，其合玄晖者亦少。二谢乃老死布衣，其高节亦不可及。"

76. 杨万里道今人不能道语

陈振孙《直斋书录解题》卷十八：

"（杨）自作《江湖集序》曰：'予少作有诗千余篇，至绍兴壬午皆焚之。'大概江西体也。（按，杨曾自言后来作诗从"江西"出而变为"活法"）今所存曰《江湖集》者，盖学后山及半山及唐人者也。"

按，杨自说最后不敢学后山、半山及唐人。可详参《宋诗纪事补正》。

又刘克庄《后村诗话》前集卷二：

"今人不能道语，被诚斋道尽。"又云："诚斋，天分也，似李白。"

77. 陈师道真趣自然

陈振孙《直斋书录解题》卷二〇：

"后山虽曰见豫章（黄庭坚）之诗，尽弃其学而学焉，然其造诣平澹，真趣自然，寔（"是"或"实"）豫章之所缺也。"

又朱熹《清邃阁论诗》：

"后山雅健，强似山谷。然气力不似山谷较大。但却无山谷诗多轻浮底意思。"

按，后山《答秦观书》云："及一见黄豫章，尽焚其稿而学焉。""仆之诗，豫章之诗也。"

又蔡正孙《诗林广记》后集卷六引黄鲁直《答王立之书》云：

"小诗若能令每篇不苟作，须有所属乃善。顷来诗人，惟陈无己得此意，每令人叹伏之。盖渠（陈）勤学不倦，味古人语精深，非有为不发于笔端耳。"蔡云："信鲁直之善论也。"

又黄庭坚《秦和文潜〈赠无咎〉篇末多以见及,以"既见君子云胡不喜"为韵》:

"吾友陈师道,独抱门扫轨。晁张作荐书,射雉用一矢。吾闻举逸民,故得天下喜。两公阵堂堂,此士可摩垒。"

按,钱锺书《宋诗纪事补正》有很生动的补语:

"假如读《山谷集》,好像听异乡人讲他们的方言,听他们讲得滔滔滚滚,只是不大懂,那么读《后山集》就仿佛听口吃的人或病得一丝两气的人说话,瞧着他满肚子的话说不畅快,替他干着急。"认为陈师道的"情感和心思都比黄庭坚深刻",但由于"本钱似乎没有黄庭坚那样雄厚,学问没有他那样杂博,常常见得竭蹶寒窘"。

又《宋诗选注》陈师道小传云:

"陈师道模仿杜甫句法的痕迹比黄庭坚来得显著。"

"只要陈师道不是一味把成语古句东拆西补或者过分把字句简缩的时候,他可以写出极朴挚的诗。"

78. 刘季孙慷慨有气

陈振孙《直斋书录解题》卷二〇:

"其诗慷慨有气,如其为人。"

按,《宋诗纪事》卷三十小传:季孙字景文。又引《石林诗话》言王荆公"大称赏之"。

而苏轼见其诗又"大喜"。

79. 方唯深精诣警绝

陈振孙《直斋书录解题》卷二〇:

"王荆公最爱其诗精诣警绝。"

按,《宋诗纪事》卷三十六《中吴纪闻》引云"王荆公读之,必称善,谓深得唐人句法"。

80. 姜夔颇解音律

陈振孙《直斋书录解题》卷二〇：

"石湖范至能尤爱其诗，杨诚斋（万里）亦爱之，尝称其《岁除舟行》十绝，以为有裁云缝月之妙思，敲金戛玉之奇声。夔颇解音律，进乐书免解。不第而卒。词亦工。"

按，钱锺书《宋诗纪事补正》云："他是一位词家，也很负诗名。在当时差不多赶得上尤、杨、范、陆的声望。他跟尤、杨、范也都有交情。诗篇唱和……词家常常不会作诗，……姜夔是极少数的例之一。"

81. 倪龙辅不肯为里巷歌谣语

赵汝腾《庸斋集》卷五：

（其诗）"深钜高迥，不肯为近世里巷歌谣语，盖知恶夫沾灂（chì，破败，不和谐）者也。……见诸赋咏必能运翡翠、鲸鱼于一致，何（杜）荀鹤之足云哉！"

按，《宋诗纪事》卷七十四小传：龙辅，字鲁玉，号梅村。

82. 祖可清整丽密

道璨《柳塘外集》卷三《仙东溪诗集序》：

"癞可结庵鹤鸣峰下，山谷扁曰'东溪'。"

又《送然松麓归南岳序》：

"南昌东溪以诗集来，清整丽密，思致风度俱不凡。"

"东溪曾从吴越诸公游，出语波峭，吾见其进未见其止。"

"松麓有大志，不修细行，遇事如暴风迅霆不可禁遏，移顷则风休雨霁，不见涯涘。属文不凡，为歌诗有纪律。"

按，《纪事》卷九十二传：祖可，被恶疾，人号癞可，又号病可。又称然松麓。

《纪事》卷九十二小传引葛立方《韵语阳秋》卷四云"皆清新可喜"。

《补正》补下"然读书不多"至"无乃过乎？"以下未补，现补全：

"师川作《画虎行》末章云：'忆昔余顽少小时，先生教诵荆公诗。即今著旧无新语，尚有庐山病可师。'不知何故爱其诗如是也。"

按，知葛氏并不同意徐师川对僧祖可诗的过分褒奖。

83. 唐庚不在秦、晁之下

刘克庄《后村诗话》前集卷二：

"唐子西（字）诸文皆高，不独诗也。其出稍晚，使及（东）坡门，当不在秦（观）、晁（补之）之下。"

按，钱先生《补正》云："他和苏轼算得小同乡，也贬斥在惠州多年，身世有点相像，而且很佩服苏轼。"（人称"小东坡"）"他在当时可能是最简练、最紧凑的诗人。"

84. 陆游南渡以后为一大宗

刘克庄《后村诗话》前集卷二：

"近岁诗人，杂博者堆队仗，空疏者窘材料，出奇者费搜索，缚律者少变化。惟放翁记问足以贯通，力量足以驱使，才思足以发越，气魄足以陵暴。南渡而后，故当为一大宗。"

又朱熹《朱文公文集》卷五六《答徐载叔赓》：

"放翁之诗，读之爽然。近代唯见此人为有诗人风致。如此篇者，初不见其著意用力处，而语意超然，自是不凡，令人三叹不能自已。"

85. 萧德藻才悭于诚斋

刘克庄《后村诗话》前集卷二：

"萧千岩（号）机杼与诚斋同，但才悭于诚斋，而思加苦，亦一生屯塞之验。同时独诚斋奖重，以配范石湖、尤遂初（袤）、陆放翁，而放翁绝无一字及之。"

按，钱《补正》引杨万里、姜夔、乐雷发等材料，以为"他当时居然也跟尤、杨、范、陆（按，南宋"四大诗人"）并称"。可知萧的成就和影响，根本配不上"四大诗人"。

86. 朱复之为诗有思致

刘克庄《后村诗话》前集卷二：

"建（安）人朱复之，字几仲，多材艺，为诗有思致。"

按，陆心源《宋诗纪事补遗》卷六十九引《后村诗话》评曰："亦纤丽之作也。"

87. 叶适诗未尝深加意

刘克庄《后村诗话》前集卷二：

（其赋《中塘梅林》、《劝游篇》）"兼阮、陶之高雅，沈、谢之丽密，韦、柳之情深，一洗古今诗人寒俭之态矣。"

按，钱《补正》补评曰："叶适号称宋儒里对诗文最讲究的人，可是他的诗竭力炼字琢句，而语气不贯，意思不达，不及'四灵'还有那么一点点灵秀的意致。"并引方回批语："叶水心适，以文为一时宗，自不工诗。"又说："水心以文知名，拔四灵为再兴唐诗者。而其所自为诗，恐未尝深加意。"

88. 李壁绝句有似半山者

刘克庄《后村诗话》续集卷四：

"雁湖（李壁号，有《雁湖集》）注半山（按，王安石号）诗（按，指《王荆公诗注》五十卷），甚精准。其绝句有绝似半山者。"

89. 石介殊有气格

刘克庄《后村诗话》续集卷四：

"徂徕（石介）力排杨（亿）、刘（筠），而推重曼卿"（按，推其改变了"无骏骨""少骐逸"的诗风，而能成"秋风有怒涛"之势。见《读石安仁学士诗》。石延平，字曼卿，一字安仁）。石介本人"殊有魏野、林逋气格"。

90. 林同（字子真）五言超伦绝类

刘克庄《后村诗话》续集卷四：《题子真〈人身倡酬集〉》：

"右五言三百首，石塘林子真所寄也。超伦绝类，出人意表，始若可骇，徐而爱之。"

91. 李丑父清婉而有味

林希逸《竹溪鬳斋十一稿续集》卷二四《李公行状》：

"公讳丑父，字艮翁……其诗清婉而有味，俪语极清新。""所居与后村（刘克庄）为邻，赓酬无虚日。晚岁传稿尤富，后村素以文字官期之。"

按，《宋诗纪事补遗》卷六十八传：丑父号亭山，有《亭山集》。

92. 方翥诗雄放如太白

林希逸《竹溪鬳斋十一稿续集》卷三《学记》：

"（方翥）真千载豪杰之士。其诗雄放如太白，法度如子美。……后村时相与讽咏之。"

93. 高翥撷百氏余芳

居简《北硐集》卷五《送高九万硐游吴门序》：

"山阴菊硐（号）高九万（字），得句法于雪巢林景思。……活法天机，往往擅时名者并驱争光。加以数年沉潜，反复树《离骚》大雅之根，长汉魏六朝之干，发少陵劲正之柯，垂晚唐婆娑之阴，撷百氏余芳。"

按，钱《补正》评"他是'江湖派'里比较有才情的作者"。

94. 朱熹精微之蕴

王柏《鲁斋王文宪公文集》卷一三《跋北山画朱子诗送韦轩》：

"其精微之蕴，正大之情，皆所以羽翼六经，发挥圣道。"

又《朱子诗选跋》：

"然亦道何往而不寓，今片言只字，虽出于肆笔脱口之下，皆足以见其精微之蕴，正大之清，凡天道之备于上，人事之浃于下，古今之治乱，师友之渊源，至于忠君爱国之诚心，谨学修己之大要，莫不从容洒落，莹彻光明，以至山川草木风云月露，虽一时之所寄，亦皆气韵疏越，趣味深永，而其变化阖阖，又皆古人尽力于诗者莫能闯其户牖，亦未必省其为何等语矣"。

95. 林敏功不为险怪奇靡

陈郁《藏一话腴》内编卷下：

"蕲州林敏功，字子仁，学既高明，而服膺《中庸》，故发于言行，不为险怪奇靡，守节令终，圭璧无玷，杜门不出二十年。吕居仁录能诗者二十六人，号'江西宗派'，昆仲咸在选中（按，兄敏功、弟敏修，皆在江西诗派中）。名达九重，玺书嘉奖，赐号'高隐处士'，视朝散大夫。告词曰：'尔好学博古，遂志山林。萧然无为，恬不愿仕。朕所嘉尚，贲（bì，美）以令名。'前辈高尚之士。"

96. 王寀清丽绝人

赵希弁《郡斋读书志（按，晁公武著）附志》二卷《岷山百境诗》：

"王寀字道辅，少有能诗名，世谓其初若不经意，然遣词属意，清丽绝人。"

97. 戴敏风度雅远

黄昇《玉林诗话》引倪寿峰"诗和则欢适，雄则伟丽，新则清拔，远则闲暇"。并以东皋子一诗以为尽如此：

"小园无事日徘徊，频报家人送酒来（以为"欢适"）。惜树不磨修月斧，爱花须筑避风台（以为"伟丽"）。引些渠水添池满，移个柴门傍竹开（以为"清拔"）。多谢有情双白鹭，暂时飞去又飞迴（以为"闲暇"）"。并认为有此"一篇足矣"。

黄昇以为戴敏"平生好吟，而诗之存者，唯此一篇"，与"人行踯躅红边路，日落秭归啼处山"联而已。（按，《纪事》除此之外，另有《初夏游张之》一绝）

按，《宋诗纪事》卷六十三传：敏字敏才，号东皋子，石屏之父，有《东皋集》。《补正》引《耻堂存稿》卷四《东皋子诗序》评曰："见其诗风度雅远，旨趣和平，发言成章，不假琱琢，盖庶几乎所谓落落穆穆。"

98. 宋十家诗风格

赵与时《宾退录》卷二引张芸叟评宋十家不同的风格特点（使用拟物品评的方法）：

"梅圣俞如深山道人，草衣木食，王公大人见之，不觉屈膝；石曼卿如饥鹰乍归，迅逸不可言；欧阳永叔如春服乍成，漉酒初熟，登山临水，竟日忘归；王介甫如空中之音，相中之色，欲有寻绎不可得矣；苏子瞻如武库乍开，干矛森然，见之不觉令人神懊（jué，惊惶），仔细检点，不能无利纯；郭功父如大排筵席，二十四味，终日揖逊，适口者少。"

99. 韩持国情致风流

《叶梦得诗话》卷上：

"韩持国虽刚果特立，风节凛然，而情致风流，绝出流辈。"

按，既保持官员的"风节"，亦显示出文人之"风流"，使二者统一。既不官僚化，亦不文人化。

100. 李廌意趣不凡

《叶梦得诗话》卷中：

"李廌，阳翟人，少以文字见苏子瞻，子瞻喜之。（轼）元祐初知举，（李）廌适就试，意在必得荐以观多士。及考，章援程文，大喜，以为廌无疑。遂以为魁。既拆号，怅然出院。以诗送廌归，其曰：'平时漫识古战场，过眼终迷日五色。'盖道其本意。廌自是学亦不进，家贫，不甚自爱，尝以书责子瞻不荐己，子瞻后稍薄之，竟不第而死。"

又引轼《答李廌书》：

"惠示古赋近诗，词气卓越，意趣不凡，甚可喜也。但微伤冗，后当稍收敛之。"

又周紫芝《太仓稊米集》卷六六《书〈月岩集〉后》：

"今诵其诗，读其文，然后知此老之言（按，指李端叔序其文谓东坡尝称其文"如大川东注，昼夜不息，不至于海不止也"）为有旨焉，而自非豪迈英杰之气过人十倍，则其发为文词何以若是其痛快耶？"

按，《纪事》卷三十二传：廌字方叔，自号太华逸民。有《月岩集》、《济南集》、《师友谈记》等。

101. 高荷学杜子美作五言

《叶梦得诗话》卷中：

"高荷，荆南人，学杜子美作五言，颇得句法。黄鲁直自戎州归，荷以五十韵见，黄鲁直极爱赏之，尝和其言，有云：'张侯（耒）海内长句，晁子（无咎）庙中雅歌，高（荷）郎少加笔力，我知三杰同科。'"

按，黄庭坚以高荷与张、晁同并为"三杰"，欠允当。当时晁闻之，即"颇不平"。

102. 苏洵诗精深有味

《叶梦得诗话》卷下：

"苏明允至和间来京师，既为欧阳文忠公所知，其名翕然，韩忠宪诸公皆待以上客。"

"明允诗不多见，然精深有味，……哀而不伤。"曾巩作《苏明允哀词》云：

"为文少或百字或千言。其指事析理，引物托喻，侈能尽之约，远能见之近，大能使之小，微能使之著，烦能不乱，肆能不流。其雄壮隽伟若决江河而下也。其辉光明白若引星辰而上也。"

103. 张先乐府掩其诗声

《叶梦得诗话》卷下：

"张先郎中字子野，能为诗及乐府，至老不衰。居钱塘，苏子瞻作倅时，（张）先年已八十余，视听尚精强，家犹蓄声妓。……然俚俗多喜传咏先（张先）乐府，遂掩其诗声，识者皆为恨云。"

104. 鲍慎由高妙清新

汪藻《浮溪集》卷一七《鲍吏部集序》：

"（其人）风度凝远，如晋、宋间人，谈笑风生，坐者皆屈。"

"钦止（字）少从王（安石）氏学，又尝见眉山苏公，故其文汪洋闳肆，粹然一本于经，而笔力豪放，自见于驰骋之间，深入墨客骚人之域，于二者可谓兼之。"

"而诗尤高妙清新，每一篇出，士大夫口相传以熟。"

按，又见王正德《余师录》引，题作《鲍钦止小集叙》。

105. 张耒诗自然奇逸

汪藻《浮溪集》卷一七《柯山张文潜集书后》：

"元祐中，两苏公以文倡天下，从之游者，公（张耒）与黄鲁直、秦少游、晁无咎号'四学士'。而文潜之年为最少。公于诗文兼长，虽当时鲜复公比。"

"若其体制敷腴，音节疏亮，则后之学公者，皆莫能仿佛。公诗晚更效白乐天体，而世之浅易者，往往以此乱真。"

又吕本中《童蒙诗话》：

"文潜诗，自然奇逸，非他人可及。"

朱熹《清邃阁论诗》："张文潜诗，有好底多，但颇率尔，多用重字"。

又晁公武《郡斋读书志》卷四《张文潜柯山集》：

"其于诗文兼长，虽同时，鲜复其比。而晚年更喜白乐天诗，体多效之云。"

106. 蔡载（天任）语简而意远

《陈岩肖诗话》卷上：

"蔡天任（名载），乃天启（名肇）之弟也。颇亦工诗，晚年笔力窥陶谢之藩篱。"

"诗语简而意远，……诸公服其韵胜也。"

按，陈《诗话》卷下："蔡天启肇，尝从王介甫游。绍兴元符间为中书舍人，坐尝与元祐诸公游，遂遭斥不复用。"

107. 吕居仁浑厚平夷

《陈岩肖诗话》卷下：

"今观东莱诗，多浑厚平夷，时出雄伟，不见斧凿痕。"

陈造《江湖长翁集》卷三一《题吕居仁诗》：

"东莱吕居仁诗，言从字顺，而其格律迈远严密，学者师法也。"

李弥逊《筠溪集》卷四《吕本中太常少卿》：

"操履之正，克世其家；问学之醇，不悖于道；发为词章，炳然其华。"

按，《宋诗纪事》卷三十三传：吕本中字居仁，学者称东莱先生，谥文清。有《东莱集》、《紫微诗话》、《江西宗派图》等。

108. 夏倪（均父）变化不测

吕本中《夏均父集序》：

"吾友夏均父，贤而有文章，其于诗，盖得所谓规矩备具，而出于规矩之外，变化不测者。"

又吴曾《能改斋漫录》卷一〇《议论》：

"蕲州人夏均父，名倪，能诗，与吕居仁相善。"（"图为江西宗派，均父其一也。"）

109. "苏门四学士"各有所长

吴曾《能改斋漫录》卷一一《纪诗》之《四客各有所长》云：

"子瞻、子由门下客最知名者黄鲁直、张文潜、晁无咎、秦少游，世谓之四学士。至若陈无己，文行虽高，以晚出东坡门，故不若四人之著。……

"晁无咎诗云：'黄子似渊明，城市亦复真。陈君有道举，化行闾井淳。张侯公瑾流，英思春泉新。高才更难及，淮海一髯秦。'……陈无己答李端叔云：'苏公之门，有客四人。黄鲁直、秦少游、晁无咎，则长公（按，指轼）之客也；张文潜，则少公（按，指辙）之客也。'……然四客各有所长，鲁直长于诗辞。秦、晁长于议论。鲁直与秦少章书曰：'庭坚心醉于《诗》与《楚辞》，似若有得。至于议论文字，今日乃当付之少游及晁、张、无己，足下可从此四君子一一问之。'

"张文潜《赠李德载》诗亦云：'长公波涛万顷海，少公峭拔千寻麓。黄郎萧萧日下鹤，陈子峭峭霜中竹；秦文倩丽若桃李，晁论峥嵘走珠玉。'"

110. 参寥无一点蔬笋气

朱弁《续骫骳（wěibèi，屈曲）说·参寥子》：

"参寥子者，妙偬（揔，zǒng）大师昙潜也。俗姓王氏，杭州钱塘县人。幼不茹荤，父母听出家。以童子诵《法华经》，度为比丘，受具戒。于内外典无所不窥，能文章，尤喜为诗，秦少游与之有支许之契。……东坡守彭城，参寥尝往见之。在坡座赋诗，援笔立成，一坐嗟服。……住西湖智果院。……苏黄门（辙）每称曰：'此释子诗无一点蔬笋气，其体制绝似储光羲，非近世诗僧所能比也。'……参寥崇宁末归老江湖。既示寂，其传孙法颖以其集行于世。"

又朱弁《风月堂诗话》卷上：

"参寥在诗僧中独无蔬笋气，又善议论。"

袁文《瓮牖闲评》卷四：

东坡作《参寥子真赞》云："惟参寥子身贫而道富，辩于文而讷于口，外尪（wāng）羸（又跛又瘦）而中健武，与人无竞而好讥刺朋友之过。枯形灰心，而喜为感时玩物不能忘情之语。此余所谓参寥子有不可晓者五也。"

又晁公武《郡斋读书志》卷四《参寥集》：

"其诗清丽，不类浮屠语。"

111. 柳开首变宋初俪偶之风

吴曾《能改斋漫录》：

"本朝承五季之陋，文尚俪偶，自柳开首变其风。……谓文章宜以韩（愈）为宗，遂名肩愈，字绍元，亦有意于子厚耳。……（柳）开未第时，采世之逸事，居魏郭之东，著野史；自号东郊野夫，作《东郊野夫传》。年逾二十，慕王通读经，以经籍有亡其辞者，辄补之，自号补亡先生，作《补亡先生传》。遂改旧名与字，谓开古圣贤之道于时也。必欲开之为涂，故字仲涂。

"太祖开宝六年登科，时年二十七。尝谓张景曰：'吾于书止爱尧舜《典》、《禹贡》、《洪范》。斯四篇，非孔子不能著之，余则立言者可跂及矣。《诗》之《大雅》、《颂》，《易》之爻、象，其深焉；余不为深也。'盖（柳）开之谨于许可者如此。前辈以本朝古文始于穆伯长，非也。"

112. 毛泽民情文兼厚

曹勋《松隐集》卷三三《跋东堂先生诗卷》：

"毛泽民以文章名世，于长短句尤为超诣，若诗文则传人间者少。"

其诗文"高绝"，"情文兼厚"。

按，《纪事》卷二十九传：毛滂字泽民，有《东堂集》。

113. 印元发秀静清狂

员兴宗《九华集》卷二《赠元上人并引》：

印元发（中岩印公元发）"空门友也，诗言森秀，群衲未见其比……。残章断句，当与一世共秘"。

"君不见昔日中岩印元发，声名寓县何煌煌。层冰莹骨语秀静，松风入齿诗清狂。有时健笔赋岩石，天地万象随低昂。"

玉津上人云公"时吐芳鲜恣吞嚼，软语仿佛从汤休"。

114. 制帅雄健

王之望《汉滨集》卷一《次制帅和前韵再和》：

"出尘秀句若霞摛，走笔豪篇逾响赴。

....

力扛九鼎更妥帖，胸蟠万卷森差互。"

又《和制帅》：

"来诗忽作蛟龙吼，三日能令两耳聋。"

又《和制帅》：

"学有渊源流不竭，诗如珠玉价难酬。词章怪底犹雄健，棠荫曾联柳柳州。"

又和：

"已向诗坛称独步，要将李杜与名齐。"

115. 喻良能有晋宋风味

王十朋《梅溪后集》卷二七《送喻叔齐尉广德序》：

"叔奇之诗，清新雅健，有晋宋风味，得韩公之豪，无东野之寒。"

按，《纪事》卷五十一有传，《宋诗话全编》有《喻良能诗话》云：喻良能，字叔奇，存有《香山集》。与兄良倚、弟良弼，俱以古文辞有声于时。

116. 张孝祥诗清婉而俊逸

韩元吉《南涧甲乙稿》卷一四《张安国诗集序》：

"安国之诗，清婉而俊逸，其机杼错综如茧之方丝，其步骤蹀躞（diéxiè，跺步）如骥之始驾。"

"咏其诗而歌其词，襟韵洒落，宛其如在，亦足以悲其志之所寓而知其为一世之隽杰人也。"

117. 李远语新格健

同上卷二《李编修器之（字）惠诗卷》：

"语新格健意有余，风骨峭硬中含腴。猛如横阵舞刀槊，清若雅宴调笙竽。"

118. 欧阳鈇清厉秀邃

杨万里《诚斋集》卷七七《欧阳伯威〈脞辞集〉序》：

"伯威名鈇，吾州永和人也。其族与文忠公同系。其先策第者凡七人，有曰中立者，附入元祐党籍，其尊公彦美终于广州经干。伯威事母至孝。"

其诗"得句往往出象外"，"高者清厉秀邃，其下者犹足以供耳目之笙磬卉木也。盖自杜少陵至江西诸老之门户窥闯殆遍矣"。

又《诗人玉屑》引诚斋《跋》其诗云：

"酌大白，咽伯威诗，欲驭风骑气也。"

按，《纪事》卷四十八传：欧阳鈇字伯威，号寓庵。庐陵人。有《脞辞集》。

119. 胡铨益加恢奇

《诚斋集》卷八二《澹庵先生文集序》：

"其议论宏以挺，其记序古以训，其代言典而严，其书事约而悉。其为诗，盖自抵斥时宰，诞置岭海，愁狄酸骨，饥蛟血牙，风呻雨唱，涛谲波诡，有非人间世之所堪耐者，宜芥于心而反昌其诗，视李杜夜郎夔子之音，益加恢奇云。至于骚辞涵茫崭萃，鈢刿刻屈。扶天之幽，泄神之瘦，槁膻而不瘁，恫愀而不怼，自宋玉而下不论也，灵均以来一人而已。"

120. 赵善括要归于实用

《诚斋集》卷八三《应斋杂著序》：

"其文大抵平淡夷易，不为追琢，不立崖险，要归于实用，而非窾（kuǎn，空）非浮也。至其诗皆感物而发，触兴而作，使古今百家景物万象皆不能役我而役于我。"

121. 王从（字正夫）清峻简远

《诚斋集》卷八三《〈三近斋余录〉序》：

"清峻简远。""不减晚唐诸子。""光怪四出，贯日袭月，有不可掩者。"
"其学以忠孝为根干，以诗骚为菁华，以议论为颖栗。"

按，其子高安史君，淹诠次其诗文凡480余篇，正夫自题曰《三近斋余录》。

122. 张嵲诗闲澹高远

《朱文公文集》卷六四《答巩仲至》：

"张巨山（字）乃学魏晋六朝之作，非宗江西者。其诗闲澹高远，恐亦未可谓不深于诗者也。"

又刘克庄《后村诗话》后集卷二：

评其诗："皆精丽婉转有思致。""真南渡巨擘。"

123. 尹师鲁诗辞约而理精

范仲淹《尹师鲁集叙》：

"师鲁深于《春秋》，故其文谨严，辞约而理精。章奏疏议，大见风采，士林方耸慕焉。遽得欧阳永叔从而大振之，由是天下之文一变，而其深有功于道欤！"

124. 王庠有古作者风力

苏轼《与王庠书》：

"所示著述文字，皆有古作者风力，大略能道意所欲言者。"

按，孔凡礼《宋诗纪事续补》卷六有传言庠为苏轼侄婿。字周彦，荣州人，谥康节先生。《宋史》卷377有《王庠传》引苏轼《答黄鲁直》云："王朗名庠，文行皆卓然，笔力有余，出语不凡。"

125. 谢民师诗赋如行云流水

苏轼《与谢民师推官书》：

所示诗赋杂文"大略如行云流水，初无定质，但常行于所当行，常止于所不可不止，文理自然，姿态横生"。

"求物之妙，如系风捕影，能使是物了然于心者。"

126. 杨冠卿诗精深雄健

张孝祥《于湖居士文集》卷一六《题杨梦锡〈客亭类稿〉后》：

"梦锡之文，从昔不胶于俗，纵横运转，如盘中丸，未始以一律拘，要其终，亦不可出于盘。"

"精深雄健，……读之终篇，使人首益俯焉。"

按，《四库总目》卷一六著录《客亭类稿》。称冠卿字梦锡。"才华清隽，四六尤流丽浑雅。"

127. 郭从范诗风清婉精致

张孝祥《于湖居士文集》卷三五：

"晋人郭从范者，今年三十，能诗文，吕居仁、曾吉甫诸老先生至忘年（而）目之为'小友'。年益长，文益奇，疏爽俊特，气概凛然可畏也。"

"概于文无所不能，而又敏妙。"风格"清婉精致"。

按，《纪事》卷六十云从范字士横。

128. 王令俯睨汉唐

陈造《江湖长翁集》卷一八《王逢源（字）二首》：

"弱岁文推一代豪，诸公敛衽看颠毛。"

"文章俯睨汉唐馀，属思深湛到古初。"

又刘克庄《后村诗话》前集卷二：

"（《暑旱苦热》）其骨气老苍，识度高远如此，岂得不为荆公所推。"[按，《纪事》卷二十四传云：王安石爱其才，"因妻以吴夫人女弟（妹）"]

又引令《答孙莘老》所云"生无人愧宁非乐，死有天知岂待名"评曰："其固穷自守，亦士之高致矣。"

又《续集》卷四称其集中"新意快句不可胜记"。"本朝诸人惟逢原别是一种□□，如灵芝庆云，出为祥瑞。"

按，钱《补正》称他"是宋代里气概最阔大的诗人了"。

129. 沈东诗含台阁风骨

陈造《江湖长翁集》卷二三《云壑诗序》：

居士诗"婉而峻,健而泽,含台阁风骨,而山林野逸之气不乏也。取律多而不杂,用意邃而不凿,篇意字法,要皆深稳惬当,学力可谓不苟"。

其"胸襟恢疏,遇物脩然,故不屑愤狷讥评之作。其气夷,故清平不迫。其所养熟,故萧散有余"。

"居士贤而才,幼则儒,尝为举子,一不得意,置不为。取古今书传,博取而精用之,凡有感于中,一发于诗,乐乎此。"

按,《纪事》卷四十九传:沈东字元叙(宋人引文往往将"叙"与"序"同用),昆山人。

130. 夏竦老尤雄健不衰

陈造《江湖长翁集》卷三一《题夏文庄(谥文庄公)》:
"辞藻绚丽,自其始学,即含台阁风骨,老尤雄健不衰"。

又晁公武《郡斋读书志》卷四《夏文庄集》:
"为诗巧丽。"

131. 周邦彦经史百家盘屈于笔下

楼钥《攻媿集》卷五一《清真先生(周号)文集序》:
"人必以为豪放飘逸,高视古人,非攻苦力学以寸进者。及详味其辞,经史百家之言盘屈于笔下,若自己出,一何用功之深,而致力于精耶。"

按,《纪事》卷二十八及《补遗》、《续补》、《补正》均未补全,今补全。

132. 向子諲诗风与陶、白相似

楼钥《攻媿集》卷五十二《芗林居士(号)文集序》:

引其《述怀》诗云:"我与渊明同甲子,归休已恨七年迟。"

《题乐天真》云:"香山与芗林,相去几百祀。丘壑有深情,市朝多见忌。……才名固不同,出处略相似。"

《上梁文》云:"坊名五柳,仰陶令之高风。"

133.曹勋出使诗有烈士之气

楼钥《攻媿集》卷五二《曹忠靖公(谥)〈松隐集〉序》:

"公之诗文,其来有原,其发不苟。慷慨论事,有古烈士之气;雍容适意,有隐君子之风,又未易以一端尽也。"

按,钱《补正》评出使诗曰:"他的诗不算少,都是平庸浅率的东西,只除了几首就是他在绍兴十一至十二年出使金国的诗。"

"这些诗在一路上分明认得是老家里,现在自己倒变成是外客,分明认得是一家人,眼睁睁看他们在异族手里讨生活。这种惭愤哀痛交掺在一起的情绪产生了一种新的诗境,而曹勋是第一个把它写出来的人。"

134.李璜笔力雄迈

楼钥《攻媿集》卷五二《檗庵居士文集序》:

"笔力雄迈,人所罕及。""少负隽才,而颇诞放。""郡县庠校记文,多出其手。"

"若其诗句之工妙,文体之高胜,出入古今,追配前良。"

按,《纪事》卷五十传:李璜,字德邵,号檗庵。

135.魏野为诗清苦

晁公武《郡斋读书志》卷四《魏仲仙(字)草堂集》:

"志清逸,以吟咏自娱。……为诗清苦,句多警策。"

136. 何郯有孟东野之风

晁公武《郡斋读书志》卷四《何圣从庐江文集》：
"天资好学，殆废寝食。为诗章简重淳淡，有孟东野之风。"
按，《纪事》卷十三传：何郯字圣从有《第庐江文集》。

137. 晁载之涉奇太早

晁公武《郡斋读书志》卷四：
"晁伯宇诗骚，细看甚奇丽。信乎其家多异才也。（按，已上《纪事》已引）虽然，凡文至足之余溢为奇伟，今晁君文涉奇似太早。可作朋友切磋。……恐伤其迈往之气耳。"
按，《纪事》卷四十二传：载之字伯宇，仕封丘丞。有《封丘集》。已引黄鲁直荐于苏子瞻云（补如上）。

138. 崔德符有唐人风

晁公武《郡斋读书志》卷四《崔德符〈婆娑集〉》：
"最长于诗，清婉敷腴，有唐人风"。

139. 杜默，苏子瞻颇陋之

晁公武《郡斋读书志》卷四《杜师雄诗》：
"杜默字师雄，徂徕人。石介作《三豪篇》，所谓歌之豪者，苏子瞻颇陋之。"

140. 苏舜元诗豪丽

晁公武《郡斋读书志》卷四《苏才翁集》：

"工草隶，诗章豪丽。"

141. 丁谓憸巧险诐

晁公武《郡斋读书志》卷四《丁晋公集》：
"善为古文章，尤工诗什，憸（xiān，奸）巧险诐（bì，辨），世鲜其俦。"

142. 刘筠侔揣情状，音调凄丽

晁公武《郡斋读书志》卷四《刘中山刀笔》：
"学问闳博，文章以理为宗，辞尚致密。尤工篇咏，能侔揣情状，音调凄丽。"

143. 寇准多得警句

晁公武《郡斋读书志》卷四《忠愍诗》：
"笃学善属文，尤长诗什，多得警句。"

144. 陈尧佐清警永隽

晁公武《郡斋读书志》卷四《陈文惠（谥号）愚丘集》：
"尧佐属辞尚古，不牵世用，喜为二韵诗，词调清警永隽。各集（按，陈有《愚丘集》二卷，《湖阳集》一卷）皆自有序。"

145. 汪斗山意圆而语泽

何梦桂《潜斋集》卷五《汪斗山诗序》：
"取其诗读之，则意圆而语泽，骨劲而神清，似其人。"

146. 王樵所思婉语劲

何梦桂《潜斋集》卷五《王樵所诗序》：

"樵所诗思婉以清，语劲以泽，……使之横驱长骛，迅掣高骞，出意趣于寻常言语笔墨之外，吾当问子于韩、杜诸公坛上矣。"

147. 胡直内曳踵长歌

何梦桂《潜斋集》卷五《题胡直内〈适安〉集》：

直内曰："至于尸居环堵，抱膝微吟，得句则曳踵长歌，声满天地，凡世间富贵贫贱、利害得丧、可喜可慕、可悲可感者，一不入于吾心，夫孰有以易吾之天乐耶！"

余蹶然起曰："斯言也，其几于道乎！"

148. 连文凤其诗之苦，呜咽之至

《刘辰翁集》卷六《连伯正诗序》：

"世变不衰，求如子美当时不可得，而厄穷过之，如故人连伯正，乃未尝与于一命之士，而长吟坐啸，凄其千百，其诗其命如此，殆合古今穷者而为一人。因为言古之穷者不必如今之甚，以寓吾怀伤不可极之思（按，指亡国之痛），而其诗之苦，则伯正能自喻之于言，虽览者未尝不同其时同其命，直不能如其诗之一二，则得之口者在彼犹我，故虽呜咽流涕之至，亦无不快然称好。"

按，《纪事》卷八十一传：连文凤，字伯正（又作百正），号应山。三山人。托名罗公福，入月泉吟社第一名。著有《百正集》三卷，录诗132首。

149. 陈荐（荐）辞致清绝

何谿汶《竹庄诗话》卷十六引《西清诗话》：

"彦升《燕子楼诗》，辞致清绝。东坡守徐移书彦升曰：'《彭城八咏》，如《燕子楼》篇，直使鲍、谢敛手，温李变色也。'"

钱《补正》引《吕忠穆公集》：

"陈薦，字彦升。博学高文，擢进士第，遍历中外清华繁剧之任。忠厚亮直，号为前辈。雅为司马温公所知，韩魏公尤知之。温公云：'如彦升质直，光所以服其为人。'可知矣。"

150. 杨轩诗句句精炼

《竹庄诗话》卷十八引《许彦周诗话》评云：

"杨轩诗句句精炼，……宜乎为欧阳文忠公所称。"

按，钱《补正》引《诗话总龟》卷十二引《摭言》，"杨轩，字公远，衡州人"。

151. 李正民气韵豪迈

《竹庄诗话》卷十八引《东皋杂录》：

"李方叔（字）气韵豪迈，东坡谓其诗赋词卓越，意趣不凡者是也。……（并）赠诗曰：'与君相从非一日，笔势翩翩疑可识……'……方叔诗文甚工，偶记其《北海文举堂诗》（按，又作《孔北海堂》。《纪事》有小传并诗，《补遗》、《补正》皆补诗若干，独无此诗）云云。"

152. 杨朴诗脍炙人口

俞德邻《佩韦斋集》卷八《书杨东里诗集后》：

"余读隐士杨朴诗，如《莎衣》、《寒食》、《七夕》等作，似可脍炙人口；余虽放荡狂逸，有山林气，而杂以俳优鄙俚，去风雅远矣。"
（按，己之"鄙俚"反衬杨朴之"风雅"）

按，《纪事》卷五小传：其字契元，有《东里集》。《补正》引《温公续诗话》:"杨朴,字契玄,郑州人。善为诗,不仕。"

153. 郑思肖倍怀亡国哀痛

郑思肖《心史·总后序》云:

《咸淳集》一卷(按,《〈大义集〉自序》云:"余幼好吟,长而尤苦于吟,自景定(南宋理宗,公元1260年)以来,至咸淳(南宋度宗,公元1265年)五年,所作极多。离乱之际,并所著散文尽失之,今记忆者唯诗五十篇,目曰《咸淳集》,姑存旧也。"),《大义集》一卷(按,《〈大义集〉自序》云:"德祐乙亥冬(南宋恭宗,公元1275年)有不可遏之兴,时辄作数语,以道胸中不平事。至于丁丑岁(1277),择七十篇,目曰《大义集》。每有一作,倍怀哀痛,直若锋刃之加于心,苦语流出肺腑间。"),《中兴集》二卷(按,《〈中兴集〉自序》曰:"五六年来梦中大哭,号叫大宋,盖不知其几。此心之不得已于动也!夫非歌诗,无以雪其愤;所以皆厄挫悲恋之辞。……泽畔孤吟,块然其形,心手一脉之生,眇然千冰万雪之下,微微绵绵,不绝如缕,穷阴戮力杀之,终不可得而杀。此一脉之生,将大而为天地万物生生无穷之生也欤?以无道人事验之,中兴迫矣!故曰《中兴集》。"),计诗二百五十首,杂文自《盟檄》而下,凡四十篇,又前后自序五篇,总目之曰《心史》。"

又《中兴集自序》自评诗云:"哀痛激烈,剖露肝胆,洒血誓日,期毋渝此盟。"《自题大义集后》云:"长夜漫漫发浩歌,生民涂炭果如何。""赤帜开明新日月,青毡恢拓旧山河。誓崇忠义诛奸逆,田海虽迁志不磨。"

又《后序》云:"思肖生于理宗盛治之朝……向非德祐虏祸天下,无复赋诗作文矣。……时吐露真情,发为歌诗,决生死为国讨贼之志,心语心谋,万死必行,故气劲语烈,殊乏和平兴趣。"

按,《四库总目》卷一七四虽著录郑之《心史》,而不及内容、艺术,多为版本考辨。《纪事》卷八十引《辍耕录》、《遗民录》只及爱国情怀事而不及《心史》。今补如上。

154. 卫宗武末世诗似候虫声

张之翰《西岩集》卷一四《〈秋声集〉序》：

"思古今骚人，多寓意秋声中。……率皆悲时之易失，嗟老之将至，状其凄清萧瑟而已。今九山之集，取名虽同而实又有所不同者，昔在淳祐间，公起乔木世臣，后班省闼镇辅，无施不可。此时，不独无此作，亦未尝有此声也。"

"及时移物换，以故侯退处于家，不求闻达。舍大篇短章，何以自遣？盖心非言不宣，言非声不传。是知声之秋，即心之秋，即江山之秋。江山之秋，即天地之秋也。声无穷，秋亦无穷。彼观是集，读是序，见山谷所云'末世诗似候虫声'，便为诚然。"

按，《补遗》卷七十一有传云：卫宗武，字淇父，自号九山。淳祐间历官尚书郎，官至朝请大夫。罢归故里三十余载。元至元二十六年乙丑卒。著有《秋声集》。并选诗九首，《全宋诗》亦收录。

155. 汤炳龙诗肆丽清邃

陈普《石堂遗集》《汤炳龙〈北村集〉》：

"学问该博，善谈论，四书五经皆有传注，尤深于《易》。诗歌甚工，晚自号北村老民，所著曰《北村诗集》。四明戴表元帅初序曰：'子文诗肆丽清邃，乃一如丘园书生、山林处士之作。'太玉山人俞德邻宗大序曰：'子文诗悯世道之隆污，悼人物之聚散，明时政之得失，吟咏讽谏，使闻者皆足以戒，岂徒夸竞病事推敲者之为哉！'盖其易直子（慈也）谅（诚也）之心，闲于中而肆于外者也。年八十余卒。"

按，炳龙，字子文，其先山阳人。《补遗》卷六十一传称：据《淮南府志》"山阳人非丹阳人"。

156. 谢枋得伤时甚隐而切

陈普《石堂遗集》卷一三《谢叠山文集序》：

"叠山谢公，幼少有天下虑，入仕不为富贵谋动。与有位者忤，虽困之，下僚加之，非罪放逐播迁终不悔。平居暇日，深思远虑，抚江河，入风云，随飞翼，而行之纸笔者，概其忧人忧国之心，词场大笔，伤时抵讳，同列掩耳，而独以身任之，其它一句一章、一咏一挥，大率在此。"

按，《纪事》卷六十七传云：枋得字君直，号叠山。为江东制置使，即弋阳（谢为信州弋阳人）起义兵，军溃，隐于闽。元征聘，累辞不就。后福建行省魏天祐迫胁至燕，不食，死。门人鉢之曰文节先生。

《补正》引《隐居通议》卷十一：

"宋末贾似道柄国，弄权已甚。叠山先生赋一诗自况（"手撼琪花吹玉箫，至人长与道逍遥。黄云白鹤无拘束，闲看吴儿弄晚潮。"）其凄婉沈著，有唐人风致。若其自处，亦甚高矣。其伤时亦甚隐而切。"

157. 孙次翁咏娇娘诗文富而丽

刘斧《青琐高议》前集卷三：

"余友孙次翁，幼负才不羁，贵家多慕其名，所与往还皆当世伟人。一日，出所为《娇娘行》示余，意豪而清，文富而丽，有足嘉尚，因载于集。"

按，这是一首七言长诗，凡八十句，共563字。《宋诗纪事》、《宋诗纪事补遗》皆无此人。《宋诗纪事续补》卷二十一，《全宋诗》第十八册第11784页选录此诗。并有作者小传。刘斧评之为"意豪而清""文富而丽""辞旨完赡"。

158. 曹良史诗雄行辈间

方凤《存雅堂遗稿》卷一：

"曹君之才，以诗雄行辈间。"（地位、影响）"爱其夷易磊落，美其英华果锐。"（风格特点）

按，《纪事》卷七十七：曹良史，字之才，号梅南，钱塘人。咸淳故老，与周草窗（周密）游。有《诗词三摘》（《咸淳诗摘》、《梅南诗摘》等）。并引俞宗大序："悼今思古，所谓哀而不伤，怨而不怒，忠厚而悱恻者也。"

《全宋诗》第六十九册第43311页有传。

《补正》引《桐江集》卷四有《跋曹之才诗词三摘》。

159. 胡汲古诗思远而优游

何梦桂《晞发文集》卷六《胡汲古诗序》：

"其辞温润以栗，其思远而优游。"

160. 胡柳堂诗锋逼人

何梦桂《晞发文集》卷六《胡柳堂诗序》：

"胡氏家世于诗……柳塘最晚出，诗锋矗矗（追逼）逼人，……缀珠作凤，下床虎跳，总自不凡。"

161. 王蒙泉诗峭刻峻洁

何梦桂《晞发文集》卷六《王蒙泉诗序》：

"蒙泉家深谷曰，招青山，酌泠泉，寄兴于吟，心静而思清，其得句亦峭刻峻洁如此。"

162. 王炜翁诗缜密而思畅达

何梦桂《晞发文集》卷六《王炜翁诗序》：

"东皋子（号）王炜翁，吾甥也，以其读书余力学诗，诗缜密而思鬯（畅）达，浑厚而气劲严。"……不幸中殀。

163. 罗济川诗思清语俊

何梦桂《晞发文集》卷六《罗济川诗集序》：

"罗君济川，年少能诗，其思清，其语俊，似其人。"

164. 章明甫诗思深辞苦

何梦桂《晞发文集》卷七《章明甫诗序》：

"石溪子（疑明甫号）罹乱来，且贫且瘁以穷，其事与位又非可与诸先正同日语。随寓成诗，思深辞苦，浅者凄婉，深者幽忧，若其蜷局不纾者。然其悲壮愤烈，逸气横出，读之如听武昌笛，如闻雍门琴，如《垓下歌》（项羽败局已定，慷慨悲歌）、《塞下曲》（托王昭君诉怨歌），令人噫呜嘘唏，不能已已。吾是以悲子所遭若是困踣，而其志卒不屈不挠也。"

165. 凌驭诗思婉媚而语清新

何梦桂《晞发文集》卷七《凌驭诗序》：

"凌驭本宦家子，与吏伍以干升斗，然未始废吟。老焉为田，益自奋励，久焉诗词成帙，思婉媚而语清新。"

166. 翁真卿诗韵远而意深

何梦桂《晞发文集》卷七《翁真卿诗序》：

其性格"峻介","惟贫,故鲜与声利接,老于授徒,故益安于读书,遂得肆其余力以为诗"。

"真卿诗,事质而辞缜,韵远而意深。"

按,真卿,浙江淳安人,诗集曰《吹呋录》。

167. 张兄诗事核而思远

何梦桂《晞发文集》卷七《琳溪张兄诗序》:

"琳溪(不知何地)张君老于学,故其诗核而思远,不事时世妆以侦逐近好者,骎骎(渐近)乎古人邯郸之步(学步)矣。"

168. 宋君巽诗意圆语泽

何梦桂《晞发文集》卷七《宋君巽诗序》:

"柘皋宋君巽,少以文鸣场屋,……得上春官。""其诗不苟作,意圆语泽,必尝驰骋昔人径庭而得其邯郸之善步者,吾固嘉君巽之有得于诗也。"

169. 赵史君诗有冲邃闲远之韵

《文天祥全集》卷九《跋赵靖斋诗卷》:

"赵史君以'靖'名斋,其与世澹然相忘,而寄思于诗,有冲邃闲远之韵,以'靖'为受用也。"

170. 程楚翁诗悴然而思深

《刘辰翁集》卷六《程楚翁诗序》:

"程楚翁,歙人也。……诵其诗,悴然而思深,佚然而志长。"

171. 何梅境不在王、谢风流下

何梦桂《晞发文集》卷六《何梅境诗序》：

"梅境早好吟，得意于四灵。……中年进学老杜，故诗日益工，骚人墨客挟笑登坛，论诗阀，宗诗派，吾梅境不在王、谢风流下。"

172. 林德阳诗有古意

方逢辰《蛟峰文集》卷六《雁荡林霁山诗集序》：

"霁山林德阳，前进士也，壮年英华，果锐之气无所于托，璠瑰玉佩，大放厥辞，吟卷一编。"

"德阳自雁荡游会稽，而钱塘潮汐之吞吐，吴山烟霏之舒卷，瞻望兮咫尺，缥缈兮余怀，所以触其情发其感者。"

"故其凄婉夷以远闇，以章率有古意，非湖海吟笑而已矣。于诗家门户当放一头。"

173. 杨梦锡诗纵横运转

张孝祥《于湖居士文集》卷一六《题杨梦锡〈客亭类稿〉后》：

"梦锡之文，从昔不胶于俗，纵横运转，如盘中丸，未始以一律拘，要其终，亦不出于盘。"

评《客亭类稿》"精深雄健"，"读之终篇，使人首益俯焉"。

按，《四库总目》卷一六著录《客亭类稿》云：杨冠卿字梦锡，江陵人，《宋史》无传。并评："冠卿才华清隽，四六尤流丽浑雅。"

174. 田端彦其诗清新可爱

蔡絛《西清诗话》卷下：

"田端彦子卿，刚介尚气，亦能诗，不雕琢。""（其诗）清新可爱。"

按，《四库总目》不载。

175. 张疆有平视曹、刘、沈、谢意思

文天祥《文天祥全集》卷九《张宗甫木鸡集序》："吉水张疆宗甫，以《木鸡集》示予，何其酷似《选》也！……便有平视曹、刘、沈、谢意思。"

按，《四库总目》不载。

176. 葛元白风雅之致隐然

方凤《存雅堂遗稿》卷一一《葛元白诗序》：
称其诗风："匠意体物，清丽纤婉，风雅之致隐然。"

177. 胡温升行文波澜议论磊落

许月卿《先天集》卷一《次韵胡温升玉甫西野》：
"句里韩筋犹柳骨"，"议论磊落文波澜"。

178. 薛仲经大雅之风犹在

晁公遡《嵩山居士集》卷四七《薛仲经诗集序》："薛仲经父之诗，于李杜为近，而甚爱之。古之风，人不得而见矣，见其近于李杜者，斯去孔子之后而大雅之风犹在，岂易得哉？"

179. 彭醇诗槁而滋

《诚斋集》卷八三《澈溪居士文集后序》："道原（名醇，字道原，号澈溪居士，有《澈溪文集》，终官朝奉大夫）之文与诗，质而珍，槁而滋，寥乎朱弦之音，泊乎玄酒之味。"

180. 郭公忠具有萧散之趣

陈造《江湖长翁集》卷三一《跋郭元迈北中诗卷后》：
"形于诗笔，语工律严，萧散之趣，迈往之气，不可湮没。"
按，《四库总目》不载。

181. 余补之笔墨劲健精绝

郑獬《郧溪集》卷二六《酬余补之见寄》：
"忽然惊暴险绝句，昊天霹雳雷霆车。……笔墨劲健愈精绝，铁绳钮缚虬爪牙。有时风雨恐飞去，尝自密锁金鸦叉。"

182. 许大方言语超然，自放于尘垢之外

张耒《张右史文集》卷五一《许大方诗集序》：
"往往英奇秀发之气发为文字，言语超然，自放于尘垢之外。"

183. 李援惠韵格清奇

晁补之《鸡肋集》卷五八《答李援惠诗书》：
"韵格清奇，词藻俊发，其于用事尤精稳……"
按，《四库总目》不载。

184. 宋君诗辞高寒

楼钥《攻媿集》，卷一〇九《朝散郎致仕宋君墓志铭》：
"诗辞高胜，淡而实腴，即席唱酬，锋起泉涌，人畏其捷而服其工。"
按，不知"君"为名、字、号？亦或尊称？也不知其作品集名。

185. 王菊山诗气温而不浮

晁补之《鸡肋集》卷一〇九《王菊山诗集序》：

"中叟（疑菊山字）有志于诗，尚矣。中叟诗词雅而不野，气温而不浮。"

按，《四库总目》不载。

186. 范觉氏清制皆洒落

王之望《汉滨集》卷一《赠范觉氏》：

"间出新诗篇，清制皆洒落。只怀苍生忧，肯为穷愁作。少陵不忘主，气味若相若。"

187. 赵见独作语平淡高古

李弥逊《筠溪集》卷二一《跋赵见独诗后》：

"见独作语平淡高古，不类近世诗家者流，飘然有晋宋风味。"

188. 俞宜民思尚远而语尚近

李弥逊《筠溪集》卷二一《俞宜民诗序》：

"宜民与予游最久，……语之曰：'君诗如幽岩乳窦，时下涓滴，疏蕊被人，微闻香度。虽然，思尚远而语尚近，神贵藏而色贵茂。'"

189. 刘士元诗翳然幽蔚

舒岳祥《阆风集》卷十《刘士元诗序》：

"其所作，如平林远水，翳然幽蔚，致有佳趣，岂非专且成者乎？"

190. 王修竹诗有飞出宇宙之意

林景熙《霁山集》卷五《王修竹诗集序》：

"山阴修竹王公有诗千余，予端读尽卷。赋核而该，比形而切，兴托而悠，《三百篇》之法度宛然在焉。"

"啸吟泉石，每一篇作，有飞出宇宙之意。已而敛入丝粟，寂乎无声，使人三叹不能已。"

191. 马静山诗意寄言外

林景熙《霁山集》卷五《马静山诗集序》：

"予读静山马君诗，清厉沈郁，扶天坠，闵人穷，意寄言外。"

"能发天葩于枯槁，振古响于寂寥。"

192. 汪称隐诗夷易而有沉潜

方逢辰《蛟峰文集》卷六《汪称隐松萝集序》：

"（其诗）夷易而有沉潜，……英发而有感慨。""夫逊言而沉潜者，藏乎者也。直道而感慨者，见乎义也。即此充之，其进孰御？"

"学以培其本，气以达其支，则横驰直骛，皆不失真正矣。"

"浯江称隐年妙而隽于才。"

193. 余好问诗精锻细敲

方回《桐江集》卷四《跋余好问〈丙申丁酉诗稿〉》：

"好问诗不雕刻，可喜，然多信笔，不必皆工而近乎率。一句好，或一句偏；一联妙，或全篇苟且。而用字俗，……盖年方四十，精锻细敲，未见其止也。"

又牟巘《陵阳集》卷一《余好问诗稿序》：

"余君好问日以吟哦为事。……阅其帙,佳句层出,不务为深刻噍杀,自有意态,读之犹能使人喜,岂不足陶写性情哉!"

又卷二二《余好问刊诗集疏》:

"余好问甫,胸中卓荦,笔下清新。七步成章,莫喻其敏。"

194. 吴飞(云龙)短篇近体不尚工巧

方回《桐江续集》卷三二《吴云龙诗集序》:

"歙吴君飞云龙(按,其字)者,不凡之一二者也。短篇近体不尚工巧。大篇古乐府,沛然出,突然奇"。

195. 恩上人其诗清峭刻厉

方回《桐江集》卷四《跋佛陀恩游洞山诗》:

"四明佛陀恩上人近游诗三十四首,……其诗清峭刻厉,……淡而有味。……佛法入中国,有僧自东汉始,后世儒逃于僧,多执诗人之柄,然亦千万僧中有一诗僧也。"

196. 舒用章不随时好,稍近古

方回《桐江集》卷四《跋舒碧云寓稿诗》:

"读用章《碧云寓稿诗》,可喜者三,……能述祖德,如陶元亮,一可喜。近世习为晚唐诗,用章独稍近古,不随时好,……二可喜。学问文章以多读书为根本,诗其余事。……不耻下问,孔门所取,三可喜。"

197. 罗志仁诗律未脱"江西"

方回《桐江续集》卷三《送罗寿可诗序》:

"清江罗君志仁寿可(按,《全宋诗》第七十册罗志仁,罗寿可作二人,待考),……自谓改学'四灵'、后村。且喜学古人者,仿佛其意度,隽远其滋味。"

"细读深味,诗律未脱'江西',有'昆体'意,崖岸骨髓,似与赵紫芝诸人及刘潜夫不同。"

198. 张南湖诗似其为人"深目而癯"

方回《桐江续集》卷八《读张功父南湖集并序》:

"其自序,盖所谓得活法于诚斋者。……诗不尚丽,亦不务工。洪景庐谓功父深目而癯,予谓其诗亦犹其为人也。"

"予题八句以寄予心:'生长勋门富贵中。秕糠将相以诗雄。端能活法参诚叟,更觉豪才类放翁。举似今人谁肯信,元来妙处不全工。镂金组绣同时客,合向南湖(按,镃字功甫,号南湖)立下风。'……然南渡以来,精于四六而显者,诗辄凝滞不足观,骈语横于胸中,无活法故也。"

按,《宋诗纪事》卷五十七无此评,钱锺书《宋诗纪事补正》无此补。

另《诚斋集》卷八〇《约斋(镃又号)〈南湖集〉序》云:"诗之癯又甚于其貌之瞿(同癯)也,大抵(其诗)祖黄陈。"

199. 王居正诗无一艰涩寒俭之态

牟巘《陵阳集》卷一三《挂蓑集序》:

"王居正《挂蓑诗集》过我蓬庐。试阅之,亹亹乎何其辞之赡也!意者取之胸中,施之笔下,如出自然,无一毫艰涩寒俭态,而其间多有佳处。"

200. 高景仁其诗大抵皆出于和平

牟巘《陵阳集》卷一四《高景仁诗稿序》:

"景仁天藻潚发，盖异时举子之雄。一旦敛芒锷，束绳墨以为小诗，岂其所甚难？然犹仡仡用力如此，景仁其亦恬淡之难，而又欲造乎和平之极致焉耳。"

"景仁识老见定，独能以心为权度，身为针艾，公其是非，严其去取，无一毫（原文中，此有"自私"一词）自恕之心，勇去其诗之未和未平者，弗少靳。……今观其诗，金石相宣，盐梅相济，大抵皆出于和平，诗之进之之验也。"

201. 潘善甫（名弥坚）铲奇崛，趋平粹

牟巘《陵阳集》卷一四《潘善甫诗序》：

"（按，指"锻炼以为工"）之诗，而气胍（gū，大腹）厚，格律遒，自有意度，不见刳劂（jījué，刻刀）。后村（刘克庄）谓紫岩（善甫为其从子）脱去笔墨畦径，秀拔精妙，其后（指善甫）益进德，铲奇崛，趋平粹。"

202. 蔚上人晚更老辣，尤苦说梅

牟巘《陵阳集》卷一三《跋蔚上人〈约梅集〉》：

"上人高提句律，咄咄逼唐人，晚更老辣，与梅莫逆，尤苦说梅（按，其诗集曰《约梅集》）。……端不负梅矣。"

"此老胸次，故自不凡。予谓其诗集，有梅花处可无一本？"

附录一

由《宋诗话全编》补阙宋诗僧，看宋僧诗风格之特征

清人厉鹗《宋诗纪事》[1]卷九十一至卷九十三凡三卷录宋代诗僧240人；清人陆心源《宋诗纪事补遗》[2]补遗宋诗僧110人（卷九六、卷九七）；孔凡礼先生《宋诗纪事续补》[3]又续补厉、陆二书所遗宋诗僧333人。而《全宋诗》[4]在前人基础上，共辑得宋诗僧743人。

宋代诗僧众多，僧诗繁盛，宋代有成就的诗人几乎都与诗僧过往甚密，创作互动，而且宋诗的风格特点也被禅学思维所濡染，发生了"内化"的明显倾向。可以说，宋代的诗僧与僧诗，是宋诗发展长河中，一道最耀眼的文化风景。本人已有《宋代的诗僧与僧诗》一文（载《宋诗论集》[5]第43至57页）作了一定的探索，恕不赘述。今就《宋诗话全编》[6]中所搜罗到的《全宋诗》遗佚的宋诗僧做一补充说明，重点是了解宋僧诗风格之特征。

（一）《宋诗话全编》从宋代散见的浩瀚载籍中辑得诗话凡564种，将近800万字，宋代的诗文别集、札记、随笔、史书、类书等，几乎

---

[1]（清）厉鹗：《宋诗纪事》，上海古籍出版社1983年版。
[2]（清）陆心源：《宋诗纪事补遗》，山西古籍出版社1997年版。
[3] 孔凡礼：《宋诗纪事续补》，北京大学出版社1997年版。
[4] 北京大学古文研究所编：《全宋诗》，北京大学出版社1999年版。
[5] 张福勋：《宋诗论集》，内蒙古人民出版社1997年版。
[6] 吴文治：《宋诗话全编》，江苏古籍出版社1998年版。

是搜罗殆尽。我通览之后，比照《纪事》、《补遗》、《续补》、《全宋诗》等所辑近800诗僧之外，又发现补其遗佚诗僧13人，他们是：

①心禅师（见何谿汶《竹庄诗话》卷二一"空门"）；②史宗（同上）；③权巽中（见舒邦佐《双峰猥稿》卷九《真隐诗集序》）；④释玄觉（见叶适《水心文集》卷九《宿觉庵记》）；⑤坐忘居士房公（见魏了翁《鹤山先生大全文集》卷五一）；⑥释雪屋（见道璨《柳塘外集》卷一《韶雪屋诗集序》）；⑦秋岩上人（见卫宗武《秋声集》卷五《秋岩上人诗集序》）；⑧恩上人（牟巘《陵阳集》卷一七《跋恩上人诗》）；⑨惠先觉（见施德操《北窗炙輠录》卷上）；⑩微上人（见李弥逊《筠溪集》卷二一《跋微上人〈径山赋〉后》）；⑪唯己（见文同《丹渊集》拾遗下《重序九皋集》）；⑫彻人上（见惠洪《石门文字禅》卷二五《题彻公石刻》。"人上"疑"上人"）；⑬良玉（见龚明之《中吴纪闻》卷一）。

（二）对这些诗僧的生平事迹做了必要的说明，使读者对他们的人品和行事等，有了初步的了解，为进一步深入探索其诗歌创作，打下了基础。

如介绍僧史宗"着麻衣，加衲其上，号麻衣道士，坐广陵白士埭（船往来征税之地），讴歌自适"。这个生活细节，有助于我们全面认识和把握诗人的风神气度。而这又有助于我们深入认识其诗风特点："脱去畛封，有超然自得之气。"

又记诗人之间的交游关系。比如说靖安释氏子权巽中与东溪可正平为诗名相齐，人目为"瘦权病可"。说权少时澜翻百氏，长无意功名，平生所蓄，皆发于诗。并将诗人的生平情志与其诗风相联系云：见其诗"如得李北海字，字外出骨，骨中藏稜"。使读者"置轴（放下书）绅绎（引端伸义）"；听其诗则"令人骨清气爽，通夕不寐"。因此徐师川跋其诗评为"巽中下笔，豪特之气，凌跨前辈"。已将诗风彰显不遗。

而从诗僧与诗人（特别是著名诗人）的密切交游中，则易于人们认识他们之间思维习惯的相互渗透与诗风之间的相互影响。掌握"诗心禅心，打成一片"的规律。

如说惠先觉"最为东坡、米元章所礼,甚为朴野,布衣草履,绳棕榈为带"。而从其诗风之"浑然天成,无一毫斧凿痕"的遗迹考察中,不难看出东坡诗对其影响,和对宋诗风气的总体认识。

再比如昆山慧聚寺僧良玉"僧行甚高,旁通文史之学,又善书工琴棋。因游京师,梅圣俞见而喜之。以姓名闻于朝,赐以紫衣"。诗人和诗僧,是在宋代文化中两个相互作用,互为依存,最有成就和独特贡献的群体。研究任何宋代的文化现象,都得对它给予特别的关注。

(三)最重要的也是最有价值的,是对这些诗僧诗风的研究和概述,使我们对有宋一代这一道最亮丽、最出彩的风景线,有更加深入的了解,从而对整个宋代的诗学理论能有更全面、更深刻的认识和把握。

苏轼曾对陆道士的诗有一段评论的话(见陈善《扪虱新话》上集引东坡《陆道士墓志》),说:"子神清而骨寒。"而其"清足以仙",其"寒亦足以死"。

我以为,这"清"、"寒"二字,最足以囊括所有僧诗之风格特点。而陈善则认为"盖文字不可犯俗,而亦不可太清"。为什么呢,他认为如人"太清则近寒",而"寒"则"非富贵之象",这是所有搞文字创作人的"所忌"。他是主张诗要有"富贵象"的。因而将"寒"视为"贫",视为"酸"。这一认识有悖于整个宋代人对僧诗风格的正确评价,歪曲了僧诗风格的本质特征,可以说是"逆潮流而动"了。我们可以从下列宋人对僧诗的风格讨论中,比照他认识上的酸腐。

何谿汶《竹庄诗话》卷二十一专门辟"空门"研究宋代的诗僧,认为僧诗的特点,就是晦堂心禅师所表现出来的"深静平实"四字,而这是那些"世间文士"们的诗所不可"仿佛"的。"深静"则"清","平实"则"和"。

叶水心评玄觉诗是"浅不可测,明悟勇决"。深不可测,是一般士人诗之特点,为常道;而僧诗的特点则是以让人能够"明悟"的"自立证解",蕴含禅机,言有尽而意无穷,虽"深"而"易达",做到"浅不可测",这就是不一般的特点了。所以是非常道。

而这样的特点,如魏了翁评坐忘居士房公诗是"婉而不媚,达而不肆",只因"心气和平"故无"寒苦浅涩之态"。是"婉"而不"浅","达"而不"涩"。不浅则深,不涩则清。

作为诗僧的道璨,对僧诗之风格更有深切的了解,认为僧诗之"清"而"活"有两个直接的原因,一个是"乾坤清气尽入其手";另一个是"学"能胜"才","气"能胜"识","理"能够胜"词"。他以雪屋僧之诗《兔园集》作例证,其"清(而)不癯,活(而)不放"而有别于近日诗家之病"清之失也癯,活之失也放",认为其病根就在于"学不胜才,气不胜识,理不胜词"之故。(《韶雪屋诗集序》)

卫宗武《秋声集》卷五《秋岩上人诗集序》说秋岩上人研精(佛教)宗旨,冥心观想(修行悟道),其诗"句意清圆"。当然这"清圆"本僧诗之共性,而上人还能够"超诣乎冲澹之境,沉乎太虚之不可控搏,杳乎真空之不可拟议",故能"集乎诗之大成"以"耀今而垂后",这就是专属于秋岩上人诗之个性特征了。是"清"的最高境界。

牟巘评恩上人诗,更是直击僧诗之灵魂处,剖析僧诗"大率不疏笥,不葛藤,又老辣,又精采,而用字新,用字活","能道人所不到处",其深刻的原因,就是"想当来必从悟入,(故)非区区效苦吟生,鈌心挏胃,(能)作如此诗也"。僧诗所创造的让人回味无尽的机趣,禅味,正是他们诗的"声价喧传远近"之根源。并意味深长地发问道:"不知是诗、是禅、是习、是悟、是内、是外耶?"(《跋恩上人诗》)这六个"是"之间的辨证,足以透彻僧诗风格之特征了。是僧人渐修之后的大彻大悟。是扫尽尘俗之后的清幽境界。

可知,僧人之诗与诗人之诗,作为诗,都有其共同处;然而作为僧诗,又自有其独特之处。这是由僧人一种特殊的生活习俗、特殊的思维习惯所造成的特殊的"僧语"带来的。没了这"僧语",也就没了僧诗。"杂取众言,苦不见瑕颣(疙瘩),更能以古为师,遣词严平,立意深切,(故)置之才士述作(按,指一般诗人之诗)中,孰知其为僧语"(李弥逊《跋微上人〈径山赋〉后》)。这里所说的"僧语",正是指僧诗之特别处。也就是叶石林所说的"僧诗体格":近世僧学诗者极多。他们掇拾士大夫之所"残弃",而"又自作一种体格律"。(《石林诗话》)

能为士大夫之所能为，又能为士大夫之所不能为。

　　钱锺书先生《谈艺录》[1]对此做过极深刻阐述，指出僧人"能离欲，则方寸地虚，虚而万景入，入必有所泄，乃形乎词，词妙而深者，必依乎声"。其诗风，"因定而得境，故翛然以清；由慧而遣词，故粹然以丽"。认为东坡《送参寥》诗所云"静了群动，空纳万境"实乃本于此（第259—260页）。所以说，比诸诗人之诗，释子之诗"有风月情，（而）无蔬笋气。又往往富于理趣"，故未尝不可为风骚之支与流裔（第226—227页）。

　　惠洪所评彻人上（疑为彻上人）诗之有"奇趣"（《题彻公石刻》），文同评唯己（仇姓，字亚休）诗"诚钟磬埙篪之雅韵，鸾凤虎豹之奇采"（《重序九皋集》），与钱先生所论之"理趣"，正是同一所指。

（张福勋）

---

[1] 钱锺书：《谈艺录》，中华书局1984年版。

张之翰《西岩集》补阙宋诗人的
资料价值和诗论意义

一般治宋诗者，必从《宋诗纪事》[1]、《宋诗纪事补遗》[2]、《宋诗纪事续补》[3]、《宋诗纪事补正》[4]四书下手，进行各种各样的研究工作。

《宋诗纪事》100卷，入选诗人3812人，作品8061首，征引资料1205种。是一部集宋代诗歌规模最为宏大的著作。钱锺书先生赞之为"渊博伟大的著作"。[5]凡选诗略具出处大概，又缀以评论；而诗之本事咸著于编；具于每个诗人之后大多附有简略小传。然钱先生认为，其"采摭虽广"，而"讹脱亦多"（《宋诗纪事补正·题辞》）。

陆心源《宋诗纪事补遗》100卷，于厉书未收者，"采辑群书，旁搜博证，不厌其详"。（《补遗·凡例》）于樊榭所遗，增多3000余家，得诗3000余首，并订正了厉氏小传中的许多错误。然亦是"错误百出"（《宋诗选注·序》）[6]，"买菜求益，更不精审"（《补正·题辞》）。

孔凡礼先生《宋诗纪事续补》30多卷，又以"网罗遗佚为主"（《续补·简例》），又辑得厉、陆二氏未收诗人1826人。而《续补拾遗》10卷又辑得宋诗作者约600人。然仍有或阙者。

钱锺书先生以中华人民共和国成立前王云五主编之万有文库厉辑《纪事》14册为底本，"利用他四十多年（引者按，即从20世纪40年代

---

[1] （清）厉鹗：《宋诗纪事》，上海古籍出版社1983年版。
[2] （清）陆心源：《宋诗纪事补遗》，山西古籍出版社1997年版。
[3] 孔凡礼：《宋诗纪事续补》，北京大学出版社1997年版。
[4] 钱锺书：《宋诗纪事补正》，辽宁人民出版社2003年版。
[5] 钱锺书：《宋诗选注·序》，人民文学出版社1979年版。
[6] 钱锺书：《宋诗选注·序》，人民文学出版社1979年版。

末至80年代后期）业余小憩的时间，断断续续做成（按，指《宋诗纪事补正》)"（杨绛《补正·序》)。《宋诗纪事补正》100卷，"披寻所及，随笔是正"（钱氏《题辞》）补人、补事、补诗，对厉书"错谬讹漏"进行纠正，"对原书所采评论和本事进行补充和匡正"（《补正·凡例》)，则更是一部伟大的研究宋诗的著作。然亦不无所漏。

而所有四书这些缺憾，在由宋末入元的遗民诗人张之翰的《西岩集》[1]中，得到了一定程度的弥补。让研究宋诗者眼前一亮！

张之翰（1243—1296），字周卿，晚号西岩老人，邯郸（今属河北省）人。是由宋入元的遗民，《元史》无传。于元至元十三年（1276）仕至翰林侍讲学士知松江府事。《四库全书总目》卷一六七集部别集类二〇著录张之翰《西岩集》二十卷（按，南宋翁卷亦有《西岩集》，非一书），今有影印文渊阁本传世[2]。并言张氏"生平著述甚富"。评其诗"清新宕逸，有苏轼、黄庭坚之遗（风）"。可惜《纪事》、《补遗》、《续补》、《补正》，至或《全宋诗》[3]均未收录。

今就《西岩集》补《宋诗纪事》、《宋诗纪事补遗》、《宋诗纪事续补》、《宋诗纪事补正》以至《全宋诗》72册所漏收宋诗人11位的诗事、诗评等，分列于下，并略作说明，以见其补阙的资料价值和诗论意义。

一、王无咎

字安卿，世为磁（按，磁之辖境相当于现河北省邯郸、武安等地）之武安人。驰声场屋，两至御簾。当金季，公（按，指安卿）主魏县簿。自号青峰，亦号三休。青峰，武安山名，示不忘本。生大定（按，金世宗完颜雍年号，相当于南宋孝宗时期）二十九年乙酉（1189年，即南宋孝宗淳熙十六年），卒春秋六十有六（《西岩集》卷一九《故昭义军节度副使王公碑铭》）。

---

[1]（宋）张之翰：《西岩集》，四库全书影印文渊阁本。
[2]（清）纪昀：《四库全书总目提要》，中华书局1964年版，第1436页。
[3] 北京大学古文研究所编：《全宋诗》，北京大学出版社1999年版。

余按，除此之外，更为珍贵的是，《西岩集》对王氏诗歌创作的人文环境影响，其人品对诗风的影响，以及青峰诗的风格特点，进行了理论上的全面概括。

说他"居无事，喜作诗。……生平得古律若干，目曰《青峰诗集》，传于家。……（其）为人诚厚乐易，犯而不校，有古君子之风"。并与"元遗山、李敬斋游（按，遗山诗风及诗论提倡'天然'、'真淳'，可见其《论诗三十首》）。尤为二公爱敬。（其诗）不道尖巧艰涩语（按，遗山极力反对"斗靡夸多"，艰涩如"西昆"、"江西"等。正与王氏诗风泊合），吟咏性情，自适而已"。

余按，陆心源《补遗》卷十四亦有王无咎，《全宋诗》亦有王无咎，此二无咎，均字补之，为王安石时人。于此王无咎并非一人。

二、彭莱山

《西岩集》卷一八《跋彭莱山〈饥来诗稿〉》首先对集名"饥来"进行考证，引东坡诗"清诗咀嚼那得饱"和"秀句出寒饿"，说明"不饥则不清，不饿则不秀"。以这样的立论，再去具体剖析彭莱山的诗歌创作，说他"走江湖数千里，空囊萧然，无一字堪煮（按，指"寒"、"生"）"。其苦况是"腹雷鸣而肠火煎，日夕作苦吟声"，从而对莱山诗的风格，得出这样的结论："果得坡（所谓）之清、出坡（所谓）之秀。"很令人信服。

余按，彭莱山，庐陵人，有《饥来诗稿》。《全宋诗》漏收此人。

三、刘近道

《西岩集》卷一八《跋〈草窗诗稿〉》主要着眼在诗人的丰富生活阅历，由各个地域不同的"风"、"气"，影响了诗人的创作风格，从而形成了独特的风格特点，使他在南宋诗人群体中，也占有了一定的位置。（余按，可惜这样有影响的诗人，也被《纪事》、《补遗》、《续补》、《补

正》,直至《全宋诗》漏收)

论曰:"余读建安刘近道《草窗诗稿》,见其风骨秀整、意韵闲婉,在近世诗人中,尽不失为作家手。"

于其风格形成的原因,论曰:"(君)渡淮泗、瞻海岱、游河洛、上嵩华;历汾晋之郊,过梁宋之墟,吸燕赵之气,涵邹鲁之风;然后归而下笔,一扫腐熟(按,南宋中、后期诗坛,由于竞学唤唐,带来此风气),吾不知杨(万里)、陆(游)诸公(按,指尤袤、杨万里、范成大、陆游等南宋"大家"),当避君几舍地?"(按,言其影响,不在"四大家"之下。当然,此评价有过当之嫌)

四、陈平埜(野)

《西岩集》卷一七《题〈山鸡自爱〉诗集》:

先评陈平埜以诗出名:"楚州陈平埜,以诗鸣淮上。"并自提其诗集名《山鸡自爱》。

然后论其诗,自有其特点,才使人爱;人爱,当然也必"自爱"。论曰:"山鸡"者,"盖取照影(按,山鸡,俗称锦鸡,全身羽毛红、黄、黑相间,十分漂亮。传说自爱其毛色,常照水而舞,曰"山鸡舞镜"。徐陵《鸳鸯赋》:"山鸡映水那自得,孤鸾照镜不成双。"),以自况"。

论其诗之特点是"精神雄峻"、"文锦绚烂"。并说:"非精神雄峻,不足以到骨格(骼)开张之时;非文锦绚烂,不足以造皮毛脱落之地。"因此认为"能变化如此,当有千万人之爱;奚自爱而已"。

余按,《全宋诗》漏收。《四库全书总目》亦不著录。

五、张葵轩

《西岩集》卷一四《〈葵轩小稿〉序》:

"葵轩先生张公,金遗老也。自妙龄,已有声场屋。戊戌,再以词赋魁山东。其篇什文字,尤刻意不废。"

以下分别以其人品、诗品论之。

其人品："独恬守一教官，竟得安闲晚境。今寿迄八秩，尚以著述为事。非岁年之延乎！有集若干卷，号《葵轩小稿》。"

文如其人，诗如其人。诗品与人品一致："至于诗之清适、文之典雅，已传布人口；读者所共知。"

六、梁尘外

《西岩集》卷一四《〈山中吟〉序》：

"道士梁尘外（原名）中砥。……多作诗，……近携《山中吟稿》来京师，观者无不称叹。"

先从宏观论述道人诗之讲究："所贵乎道人诗者，尘俗固不可；专用道家语，亦不可。……（须）超凡入圣。"

然后剖析梁尘外这一个案："以尘内之吾，观尘外之梁；向上一路，悟到即到。"这个评价是很高的；并征引其诗加以论证、说明，其诗曰："罗浮道士谁同流？草衣木食轻王侯。世间甲子管不得，壶内乾坤别有秋。数着残棋江月晚，一声长啸海山秋。饮余回首话归路，遥指白云天尽头。"确实不同凡俗，可谓"超凡入圣"。并认为这样的道学者流之诗，方可称为"向上一路"，指明了道家（理学家）诗之正确方向。

按，钱锺书先生在《谈艺录》里也鄙薄那些"以讲章语录为诗"，"以注疏簿录为诗"的道学家诗（第179页）；而肯定那些"能够用鲜明的比喻，使抽象的东西有了形象"（《宋诗选注》）的如梁尘外那种形象鲜明、"向上一路"的诗。

梁尘外《全宋诗》亦漏收。

七、郑中隐

余按，《文心雕龙·时序》篇[1]专门讲文学（包括文体、风格、内

---

[1] 周振甫：《文心雕龙今译》，中华书局1990年版，第390页。

容等）与时代变迁的密切关系。其中经典的话有两段，一段是"时运交移，质文代变"。文学的"质"、"文"（孔子主张"文质彬彬"两相结合。见《论语·雍也》）变化，是随着"时运"的交移而变化的。一段是"文变染乎世情，兴废系乎时序"。突出讲文学形式（"文"）的变化，是被"世情"的变化所影响。这样一个正确的论述，在《西岩集》卷一四《郑中隐诗集序》中，以郑中隐诗风的变化作个案批评，完全得到了印证。

张之翰说，"中隐郑君，前甲科进士也"。其仕历遂顺的时候，"亦既搴桂（折桂、登科）抱月而归，风搏水击（非常得意），谓凤池（宰相）可立致"；而当时代发生了天翻地覆的变化，对诗人的打击十分巨大，"未几哭怙恃（按，《诗经·小雅》："无父何怙（依仗），无母何恃。"后以"怙恃"为父母代称）六霜［六月下霜（雪），灾祸临头］，又哭离黍（按，《诗·王风·黍离》，悯周王朝之颠覆。这里借指宋王朝的灭亡），彷徨颠沛，将写其悲惋无憀之鸣"。

认为，郑中隐的诗文，在其遂顺之时，其风格如"冠冕佩玉，榘度（蹈矩）春容（气势宏大），可以施典册，荐郊庙"；而当国破家亡之时，"乃雅沉颂歇，郁为《匪风》（按，《诗·桧风·匪风》，言诗人离国怀乡，有家而不得归，故不免伤感）《下泉》（按，《诗·曹风·下泉》言周王室卑微，曹国在大国侵伐下，处于危境。诗人抚今追昔，感慨万千！）之思"。诗风发生了如此巨大的变化，"盖君之所能存者，心也；而不能挽者，时也"。故"其礼义彝伦（道德伦常），丰镐（西周故都）遗泽，尚隐然于变风中者"。可见"时序"与诗风之密切关系。

《全宋诗》惜漏收。

八、顾近仁

《西岩集》卷一四《顾近仁诗集序》，专论顾近仁诗风之特点："辞语浑雄而发之以华藻，气骨苍劲而节之以声律，全体互宣，参唐历选不懈而及于古。"认为其诗风近古，而绝无一般末世诗人之衰惫之气。

按，《全宋诗》漏收。

九、马静山

《西岩集》卷一四《马静山诗集序》，则就马静山诗之内容及风格特点，概论如下："静山马君诗，清厉沈郁，扶天坠，闵人穷，意寄言处。"

"能发天葩于枯槁，振古响于寂寥。"能将"枯槁"与"天葩"、"寂寥"与"古响"这些相互对立的东西，完美地在诗风中揉合起来，确为能事。

《全宋诗》遗佚。

十、王修竹

《西岩集》卷一四《王修竹诗集序》论王修竹的诗风，具有"《三百篇》之法度"。

云："山阴修竹王公有诗千余，予端读尽卷。赋核而该，比兴而切，兴托而悠（按，"赋"、"比"、"兴"，乃《诗》之艺术三种手法也），《三百篇》之法度宛然在焉。"

按，钟嵘《诗品序》[1]论"诗有三义（即艺术手法）焉：一曰兴，二曰比，三曰赋。文已尽而意有余，兴也；因物喻志，比也；直书其事，寓言写物，赋也。宏斯三义，酌之用之，斡之以风力，润之以丹彩，使味之者无极，闻之者动心，是诗之至也"。

张之翰认为，王修竹的诗，由于很好地继承了《诗经》之传统，故其诗有如此之艺术魅力："啸吟泉石，每一篇作，有飞出宇宙之意。已而敛入丝粟，寂乎无声，使人三叹而不能已。"可惜《全宋诗》亦漏收焉。

---

[1]（南朝梁）钟嵘著，陈延杰注：《诗品注》，人民文学出版社1958年版，第4页。

十一、张鼎

《西岩集》卷一四《张澹然先生文集序》对于张澹然的生平、仕历和遭际，先做了大概的叙写：

"先生讳鼎，字辅之。澹然，其自号也。"

"先生弱冠，有隽声。登（金朝）正大八年（1231，即南宋理宗绍定四年。此时北宋已经灭亡一百多年）词赋第。虽历省掾，授郡倅，（而）百蕴不一施。罹大变（按，指北宋亡）而北归清河之滨，笔砚自随，刻意读书，大放厥辞。……年逾知命（五十岁），竟澹泊以终。"

其文学创作很全面，"有诗文乐府数百篇。……集为若干卷，请序"。

《西岩集》对其诗、文、乐府等的各自特点，做了高屋建瓴的概括和评价："盖诗寓去国之情而不露其悲伤，文尽叙事之实而不失于冗长，乐府达处顺之理而不流于浮艳谑浪（按，此为时弊）。"认为这些成绩的取得，"非天资高、学力笃、道味深、世故熟，其孰能到？概而言之，真前辈中大手笔也"。认为"天资"高、"学力"实、哲学休养"深"、生活阅历丰富（"熟"），这些因素，都对文学风格的形成，至关重要。

按，《全宋诗》无此人。

余认为，《西岩集》的价值，也不仅只补阙诗人之遗，更从理论研究上，弥补了以上四书对于诗评的缺憾，对于宋代批评史的完整撰著，有着非常难得的资料价值与理论意义。

除上述涉及个别已漏收诗人、诗作的批评外，有的诗人，如卫宗武，虽然《全宋诗》收录，而且《宋诗纪事补遗》卷七十一亦有小传，云："（卫宗武）华亭人。淳祐（南宋理宗）间历官尚书郎，出知常州。罢归故里三十余载，（元）至元二十六年己丑（1289）卒。著有《秋声集》。"但遗憾的是缺乏对其创作的理论研究和诗歌批评，而这正是《西岩集》的理论贡献。

卷一四先对卫公介绍其一般生平资料："卫公讳宗武，字淇父，官至朝请大夫。九山，其自号。"

而其重点，是探讨其集所以名《秋声》之深刻含义，表现出了浓重的理论色彩。

先从宏观上论述："思古今骚人，多寓意秋声中。……率皆悲时之易失，嗟老之将至，状其凄清萧瑟而已。"

再以卫宗武的《秋声集》作详尽剖析，以见其个中特征。"今九山之集，取名虽同而实又有所不同者，昔在淳祐（南宋理宗）间，公起乔木（大人物）世臣，后班省闼镇辅，无施不可。"但此时"不独无此作，亦未尝有此声也"。为什么呢？认为是时代的巨大变化，极大地刺激了诗人的心灵，"及时移物换，以故侯退处于家，不求闻达。舍大篇短章，何以自遣？盖心非言不宣，言非声不传。是知声之秋，即心之秋，即江山之秋（按，此种认识，一下子就把诗"声"的正变，提高到一个更高的层次——时代——上加以论述了）。（而）江山之秋，即天地之秋也。声无穷，秋亦无穷"。

因此，"彼观是集，读是序，见山谷所云'末世诗似候虫声'，便为诚然"。

黄庭坚的认识，是一个理论的高度；而这样的理论认识，经过卫宗武这样一个个案的批评印证，便"诚然"为普遍的真理了。其理论价值，赫然自见焉。

（张福勋，本文发表于《南阳师范学院学报》2014年第8期）

方凤及其诗论

方凤,《宋诗纪事》[1]卷七十八有小传,云:方凤,字韶卿,一字景山,浦江人。试太学,举礼部,均不第。后以特恩授容州文学。宋亡不仕,以放浪山泽自适。时称岩南先生。《四库全书总目提要》[2]卷一六五著录其《存雅堂遗稿》五卷,为其门人柳贯(元初"四大家"之一)蒐辑并编纂,门人黄溍(元初"四大家"之一)为之序。《四库总目》评其诗文云:"凤志节可称,所作文章,亦肮脏(高亢刚直)磊落,不屑为庸腐之语。"

方凤作为宋之遗民,入元隐居仙华山,不仕,表现其民族气节。于泽畔行吟,睠念宗邦,不忘忠于故国。其作"幽忧悲思,缠绵悱恻,虽亡国之音,故犹不失风人之义也"。所谓"风人之义",就是孔子所主张的"哀而不伤"。元人郭侯《存雅堂遗稿跋》言:"缘情托物,发为歌诗,以寓《麦秀》之遗义。"此"遗义",即故国之思,亦"风人之义"也。

又《四库总目》卷一三七著录方凤《野服考》一卷。并评其所谓"野服"为"自托于宋之遗民,故作此以见志"。"志"者,"睠念宗邦,不忘忠于故国"之义也。

说到方凤,还必须提及由宋遗民吴渭(方之同里,曾为义乌令,立月泉吟社,辑录遗民诗作,以寓"遁世之意")所创立之宋遗民的文人群众团体——月泉吟社。

---

[1] (清)厉鹗:《宋诗纪事》,上海古籍出版社1983年版。
[2] (清)纪昀:《四库全书总目提要》,中华书局1964年版。

吴渭十分敬重方凤之为人和爱国气节，专门于家乡辟私塾请方授课。并聘其为月泉吟社诗之总评点人。

虽然月泉吟社诗，多为歌咏山川、四时田园之作，"和平温厚"，（明李东阳《怀麓堂诗话》）"清新尖刻"（清王士禛《池北偶谈》），但由于系遗民所作，难免于字里行间流露"哀以伤"之亡国悲思，而引起方凤的共鸣。他也借他人之酒杯，浇自己之块垒。遁世之意，故国之思，是他们这个群体诗人作品的总基调，主旋律。

方凤这样一个失去了故国家园的特殊个体，又当于国破家亡、屡遭异族铁蹄之蹂躏，时代的腥风血雨，人民的血海泪涛，强烈地冲激着诗人的性灵，使他的诗作发出"幽忧悲思"的亡国之音，必然也贯穿到他的理论批评实践中去。

在《存雅堂遗稿》[1]中保存了作者为一部分同时代（由宋入元）那些宋朝遗老的诗文集所作的序跋，能够让我们窥见方凤的文学批评观。

在卷一〇《北村诗集序》中，他对山阳汤子文的作品其强烈的现实内容，大加称赞，认为（君诗）"悯世道之隆污，悼人物之聚散，明时政之得失，吟咏讽谏，使闻者皆足以戒焉"。保持了"君之诗"与"古之诗""渊然若有合者"的批判现实主义传统。

这让我们想到了爱国主义大诗人陆游评《花间词》时所发表的意见："方斯时天下岌岌，生民救死不暇"，而词人们却只知"镂玉雕琼"、"裁花剪叶"（欧阳炯序《花间集》），使放翁大为慨叹："士大夫乃流宕如此，可叹也哉！"并鄙视这些脱离现实的士大夫之"无聊"（文集卷三十二《跋花间集》）[2]！作为评论者的方凤与陆游，其爱国情怀，文论主张，昭然若揭。

可见，方凤与陆游，同为爱国诗人，在强调诗要反映残酷现实，直面惨淡人生，正视淋漓鲜血，这一点上，是相通的了。

汤子文《全宋诗》[3]漏收，而《北村诗集》、《四库总目》也未载。

---

[1]（宋）方凤：《存雅堂遗稿》，中华书局，四库全书影印文渊阁本。
[2]（宋）陆游：《渭南文集》，上海书店1989年版。
[3] 北京大学古文研究所编：《全宋诗》，北京大学出版社1999年版。

"和平"和"清新",是方凤评鹭月泉吟社诗高下之标尺。他自己作诗及评诗,一贯坚持清新风气,坚决反对"雕镂锼鈌"之不正之风。在卷一○《纪德纬诗序》中,一方面称赞纪诗之"澄澹简易";另一方面则极力鞭笞以"雕镂锼鈌为能"事的坏作风。认为那些"清丽纤婉"之风,才能达到"风雅之致"(同上《葛元白诗序》),故极力推崇陈梅南诗之"平澹古雅"(同上《梅南诗稿序》)。

纪德纬与葛元白、陈梅南诸诗,《全宋诗》皆遗佚。

方凤又评曹之才的诗,"爱其夷易磊落,美其英华果锐"(同上)。

按,《纪事》卷七十七(《全宋诗》卷六十九亦有传)有曹良史,字之才,号梅南,钱唐人。有《诗词三摘》(《咸淳诗摘》、《梅南诗摘》等)。并引俞宗大序称其诗"悼今思古,所谓哀而不伤,怨而不怒,忠厚而悱恻者也"。正与本文前所议论相合。

一般说来,悼今思古,哀而不伤之诗,都要求诗风情真意切,不事雕琢,而能够感天地,泣鬼神。

在《奥屯提刑乐府序》(卷一○)中,方凤对奥屯之诗"铿铿幽眇,发金石而感鬼神"大加赞扬,认为此种艺术效果的取得,与作者本身的生活经历、生活态度、生活情趣等,密切相关:"及造公之庐,几案间闃(寂)无长物,唯羲(按,指太古之人。古人以为伏羲以前的人,无忧无虑,生活闲适。可参阅陶渊明《与子俨等疏》:"自谓羲皇上人")、文(按,指周公)、孔子之易薰炉,静坐世虑,泊如超然,若欲立乎万物之表者。"如此情趣,自然出手清澹,真情流露,感人至深。

奥屯,《全宋诗》亦漏收。

方凤诗论之贵"清"耻"绘",与整个有宋一代诗学发展的总趋势相一致,也体现了宋人的整体美学追求。并且成了宋人品评诗风优劣的一个重要的价值判断。

宋人诗学的两条路线:一条是从"西昆"到"江西",突出的是一个"涩"字;一条是从欧苏到陆杨,突出的是一个"清"字。两条路线的斗争,虽时有消长,但宋诗及诗论发展的总趋势是"清"。"京华才子多文会，众许清词每擅场"[1]认为这种"满心而发"，"肆口而成"，"不待雕琢而丽者"，乃为"天理之自然，而情性之道也"。不如此，就逆了"天理"，曲了"人性"（张耒《张右史文集》卷五一）。

宋人诗学之主自然，是中国诗歌自《诗经》以来现实主义诗论的进一步开拓。也是宋人反思"西昆"、"江西"诗病之后的自觉反拨（详可参张福勋《宋诗论集》之《"风水"之喻：宋人诗学"自然"观之精灵》。[2]

在文学与时代关系的认识上，方凤坚持了一个很全面的看法。一方面，他沿续了自《文心雕龙·时序》[3]以来所强调的"时运"交移对"质文"代变的决定性影响；而另一方面，正因为文学是现实生活的反映，所以它就成为了时代的一面镜子。通过文学风气前后的变化，则完全可以窥见那个时代的巨大变迁。列宁在一篇纪念列夫·托尔斯泰八十寿辰的论文中，称赞托尔斯泰的作品"创作了俄国生活的无比的图画"，是俄国革命的一面"镜子"[4]，就是这个意思。

《刘悦心诗序》（卷一〇）正是通过一个个案的剖析，从理论上完整地阐释了这两个方面相互依存的关系。

方凤认为，因为刘悦心本人经历了由宋到元前后两个时代的巨大变迁，所以他的诗忠实地反映了这个时代和社会的巨大变迁，可以看作是那个时代的"一面镜子"。分析认为"刘君仲鼎以累将重侯之裔，生长穆陵（南宋理宗）之朝。当是时，圣明继承，休养生息，年年俗阜，灏灏（广大）和宁，文物典章，鱼鱼雅雅（整齐）。仲鼎既以得之见闻者，而寓诸歌咏矣"，其反映的是一种时代的风貌。后来诗人又经历了"德祐元元之祸（宋朝灭亡），仓皇辟地，颠沛流离，仲鼎复身履之。已而鼎祚变迁，金谷铜驼，莽然荆棘，仲鼎又一寓于诗以摅其愤惋抑郁之思"，其反映的是另一种时代的风貌。从忠实反映时代的角度（即"镜

---

[1]《徐铉诗话》，见吴文治：《宋诗话全编》，江苏古籍出版社1998年版，第29页。
[2] 张福勋：《宋诗论集》，内蒙古人民出版社1997年版，第36页。
[3] 周振甫：《文心雕龙今译》，中华书局1990年版，第390页。
[4]《列宁论文学》，人民文学出版社1959年版，第10—11页。

子"说），方凤极称赞刘悦心是"深于诗矣乎"！

另一个方面，方凤认为时代的变迁，也会影响诗风的变化。说刘悦心诗，"夫咏太平也，而不过于谀，闵乱亡也，而又不流于激（按，指刘诗全面、准确把握一个尺度，而不走偏激），以一人之作而《风》《雅》之正变具焉"。即是说，刘悦心的诗，能够继承并发扬《诗经》以来的现实主义优良传统。

而当经历了时代大变动之后，"其温厚愉怿之辞，一转而为忧思，为感伤，迄不得荐郊庙于隆平，垂典册于久远，是则为仲鼎之不遇也"。当然，在我们看来，随着时代的变迁，诗风亦随之发生变化，是必然的结果，正不必叹其"不遇"也。如同陆机《文赋》[1]所言："若夫丰约之载，俯仰之形，因宜适变。"这是规律。

《纪事》、《补遗》、《续补》以至《全宋诗》皆遗佚刘悦心。

又《文心雕龙·体性》[2]说，文章的面目，是作家的"情性（先天的东西）所铄（铸造），陶染（后天的东西）所凝"。方凤认为，诗之"标格"亦如其人，是由诗人先天的和后天的东西诸多综合因素所决定的。他举仇仁父为例加以论证，仇"年甚茂，才识甚高（按，这都是先天的东西），处纷华声利之场而冷澹生活之（按，这是后天的东西），嗜混混盆盎中见此古罍洗（古代盛水或酒之器），令人心醉"。认为仇仁父这些先天、后天的东西，正决定了他诗歌的风貌"留情雅道，涤笔冰瓯"，"蕴结有《离骚》三致意之余韵"。所以说，"及披其帙，标格如其人，盖得乾坤清气之全者"（《遗稿》卷三《仇仁父诗序》）。

《纪事》等四书及《全宋诗》亦佚仇仁父。

（张福勋）

---

[1] 郭绍虞：《中国历代文论选（一卷本）》，上海古籍出版社2001年版，第79页。
[2] 周振甫：《文心雕龙今译》，中华书局1990年版，第254—255页。

文天祥对补佚宋诗人的贡献

提起文天祥，人们往往被其伟大的爱国精神所鼓舞，所激励。却忽略了他作为一个文学家和批评家，对宋诗人补佚所作出过的不朽贡献。

在《文天祥全集》[1]中，保存了作者对一部分宋（主要是宋晚期）诗人的评价资料，可补《全宋诗》[2]（也包括了《宋诗纪事》[3]、《宋诗纪事补遗》[4]、《宋诗纪事续补》[5]）之阙。

在《宋诗精华录》[6]中，对于文天祥的称呼问题，有比较详细的说明：生时梦紫云，故名云孙。天祥，其字也（后又字履善）。宝祐（南宋理宗）乙卯（公元1255年，南宋亡前27年）以字贡，遂改字宋瑞。理宗朝封信国公。文山为其家乡吉州庐陵（今江西吉安）居地，故以自号。

在《四库全书总目提要》[7]中，著录其《文山集》二十一卷（卷一六四）和《文信公集杜诗》四卷（同上）。

《宋诗纪事》卷六十七有小传并录诗近二十首。清·吴之振等《宋诗钞》[8]引文天祥《文山集·自序》，叙其被俘及逃遁经过等。

《四库总目》评价其诗以为"南渡后，文体破碎，诗体卑弱，时人渐染既久，莫之或改。及文天祥留意杜诗（按，宋人学杜，始于黄庭坚，终于文文山。"学杜"，是宋诗发展中的一种潮流），所作顿去当时

---

[1]（宋）文天祥：《文天祥全集》，江西人民出版社1987年版。
[2] 北京大学古文研究所编：《全宋诗》，北京大学出版社1999年版。
[3]（清）厉鹗：《宋诗纪事》，上海古籍出版社1983年版。
[4]（清）陆心源：《宋诗纪事补遗》，山西古籍出版社1997年版。
[5] 孔凡礼：《宋诗纪事续补》，北京大学出版社1997年版。
[6] 陈衍：《宋诗精华录》，巴蜀书社1992年版。
[7]（清）纪昀：《四库全书总目提要》，中华书局1964年版。
[8]（清）吴之振：《宋诗钞》，中华书局1986年版。

之凡陋"。可知其让宋诗沿着正确的轨道发展，有过贡献。

而《集杜诗》是其被执赴燕后于狱中所作，专集杜句而成，皆五言二韵，凡二百篇。每篇之首，叙次时事。"于国家沦丧之由，生平阅历之境，及忠臣义士之周旋患难者，一一详志其实。颠末粲然，不愧'诗史'之目"(《四库总目》)。

钱锺书先生在《宋诗选注》[1]里，对于宋人学杜，有精彩论述，说："身经乱离的宋人对杜甫发生了一种心心相印的新关系。"因为宋代诗人遭遇到天崩地塌的社会大变动（先是北宋被金所亡；后是南宋被元所亡等），在颠沛流离之中，深切体会出杜诗里所写的"安史之乱"的境界，起了国破家亡、天涯沦落的同感。"先前只以为杜甫'风雅可师'，这时候更认识他是个患难中的知心伴侣。"可知文天祥在狱中集杜诗，实际上是借杜言己，正可谓是"心心相印"也。《集杜诗·自序》曰："子美于吾隔数百年，而其言语为吾用，非情性同哉！"(《全集》卷一六)

《文天祥全集》卷九有《孙容庵甲稿序》，辨析其名、字，尤为重要。云："先生名光庭，字懋，居庐陵富川，以诗书世家。今其子惟终（字演之），放情哦讽，为诗门再世眷属。其孙懋（字应角），于文学方翘翘自厉，发矢于持满，流波于既溢，以卒先生为诗之志，诗之道其昌矣乎！"

可知，孙光庭祖孙三代皆能诗，"以诗书世家"。祖字懋，孙名懋，二"懋"重复，极易混淆。《宋诗纪事补遗》卷四十七有孙懋，字应角，为南宋初高宗绍兴间人，知是光庭之孙。而孙光庭，《纪事》等四书及《全宋诗》皆漏其人。

文天祥《序》补光庭生平曰："容庵孙先生，早以文学自负，授徒里中，门下受之者，常数十。晚与世不偶，发其情性于诗。"

并评论其诗为"纵横变化，千态万状"。并以为其诗之成就，得之于诗人之丰富阅历与深厚学养。云："先生读书，白首不辍。皇王帝霸之迹，圣经贤传之遗，下至百家之流，闾阎委巷，人情物理，纤悉委曲，先生（皆）旁搜远绍，盖朝斯夕斯焉。"以此厚积薄发，"是百世之

---

[1] 钱锺书：《宋诗选注·序》，人民文学出版社1979年版。

上，六合之外，无能出于寻丈之间也"，故皆能运转其诗笔之下。

又对其号"容庵"之"容"，考释以为"以一室容一身，以一心容万象，所以容为此"。

认为有如此之襟怀，如此之学养，又有如此之经历，"此诗之所以为诗也"。

张疆（字宗甫），《全宋诗》亦佚。文山对其《木鸡集》之诗，发表了似乎过高的评价："有平视曹、刘、沈、谢（按，皆魏晋六朝大家）意思。"故以为其诗"酷似《选》（《文选》）也"。（同上《张宗甫〈木鸡集〉序》）

《文天祥全集》卷九有《萧涛（又作焘）夫〈采若集〉序》，卷一〇又有《跋萧敬夫诗稿》。

按，《全宋诗》卷六十八有萧敬夫传，孔凡礼《宋诗纪事续补》卷二十二亦有传称："敬夫号秋屋。"而涛夫号云屋，二者字、号皆有相似之处，又均为文天祥同时人，不知是否为兄弟邪？而《全宋诗》无萧涛夫。

文山补认为涛夫"五年前，善作李长吉（贺）体。后又学陶（渊明）。自从予游，又学《选》"。认为其诗"骎骎（快速）颜、谢间风致"。与对张疆评价相似。

李敬则，《全宋诗》亦佚。《跋李敬则樵唱稿》（《全集》卷一〇）中，文山说"李敬则庄翁（号？），于诗太用工力，然犹不敢自以为杰，谦而托诸樵"。认为他"生武夷山下，此晦翁（朱熹）理窟"，庄翁以晦翁为榜样，"山林之日长，学问之功深"，长期浸染晦翁诗风，故认为"君非徒言语之樵也，身心之樵，何幸从君讲之"。认为其"身心"、"言语"，皆具"樵"（山林）风。

文天祥认为"本朝诸家诗，多出于贵人，往往文章衍裕，（而）出其余为诗"。于是诗文一样，皆至于"工"。以此立论，认为作为个案的刘芳润（字元方，号玉窗，五云人）必然"骎骎（参与）本朝之风气者"。即文章"衍裕"，而以"其余为诗"，"（玉窗）不特工于诗，诸所为文，皆尝用意"。

又评其为人"魁梧端秀"，并不若唐人之穷而后工也（同上，《跋刘玉窗诗文》），是刘芳润其诗、文，皆未待"穷"而已"工"也。

对于周汝明（《全宋诗》遗佚）的《自鸣集》（《四库总目》未载）也有简明的评价，认为其特点是"激扬变动，音节之可爱"。并释其"自鸣"云："予以予鸣，性初以性初鸣"，是"彼此不能相为，各一其性也"。因"善为诗，署其集曰：《自鸣》"（同上《跋周汝明〈自鸣集〉》）。以"性初鸣"，故自有其个性特点，而他人不能相为。

评胡琴窗诗如其"善鼓琴，高山流水，非知音不能听"。故"观琴窗诗，必如听琴窗琴"。其诗特点，如少陵诗，"平淡"和"奇崛"两种风格，"无所不有"，"如行山阴道中，终日应接不暇"（同上《跋胡琴窗诗卷》）。

胡琴窗（名宣，其号？），《全宋诗》亦佚。

将王道州（《全宋诗》遗佚）的诗与白居易的《长庆》诗（白居易有《白氏长庆集》）相提并论，认为如乐天诗一样，仙麓（疑为道州号）诗"变踔厉（纵横）懰憟（凄怆），从李（以为李白"太放"）、杜（以为杜甫"太苦"）间分一段光霁"，即是说，道州诗，能从杜之凄怆、与李之纵横中变化，另辟新境，自成平易自然一格。

认为这样一种诗风的形成，与诗人自身的修养"清澈"分不开，其居九仙（山）下，"骑气御风，风流正自相接。至其当舂陵龙蛇起陆之际，山窗昼咏，石鼎茶香，微（无）一日改其吟咏之度，是丸倒囊，矢破的"，"诗材政自满天地间"，源流汩汩，"无地不然"。"故心常得自律自吕之妙"，政不必鉥心雕肾也。

结论是"仙麓此集，宜与《长庆》并列无疑"。令人信服。

有的诗人如赵史君（《全宋诗》卷七十二有传），虽然《全宋诗》收录，但可补其缺评者。

《跋赵靖斋诗卷》（《全集》卷九）云："赵史君以'靖'名斋，其与世澹然相忘，而寄思于诗，有冲邃闲远之韵，以'靖'为受用也。"语虽简约，而概括精当。

（张福勋）

何梦桂补佚宋诗人（诗评）22则

何梦桂（字岩叟，浙江淳安人），与文天祥、谢翱等，都是由宋入元的著名遗民诗人。

《宋诗纪事》[1]卷七十五小传称其"至元累征不起"。曾给降元的朋友留梦炎作赠诗，愤然指出："白发门生羞未死，青山留得裹遗尸。"（《赠留中斋归》，见《纪事》）又作《文山诗序》（《潜斋集》卷五）甚赞文天祥"真古今忠义之士也"。称其忠义之道直可"塞天地，冠日月，亘古今，通生死而一之者也"。并发下血誓：若能起（天祥）生魄于九京之下，"非公吾谁与归！"可知其强烈的爱国情怀。对作《西台恸哭记》、设坛祭奠文天祥的遗民诗人之代表人物谢翱，亦"敬之"，"爱之"。

《纪事》、《全宋诗》[2]（卷六十七）都言其著有《潜斋（按，何梦桂号）集》，而《四库全书总目提要》[3]（卷一六五）著录为《潜斋文集》[4]，本是一书，而冠名有异焉。

《四库总目》评何诗"颇学白居易体"，但"殊不擅长"。而清代王士禛《池北偶谈》[5]甚至贬之为"酸腐庸下"。如此评价，就连纪昀这老夫子都颇不以为然，愤然道："似乎已甚！"

其实，何梦桂等遗民诗人的创作，"纪其亡国之戚，去国之苦，微而显，隐而彰，哀而不怨，欷歔而悲，甚于痛哭，岂《泣血录》所可并也！"（《纪事》引李鹤田跋汪元量《湖山类稿》）应作如是观。

---

[1]（清）厉鹗：《宋诗纪事》，上海古籍出版社1983年版。
[2] 北京大学古文研究所编：《全宋诗》，北京大学出版社1999年版。
[3]（清）纪昀：《四库全书总目提要》，中华书局1964年版。
[4]（宋）何梦桂：《潜斋文集》，四库全书影印文渊阁本。
[5]（清）王士禛：《池北偶谈》，见郭绍虞：《清诗话续编》，上海古籍出版社1983年版。

更为珍贵的是在何梦桂的《潜斋文集》中，保存了大量的《全宋诗》的遗佚资料，初步统计，约22则，分列于下，并适当加以按语。

又，所补佚诗人之诗集，一般《四库全书总目提要》均未载。

(1) 汪斗山

《潜斋文集》卷五（以下只标卷数）《汪斗山诗序》：

"取其诗读之，则意圆而语泽，骨劲而神清，似其人。"

按，何梦桂品评诗人、诗作，具有三特点：一是内容（"意"、"骨"、"神"）与形式（"语"、"骨"、"神"）同时下手，不偏于一端；二是言简意赅，一语中的；三是风格特点，抓得"精"而"准"。于此可窥一斑。

(2) 王樵所

同上《王樵所诗序》：

"樵所诗思婉以清，语劲以泽，……使之横驱长骛，迅掣高骞，出意趣于寻常言语笔墨之外，吾当问子于韩（愈）、杜（甫）诸公坛上矣"。

按，诗风可与韩、杜之"劲"比。

(3) 胡直内（名、字不详）

同上《题胡直内〈适安集〉》：

引胡自释其"适安"曰："至于尸居环堵，抱膝微吟，得句则曳踵长歌，声满天地，凡世间富贵贫贱、利害得丧、可喜可慕、可悲可感者，一不入吾心，夫孰有以易吾之天乐耶！"

（何）蹶（guì，急遽）然起而赞叹曰："斯言也，其几于道乎？"

按，虽未直击其诗风格，然从其"适"而"安"的心态，足可想见其诗之潇洒、天然也。

(4) 晞发道人

卷六《晞发道人诗序》：

"晞发道人诗原于骚，……道人诗盖骚之墨守也，故其诗思远而悲，征（实）而不讦（揭发隐私），而辞称（相称）之，诗之所至，志亦至焉，于此可以观道人之所志矣。"

按，晞发道人诗风之特点"思远而悲"，其"原于骚"，又"墨守"

骚之传统（骚深于怨），其"志"如此。《四库总目》卷一六五著录有《晞发集》，乃谢翱撰，非一书也。

（5）胡汲古

同上《胡汲古诗序》：

"其辞温润以栗，其思远而优游。"

按，"汲古"疑为号，号为斋名。其名、字不详。

（6）胡柳塘

同上《胡柳塘诗序》：

"胡氏家世于诗（按，其祖孙等皆能诗）……柳塘最晚出，诗锋亹亹（wèn，追逼）逼人，……缀珠作凤，下床虎跳，总自不凡。"

按，此用拟物品评法。"缀珠作凤"，言其辞；"下床虎跳"，言其"势"（气概）。气势猛悍，不可阻挡。"锋"锐而不可敌也。

"柳塘"疑为号，名、字不详。

（7）陈古庄

同上《陈古庄诗序》：

"古庄，钱塘诗家流也。钱塘多名诗人。……古庄后出，刻厉于诗，……（余）读而喜之，爱之，益信钱塘诗称（与名相符）不苟得。"

"古庄诗如幽闺处女，靓妆绰约，而愁情怨思，间复郁发于妍姿媚态中，美矣！"

按，"古庄"，疑为号。名、字不详。其诗可视为经典的婉约风格。

（8）徐冰壑

同上《徐冰壑诗序》：

"士生武林（杭州），多攻诗。徐君冰壑，盖诗中一派也。""其遣词与思，清炯照人。"

按，"冰壑"疑为号。名、字不详。武林之地域，造就了其诗风之"清炯（亮，明）"。

（9）杜竹处

同上《杜竹处诗序》：

"竹处杜君，盖少陵耳孙（即仍孙，远孙也）也。人知少陵之诗在方册，而不知枕中之法，肘后之方，必有世所不传，而君独得之者。是鼻祖之文脉诗派殆私于君，而不可与世之学诗者同日语也。"

"竹处攻于诗者也，其自命犹曰待删，则其之进，岂浅浅所能窥哉！"

按，只是说少陵耳孙，得杜诗"枕中之法，肘后之方"，传杜诗"文脉诗派"；但究不知其诗有何优处可"窥"耶？

（10）罗济川

同上《罗济川诗序》：

"罗君济川，年少能诗，其思清，其语俊，似其人。"

按，未及人，而诗如其人也。

（11）王菊山

同上《王菊山诗序》：

"中叟（疑为菊山字）有志于诗，尚矣。中叟诗辞雅而不野，气温而不浮。"

按，"雅"必不"野"；"温"（和）而不"浮"，就很不易了。

（12）王蒙泉（自号，名、字不详）

同上《王蒙泉诗序》：

"蒙泉家深谷日，招青山，歃泠泉，寄兴于吟，心静而思清，其得句亦峭刻峻洁如此。"

按，"峭"、"峻"，其风格似"深谷"、"青山"；而"洁"如"泠泉"。处此境界，"心静"而"思"必"清"也。与"蒙泉"号相符。

（13）章明甫

卷七《章明甫诗序》：

"石溪子（疑明甫号）罹乱来，且贫且瘁以穷，其事与位又非可与诸先生同日语。随寓成诗，思深辞苦，浅者悽惋，深者幽忧，若甚蜷局不纾者。然其悲壮愤烈，逸气横出，读之如听武昌笛，如闻雍门琴（未知出处），如《垓下歌》（项羽败局已定，慷慨悲歌）、《塞上曲》（托王昭君诉怨歌），令人噫呜嘘唏，不能已已。吾是以悲子所遭若是困踣，而其志卒不屈不挠也。"

按，明甫"罹乱"，即天崩地塌之国破家亡之难也。正与何梦桂等遗民诗人遭际相同，故能灵犀一通。其"悲壮愤烈"，乃家国之痛。此类诗之特点，是整个由宋入元的遗民诗之共同点。

何梦桂品评淋漓尽致，借以抒己之"亡国之戚"，"去国之苦"也。此乃"微而显"、"隐而彰"也。

（14）吴愚隐

同上《吴愚隐诗序》：

"古括（不知何地）吴君愚隐（疑为号），以诗文相证，读之气劲辞直，至于言议之公，虽亲者不附，疏者不遗，予是以嘉君用志之独如此也。……（谢翱）复读愚隐，曰：'好义不屈人也。'亦敬之，爱之。"

按，愚隐，疑为号，名、字无考。

将风格特点与内容特点一并评说，又与人之品行相联系，是为标准意义上的文学批评。

（15）凌驭

同上《凌驭诗序》：

"凌驭本宦家子，与吏伍以干升斗，然未始废吟。老焉归田，益自奋励，久焉诗词成帙，思婉媚而语清新。"

按，亦宦亦吟，不足为奇。末句只七字，将其诗风特点，概括殆尽。

（16）翁真卿

同上《翁真卿诗序》：

翁真卿，与何梦桂同邑，即浙江淳安人。诗集曰《吹呋录》。

评其性格"峻介"，"惟贫，故鲜与声利接，老于授徒，故益安于读书，遂得肆其余力以为诗"。

"真卿诗，事质而辞缜，韵远而意深。"

按，将人品与诗品同论，最为得体。

（17）王炜翁

同上《王炜翁诗序》：

"东皋子（疑为号）王炜翁，吾甥也，以其读书余力学诗，诗缜密而思邕（畅）达，浑厚而气劲严。"

按，只一二句直刺肝肾。风格特点即豁然也。

（18）张兄（名、字无考）

同上《琳溪张兄诗序》：

"琳溪（不知何地）张君老于学，故其诗核而思远，不事时世妆以侦逐近好者，骎骎（渐近）乎古人邯郸之步（学步）矣。"

按，宋诗到了晚期，出现了一股衰惫之气，"近好者"，只知"镂玉雕琼"，"裁花剪叶"，而不顾"天下岌岌，生民救死不暇"（陆游《跋花间集》，《渭南文集》卷三十二）。张兄之诗却能出淤泥而不染，坚持"古人"以来积极反映现实的优良传统，故值得称赞。

（19）宋君巽

同上《宋君巽诗序》：

"柘皋宋君巽，少以文鸣场屋，……得上春官（礼部掌典礼的官）。""其诗不苟作，意圆语泽，必尝驰骋昔人径庭而得其邯郸之善步者，吾故嘉君巽之有得于诗也。"

按，风格之形成，因素夥矣。但"驰骋昔人径庭"必不可少。否则，成无根之木了。

（20）钱肯堂

同上《钱肯堂诗序》：

"肯堂钱君，修谨士也。以其读书余暇发之吟咏，不肯镌心镂肝，以为艰深刻苦之语，其辞气平易似其人。"

按，"平易"乃三百年来宋诗一直延续之主体传承。

（21）郑若春

同上《题郑松泉诗序》：

"郑若春叟筑屋松间，暇日蹒跚其下，采花摭实，时汲清泉咀嚼之（按，知其自号"松泉"者，其意在此），故其诗思多得于此。日新月长，松泉之趣无穷，君之诗所得未渠央（大尽）也。"

按，宋诗人中有郑若冲者，与若春非一人。

（22）王石涧

卷十《王石涧〈临清诗稿〉跋》：

"石涧兄，我先人甥也，长予六年。……予方童丱，兄与儿辈争念诗文，以跨人先。及长为举子业，不肯落人后。近世学者废举子业，好尚为诗（按，石涧能于"好尚"中独不废举子业）。"（读其诗）"盘空硬语，掷地金声，使人惊喜。以年考之，石涧八十一矣，其精力不衰，笔力愈劲如此。病乡持玩，纾忧娱老之一助也。石涧进而年九十授《尚书》，九十五作《抑》诗。"

按，年近一百，而"精力不衰"，且"笔力愈劲"。可知诗作为"娱老"之一助，功莫大焉。

（张福勋）

卫宗武《秋声集》补缺《全宋诗》十人

卫宗武，《宋诗纪事》[1]遗佚，《宋诗纪事补遗》[2]从卫著《秋声集》[3]辑得诗九首，并补小传云：（卫）字淇父，自号九山，华亭（今上海松江）人。淳祐（南宋理宗朝）间历官尚书郎，出知常州。罢归故里三十余载，至元（元世祖忽必烈年号）二十六年己丑（1289）卒（按，宋亡后十年）。《全宋诗》[4]第六十三册著录。

《四库全书总目提要》[5]卷一六五集部别集类著录卫著《秋声集》，（《四库总目》卷一六七著录元人黄镇成《秋声集》，与卫书名同而非一书）根据至元甲午张之翰[6]所作集序，说华亭卫氏，兄弟相继以学术著称，而卫宗武"文采风流，不失故家遗范"。并核其全集后，得出结论，认为其诗（文）大都"气韵冲澹，有萧然自得之趣"，其品在"江湖"诸集之上。"且眷怀故国，匿迹穷居（按，卫入元后拒不出仕，隐居三十多年），其志节深有足取。"这样的评价是符合实际的。张之翰也是由宋入元的遗民诗人，与卫宗武志节、故国情怀非常相似，他对卫的认识和评价（笔者另有张之翰专文涉及此事，可参见《南阳师院学报》2014年第8期），十分真切，让人信服无疑。

今将《秋声集》补佚《全宋诗》人十例（均出自第五卷，不另标出）胪列如下，适当加以按语。

---

[1]（清）厉鹗：《宋诗纪事》，上海古籍出版社1983年版。
[2]（清）陆心源：《宋诗纪事补遗》，山西古籍出版社1997年版。
[3]（宋）卫宗武：《秋声集》，四库全书影印文渊阁本。
[4] 北京大学古文研究所编：《全宋诗》，北京大学出版社1999年版。
[5]（清）纪昀：《四库全书总目提要》，中华书局1964年版。
[6]（宋）张之翰：《西岩集》，四库全书影印文渊阁本。

一、柳月涧

《柳月涧吟秋后稿序》:"老友《月涧吟集》行于江湖,前编固已隽永人口,所刊后稿视昔愈胜(按,前编、后稿,《四库总目》均未著录)。虽不无时花美女之艳,而自有高山流水之雅,约有五六言一二韵,亦造精深。吾乡(按,华亭,今上海松江)之士能以声韵之文鸣于时者也。"

又评:"今以篇章参校互考,非但得其筋骨,而精神风采具有之矣。……虽置之唐人集中,不谓之唐,可乎?"

余按,《纪事》卷七十六、《全宋诗》第六十七册皆有柳桂孙者号月硐,而《补遗》卷九十一亦有柳月硐(有补诗,无传)。"涧"与"硐"不同,疑非一人。

又,唐即唐,宋即宋,各有其独自面目,不必动辄以唐绳宋焉。

二、钱竹深

《钱竹深吟稿序》:"及阅,已刻之编,亦多仿唐,……尝熟味而细评之,其气萧瑟,其色碧鲜,其容婵娟。声琮琤而鸣泉,济济如君子,昂昂如丈夫,……使肆诸外而融于笔端,其精到绝俗,又讵可量哉?"

按,"气"、"色"、"容"、"声",可想见其风格特点。

三、刘药庄

《刘药庄(疑为号,名、字不详)诗集序》:"窃窥所作,古体胜五言,五言胜七言,纵未能方驾前修,亦几近之。傥步骤古作,益加刻厉,则追踪于许浑、贾岛,可以及鲍、谢,殆无难者颜。"

余按,卫氏论诗,不仅喜以唐绳宋,而且其"唐",也仅限于晚唐几个人,显得更加偏仄。

钱锺书《谈艺录》指出："明人言'唐诗'，意在'盛唐'，尤主少陵；南宋人言'唐诗'，意在'晚唐'，尤外少陵，此其大较也。"[1] 并不以此为然。

四、陆象翁

《陆象翁候鸣吟编序》："袖出巨编，至于三四，其间芬芳翘楚秀句层出，……察其所以，则自其志于诗也。孜孜切切，凡物象事，为之所感触，忧愤欢虞之所陶写，唱酬题品之所发，以至飞潜鸣跃夭条华实，假之以程形取象，而试其巧，课其能者，吻之呻吟，手之推敲，心腹肾肠之掐触，靡有一日之停，一刻之怠，特其念虑、无鸿鹄之将至，而犹承蜩者之唯蜩翼是知，则夫成功之敏，岂不由志之专与是则然矣。"

又申论其学云："苟志之徒立，而学不足以传其成，则浅陋鄙俗，亦奚足观，盖其嗜学也有素。淹贯于经史，博综于群籍，至虞初稗官等书亦无不阅，阅必强记弗遗，而所专攻则在于三百五篇。……学知务其本矣。吐辞成文，则柯叶畅遂，英华敷舒，自不容掩。其思之涌，则若泉浚，其滔滔汩汩，来不可御。……日新又新，功深力到，又将薄《风》、《雅》而集大成。"

总结为"象翁志高学茂，才识过人……华亭鹤唳，复振清响"。

余按，作诗之由，不外二途：一感于外物；二本于己学。有感有学，则可笼天地于形内，挫万物于笔端。此其规律如是。

评象翁诗，其意义在此。可知"序"之优者，莫过于评；评之优者，则序之品位自高。

五、张石山

《张石山戏笔序》："石山（疑为号，名、字不详）张君以雄辞杰作

---

[1] 钱锺书：《谈艺录》，中华书局1984年版，第452页。

驰骋场屋，而敛其锋锷于吟咏，集以成编，名以戏笔。夫以宇宙间事事物物，牢笼于胸次，顿挫于笔端，以之簸弄娱悦撝诃嘲笑美刺抑扬，一惟吾意，可谓善于为戏者矣！然观长篇短什，若霭霭春云之多态，迢迢秋水之无涯，皆匪率然之作，是果戏笔能之乎？"

按，凡宇宙间事事物物，皆随意牢笼于胸次，顿挫于笔端，确为"戏笔"；然长篇短什，无论春云之多态，亦或秋水之无涯，亦皆匪率意而作，此又非"戏笔"。于此"戏"与"不戏"之间，即为张石山诗焉。

六、秋岩上人

《秋岩上人诗集序》："上人颖然为丛林之秀，于研精宗旨冥心观想之暇，而独嗜吟。"

"虽春容之篇，淋漓之笔，未及遍阅，而五言七字尝鼎一脔，句意清圆，而疏越骎骎（渐渐），迫近前辈，亦今盆盎之罍洗也。"

"及夫造微入妙，超诣乎冲澹之境，沉乎太虚之不可控搏，杳乎真空之不可拟议，斯集乎诗之大成，而非区区事物可得而名言矣。必如是，后谓之能诗，上人此编将以耀今而垂古也。"

按，"清圆"，乃僧诗之共性；而"疏越"为上人之个性特征。"冲澹"，固佳；而超逸乎"冲澹"之境，更难，则愈佳。

七、赵师干

《赵师干在莒吟集序》："及得其所集吟章，谛观熟玩，输写其流落患难无聊之情，而怡然有怡愉闲雅之度，如《书怀》、《纪梦》、《寄友》等篇，莫不理趣幽远，其味悠然以长，几迫古作。非胸中有书者不能为，亦非浅之为章句者所能到也。"

按，赵氏皇家之裔，"师"字辈诗人多矣。不知师干是否入列？生平无考，不能断言。

八、陈南斋

《陈南斋诗序》："南斋，台（在今广东省南部沿海）人也。台山万八千丈之峻拔雄秀，钟于气禀。游于吴，而观诸海，茫洋澎湃，不知几千万里，日月风云之吞吐，鼋鼍蛟龙之出没，珠宫贝阙之变衔，有无尽揽，而得之眉睫，融之胸次，当肆而长吟巨篇，卓荦宏伟，如李、杜、欧、苏等作，岂但琐琐局缩于贾岛、许浑声律俪偶之句而已乎？"

按，贾岛、许浑声律俪偶，乃南宋诗流学晚唐之流弊。陈南斋能突出重围，成"卓挚宏伟"之长吟巨篇，乃出污泥而不染也。

九、李黄山

《李黄山乙稿序》："吾友李黄山，儒林之秀，文场之雄，敛进取之辞藻归于吟咏，而一章一句俱非草草之作，步骤古先，横驱远骛，而直欲追及之，非才之良学之洽，不能也。"

"黄山乙稿长言居多，而歌行辞引古诗之流，一仿前代作者，体裁气象往往逼真，盖其博学强记而才思又足以发之，故为辞疏达而幽深，宏肆酝藉，古体理胜，近体语新，而古乐府尤工。何异贯累累之珠，屑霏霏之玉！昔人之所难全而可兼而有之矣，非有三千首五千卷融贯胸次而溢出焉能至是哉？"

按，陆机《文赋》所谓"石韫玉而山晖，水怀珠而川媚"，李黄山为一典型案例。

十、林丹岩

《林丹岩吟编序》："畏友丹岩自冷泉一绝，隽永人口，而诗声震撼南北，是特囊颖之露耳。及得全稿而玩绎之，所入积玉之圃，而瑰奇错出，眩目洞心。律五言七言追唐，拟古近选，而长篇有三峡倒流万马奔轶之势，合众美而兼擅之，伟作也。盖其于经子传记历代诗文，以至九流百家,稗官野史,靡不诵阅,腹之所贮,手之所集,殆成笥而成栋矣。肆而成章,皆英华膏馥所流溢,而尤善于用,故自不得不喜也。"

按,"近《选》而长篇"者,乃古体诗也。"英华膏馥",乃胸中贮有千卷万卷书也。

（张福勋）

陆游对宋诗的拾遗

在陆游的著述中，有一些资料和信息，弥补了厉鹗《宋诗纪事》[1]、陆心源《宋诗纪事补遗》[2]、孔凡礼《宋诗纪事续补》[3]、钱锺书《宋诗纪事补正》[4]的缺失，具有珍贵的研究宋诗的价值。毛晋跋《老学庵笔记》认为，"补史之遗"，"纠史之谬"，评价恰当。今就补诗人、补诗事、补诗评三个方面，略加陈述。

一、补诗人 5 则

1. 陈德召

《渭南文集》[5]卷十五《澹斋士诗序》云："澹斋居士陈公德召者，故与秦公（引者按，指秦桧丞相）有学校旧，自揣必不合，因不复与相闻，退以文章自娱。诗尤中律吕，不怨不怒，而愤世疾邪之气，凛然不少回挠。……及秦氏废，始稍起，为吏部郎，为国子司业、秘书少监，遽没于官。后四十余年，有子知津为高安守，最其诗，得三卷。"

2. 晁公迈

《文集》卷十四《晁伯咎（按，公迈字）诗集序》云："晁公伯咎诗四百六十有一篇，其孙集为四卷。伯咎少以文学称，自其诸父景迂、具茨先生皆叹誉之，……傲睨忧患，不少动心，方扁舟往来吴松，啸歌饮

---

[1]（清）厉鹗：《宋诗纪事》，上海古籍出版社 1983 年版。
[2]（清）陆心源：《宋诗纪事补遗》，山西古籍出版社 1997 年版。
[3] 孔凡礼：《宋诗纪事续补》，北京大学出版社 1987 年版。
[4] 钱锺书：《宋诗纪事补正》，辽宁人民出版社 2003 年版。
[5]（宋）陆游：《渭南文集》，中华书局 1976 年版。

酒，益放于诗。其名章秀句，传之士大夫，皆以为有承平台阁之风。盖晁氏自文元（按，晁迥，字明远，谥文元，为晁端友字君成之远祖）公大手笔……汪洋渟滀，五世百余年，文献相望，以及建炎、绍兴，公独殿其后。……伯咎学问赡博，胸中恢疏，勇于为义，视死生祸福无如也。至他文亦皆豪奇，不独其诗可贵。"

3. 吴梦予

《文集》卷二十七《跋吴梦予诗编》云："吾友吴梦予，橐其歌诗数百篇于天下名卿贤大夫之主斯文盟者，翕然叹誉之，余（按，指陆游）愀然曰：'子之文，其工可悲，其不幸可吊。年益老，身益穷，后世将曰是穷人之工于歌诗者。娱悲舒忧，为风为骚而已。'"

4. 傅正议

《文集》卷三十三《傅正议墓志铭》云："公文凝远。其先为北地清河著姓，后徙光州，为固始人。观公文章，豪迈绝人，而其诗尤工。"

5. 王季嘉

《文集》卷三十七《王季嘉墓志铭》云："君自少事亲孝，事兄悌，处乡里学校，从师择友甚严，言语举动，忠敬有法，与兄时叙同登乾道五年进士第。仕自台州司户参军，迁至朝散郎，赐绯鱼袋。

"君锐意经学，有《易》、《诗》、《书》、《论语》训传，《乡饮酒辨疑》，凡数十百卷。

"文辞简古，尤喜为诗，与范文穆公（成大）及尤延之（袤）、杨廷秀（万里）倡酬，诸公皆推之。有《泰庵存稿》（按，《四库全书总目》无）三十卷。"

二、补诗事 10 则

1. 范成大诗事

《文集》卷十四《范待制诗集序》云："公素以诗名一代，故落纸墨未及燥，士女万人，已更传诵，被之乐府弦歌，或题写素屏团扇，更相赠遗，盖自蜀置帅守以来未有也。"

按，厉鹗《宋诗纪事》卷五十一有小传，并引杨诚斋序及周密《齐东野语》，而未及陆文。

2. 李孝先诗事

《文集》卷十五《宣城李虞部诗序》云："宣之为郡，自晋唐至本朝，地望常重。来为守者不知几人，而风流吟咏，谢宣城（按，南朝齐诗人谢朓字玄晖，曾任宣城郡太守，故人称谢宣城，有《谢宣城集》五卷）为之冠；梅宛陵（按，北宋诗人梅尧臣，字圣俞，号宛陵，有《宛陵集》）独擅其宗。……当元丰间，有虞部公作诗益工，规模思致，宏放简远，自宛陵出。"

按，孝先，字玠叔，虞部为其官称。元祐间人。《纪事》卷三十四有传。其曾孙李兼，字孟达，宁国人，有《雪岩集》。陆心源《补遗》卷六十二有传。二传皆未及陆文。

3. 韩驹诗事

《文集》卷二十七《跋陵阳先生诗草》："先生诗擅天下，然反复涂乙，又历疏语所从来。其严如此，可以为后辈法矣。予闻先生诗成，既以与人，久或累月，远或千里，复追取更定，无毫发恨乃止。"

按，韩驹，字子苍，有《陵阳集》。《宋诗纪事》卷三十三引《后村诗话》云："其诗有磨淬剪截之功，终身改窜不已。有已写寄人数年而追取更易一两字者，故所作少而善。"可相互发明。

4. 郭祥正诗事

《入蜀记》乾道六年七月十三日：

族伯父引东坡以"太白后身，功父（按，郭祥正字）遂以自负云云"。

按，钱锺书《宋诗纪事补正》引《存余堂诗话》："其（按，指郭祥正）母梦太白而生，是岂其后身？"（卷二十七，第1955页）

5. 苏过诗事

《老学庵笔记》卷七："陶渊明《游斜川诗》自叙辛丑岁，年五十。而苏叔党（按，苏轼季子苏过字）宣和辛丑，亦年五十。盖与渊明同甲子也。是岁得园于许昌西湖上，故名之曰'小斜川'云。"

按，《宋诗纪事》卷三十四、《宋诗纪事补遗》、《宋诗纪事补正》皆无此条。苏过，字叔党，自号斜川居士。有《斜川集》。

6. 饶得操诗事

《老学庵笔记》卷二："饶得操诗为近时僧中之冠。早有大志，既不遇，纵酒自晦，或数日不醒。醉时，往往登屋危坐，浩歌恸哭，达旦乃下。又尝醉赴汴水，适遇客舟救之获免。"

按，《纪事》卷九十二无此条；《补遗》、《续补》无此人。钱先生《补正》卷九十二全引此条。饶节，字德操。后为僧，法号如璧。陈莹中称"旧时饶措大，今日璧头陀"是也。

7. 滕达道（元发）、郑毅夫（獬）诗事

《老学庵笔记》卷七："王荆公（安石）素不乐滕元发、郑毅夫，目为'滕屠郑酤'，然二公素豪迈，殊不病其言。"

按，《纪事》卷十九引《郡斋读书志》："毅夫为文有豪气，峭整无长语。与滕达道少相善，嗜酒落魄，无检操，人目之曰'滕屠、郑酤'。"

余按，滕、郑二人心胸宽阔，毫不计较。与豪爽之气相一致。陆游惺惺惜惺惺，以明己之豪放也。

8. 俞紫芝诗事

《老学庵笔记》卷七："俞秀老紫芝，物外高人，喜歌讴，醉则浩歌不止。"

按，《纪事》卷二十九有传无此条，而《补遗》、《补正》无此人。

9. 陈丰诗事

《老学庵笔记》卷九："陈无己子丰，诗亦可喜，晁以道集中有《谢陈十二郎诗卷》是也。建炎中，以无己故，特命官。李邺守会稽，丰从邺作摄局。邺降虏（金），丰亦被系累而去。无己之后，遂无在江左者。丰亦不知存亡，可哀也。"

按，《纪事》、《补遗》、《补正》皆无。

10. 方士繇诗事

《文集》卷三十六《方伯谟墓志铭》："伯谟甫既见朱公（按，指师朱熹），即厌科举之习，久之，遂自废，不为进士，专以传道为后学。六经皆通，尤长于《易》，亦颇好老子。""博学兼取"，"宽裕忠厚"。

"伯谟甫之作，则闲谈简远，有一唱三叹之音。""伯谟甫多才艺，所能辄过人，其思虑精诣。"

按，方士繇（繇），字伯谟，又名伯休，号远庵。《纪事》卷六十三有小传而无此条。《补遗》、《续补》、《补正》皆无补。

三、补诗评3则

1. 吕居仁补评

《文集》卷一四《吕居仁集序》评云："公自少时，既承家学，心体而身履之，几三十年。仕愈踬，学愈进，因以其暇尽交天下名士，其讲习探讨，磨砻浸灌，不极其源不止。故其诗文，江洋闳肆，兼备众体，间出新意，愈奇而愈浑厚，震燿耳目，而不失高古，一时学士宗焉。"

按，《宋诗纪事》卷三十三有传而无此评。钱锺书《宋诗纪事补正》也未补。

2. 赵昌甫、徐斯远补评

《剑南诗稿》卷四十五《寄赵昌甫并简徐斯远》云："赵子乃宿士，山立谁敢侮。高吟三千篇，一字无尘土。朱先（熹）少许可，书每说昌甫。嗟君与斯远，文中真二虎。"

又卷五十五《故人赵昌甫久不相闻寄之诗皆杰作也，辄以长句奉酬》："海内文章有阿昌。"皆评价甚高。

按，《纪事》卷五十九、《补遗》、《续补》皆无，钱《补正》有补诗而无补评。

3. 苏东坡补评

《文集》卷二十九《跋东坡帖》："公不以一身祸福，易其忧国之心，千载之下，生气凛然，忠臣烈士，所当取法也。"又《跋东坡诗疏草》："天下自有公论，非爱憎异同能夺也。如东坡之论时事，岂独天下服其忠，高其辩，使荆公见之，其有不抚几太息者乎？"

按，《纪事》卷二十一先后引《明道杂志》、敖陶孙《诗评》、《庚溪诗话》、《侯鲭录》、《复斋漫录》、《容斋三笔》、翟耆年《籀史》、《苕溪渔隐丛话》、《墨庄漫录》、袁褧《枫窗小牍》、《娱书堂诗话》、《春渚纪闻》、《式古堂书考》、《石林诗话》、王定国《闻见近录》、《元城先生语录》、《诗林广记》等十数种文献，而独无陆游所评。《补遗》、《续补》、《补正》亦无补。

(张福勋，本文发表于《绍兴文理学院学报》2015年第1期)

陆游究竟活了多大岁数？

我曾于25年前，写过一篇短文《关于陆游的卒年》后收入《陆游散论》（内蒙古人民出版社，1993年）一书。拙文力主陆游卒于南宋宁宗（赵扩）嘉定三年，即公元1210年。若此说可从，那么陆游生于北宋徽宗（赵佶）宣和七年乙巳即公元1125年，而嘉定三年庚午为公元1210年。按夏历（农历）算，是为八十五岁。

这就存在一个夏历与公历的换算问题。于北山先生是主张八十五岁说的，详见其《陆游年谱》（上海古籍出版社，1985年）第551页。云："一二〇九（1209）嘉定二年己巳八十五岁。"但此后第552页又云："十二月二十九日（公元1210年一月二十六日）逝世。"又于附注（一七）按语说："历史人物生卒年代，偶遇中西历跨年情况，即较复杂。故务观卒年，从夏历计，应书：嘉定二年；以公历计，应书：一二一〇年（一月二十六日）。"

夏历亦称农历，俗称阴历。我们知道，按阴历算，出生即算一岁，如果是出生于年底，那么，一个月，甚或几十天甚或几天就得算一岁，过年即长一岁，就算两岁。这显然是不精确的，不科学的。但是先生驳陈振孙、钱大昕两家卒于八十六岁说为"据夏历计，非是"。于先生的根据是《宋史》本传及《山阴陆氏族谱》。但作为一个严谨的学者，先生也未武断结论，还留了余地，说："似可从。"所以先生在《年谱》中对同一个陆游的卒年问题，前后作了互相抵牾的两种表述：前说"一二〇九，嘉定二年，八十五岁"（第551页）；后说"一二一〇年（按，嘉定三年）逝世"。既是一二一〇年，那就是嘉定三年，是为八十六岁。就是说，按阳历即公历算，1210年是精确的。1209年八十五岁,那第二年即1210年,就是八十六岁。这是很合理的推算。没有疑义的。《剑南诗稿》卷八十五有《末题》(按,钱大昕《陆放翁先生年谱》误"末"为"未")二首,其中第二首明言:"嘉定三年正月后,不知几度醉春风。"可知陆游卒年必在"嘉定三年正月"后,绝不可能在此前。这就肯定了是活了八十六岁。

另一个有力的佐证是《剑南诗稿》卷八十六有诗题曰《予以淳熙戊戌岁自蜀归,时年五十四,今三十有二年矣,犹复强健,得小诗自贺》(作于嘉定三年)。按,淳熙戊戌岁为孝宗淳熙五年,即公元1178年,诗人五十四岁,东归。再加"三十二年",正好是宁宗嘉定三年,即1210年,说明是八十六岁。

于北山《年谱》既说陆游"临终"赋《示儿》诗,却又说陆游"终"于嘉定三年,这就麻烦了:陆游自己说"嘉定三年正月"后作《末题》诗,那么作《示儿》诗就必不是嘉定二年的事了。哪里有死了以后的第二年即嘉定三年,又作《末题》诗的呢?不得自圆其说,相互抵牾。正如钱锺书先生幽默的话,是自己用左手打了自己的右手。

第三,出生于宋代的两个证人,一个是陈振孙,其《直斋书录解题》明确地说:"嘉定庚午(按,即嘉定三年,公元1210年),(陆游)年八十六而终。"

另一个是方回,他先在《瀛奎律髓》又名《唐宋诗三千首》(中国书店,1990年)卷十六批陆游《人日雪》诗云:"放翁卒于是年之冬,年八十六。"又于卷四十四批陆游《病中示儿辈》诗云:"盖年八十有六","得知放翁八十有六者"。斩钉截铁,非常明确。

那么,从年代上说,我们是相信与陆游同时代的人的说法呢?还是相信此后元人所作的《宋史》和清人赵翼《瓯北诗话》(人民文学出版社,1963年)卷七之《陆放翁年谱》(他们都是力主嘉定二年陆游八十五岁说的)呢?但赵翼于"年八十五,终于家"之后,又特别指出:"此后尚有诗七首。(按,含临终赋《示儿》诗)则先生之卒,在腊(月)底也。然不详何日。"这"不详",说明了他仍有疑惑未解。持审慎态度。

陆游研究专家齐治平先生于《陆游传论》（岳麓书社，1984年）上编"陆游的生平"之"临终示儿"篇，做了比较详细的考订："至八十五岁之秋，得膈上疾，一直过了白露还没好，精神更加疲惫，延续到第二年，也就是嘉定三年（一二一〇）的春天，我们敬爱的诗人遂与世长辞（即86岁）了。"（第69页）这应该是接近实际的正确结论。

（张福勋）

胸中原自书万卷，夺胎换骨亦必然
——关于"夺胎换骨"之再辩护

黄庭坚提出的"夺胎换骨"，是打开宋诗宝库的一把钥匙，也是认识宋诗面目的一面镜子。

我曾于1995年在《中国人民大学学报》第一期发表了《"夺胎换骨"辨说》一文，后收录拙著《宋诗论集》[1]。此文发表之后，得到学界认可和专家首肯。孔凡礼先生指出，黄提出"夺胎换骨"之后，长时间以来，众说纷纷，莫衷一是。研读宋诗的人往往感到把握不当，甚至望而却步。如何科学地阐述这一理论使之能为读者接受，是很不容易的事。张（福勋）先生《于袭故中创新——"夺胎换骨"辨说》正适应了这种需要。"'于袭故中创新'，通畅明了，都可以接受。"

过了将近20年以后，翻捡旧作，仍觉着还有未说完的话要说。而且认为这是一个永远作不完的题目。

一、"夺胎换骨"乃诗歌创作之必然规律

（一）社会风气，促使人们竞相引用故典，以彰显自己的人文魅力

宋代，是一个尚文的时代，考试答卷，文人交游，官方文件，社会场面用语，特别是写诗作文，都十分讲究并且喜欢标榜自己祖袭自何典，师承何人，所谓句无虚辞必假故实，语无空字，必究所从。整个社会作文风气，递相祖袭，各称师承。以为是引用者肚子里边有学问，学

---

[1] 张福勋：《宋诗论集》，内蒙古人民出版社1997年版。

识手赠,文化底蕴深厚,这样一方面说明自己有品味,脸上有光;另一方面,免得让人看不起,认为自己贫瘠,落得个职场上不被聘用,官场上也不被提拔的尴尬。

张表臣《珊瑚钩诗话》[1]一开篇即言:"古之圣贤,或相祖述,或相师友,生乎同时,则见而师之,生乎异世,则闻而师之。"并引用孔子的话"其事则齐桓晋文,其文则史,其义则丘(孔子)窃取之矣"来论证这种讲究"祖述"的传承。他举了一些唐宋大家诸如韩愈、杜甫、欧阳修、苏轼等人的诗例,说明其皆有所本并认为未能祖述宪章,便欲超腾飞鬻,多见其嗫嚅(大呼惊叹)而狼狈矣。"

而宋代文人读书多,知识储存量大,也为引经据典,夺胎换骨,提供了雄厚的"物质基础"。

(二)读书多,作文时,学问自然流出

陈善《扪虱新话》[2]上集有"文章有夺胎换骨法"阐述其必然性,曰:"文章虽要不蹈袭古人一言一句,然古人有'夺胎换骨'等法",认为这是一种绕不过去的创作方法,值得肯定,它不是"蹈袭",而是"灵丹一粒,点铁成金"的创新。举大文豪欧阳修《祭苏子美文》为例:"子之心胸,蟠屈龙蛇。风云变化,雨雹交加。忽然挥斥,霹雳轰车,人有遭之,心惊胆破,震汗如麻。须臾雾止,而回顾百里,山川草木,开发萌芽。子于文章,雄豪放肆,有如此者,吁可怪邪!"认为像欧公这样的大文豪,他读书多,肚子里的学问大,又烂熟于胸,"下笔不自觉流出也"。认为欧是将梦升哭其兄之子庠之辞,即"子之文章,电激雷震,雨雹忽止,阒然灭泯","增以数语,而变态如此",他博极群书,作文时"如取室中物"。这本来就是一种必然,而非"蹈袭"者。邵博《江南邵氏闻见后录》[3]卷一八引刘中原父戏欧公为"韩文究",每戏曰:"永叔于韩文,有公取,有窃取,窃取者无数,公取者粗可数"。而且将此法扩而大之,作为一种普遍规律加以运用。"前辈"作者用此法:"吾

---

[1] 吴文治:《宋诗话全编》,江苏古籍出版社1998年版,第2598页。
[2] 吴文治:《宋诗话全编》,江苏古籍出版社1998年版,第5561页。
[3] 吴文治:《宋诗话全编》,江苏古籍出版社1998年版,第3208页。

谓此实不传之妙，学者即此便可反隅矣。"

吴曾《能改斋漫录》[1]举了一个例子，说明由于肚子里贮藏的书本知识如此之多，外物触发诗兴，诗人便与贮藏的东西发生联想，"相沿以生"也。这就说明你读过的书早已融进了你的骨血，转化成了你的思维，只要外界一个触动点，就会喷薄而出。

邵博还讲了这样一个生动的故事。说蓬州人李士宁每赠荆公诗，多全用古人句。荆公问之，则曰："意到即可用。不必皆自出也"。又问："古有此律否？"笑曰："《孝经》，孔子作也，（而）每章必引古诗。孔子岂不能自作诗者，亦所谓意到即可用，不必皆自己出也。"荆公大然之。后荆公作诗，多用"士宁体"，又多集古句。这个故事，发出一种强烈的信号，即那些记诵多的读书人，他们写起诗来，夺换一些古人名句，实在是必然的规律，正不必大惊小怪。

魏文帝《柳赋》曰："余年之二十七，植斯柳乎中庭。史围寸而高尺，今连拱而九成。"

引桓温北伐事，说其北伐经金城，见为琅琊时种柳，皆已十围，慨然曰："木犹如此，人何以堪？"结论是"乃知睹木而兴叹，代有之也"。

又引《广人物志》说苏颋年五岁，裴谈过其父，而诵庾信《植树赋》。颋避重复谈字，而易其韵曰："昔年移柳，依依汉阴。今看摇落，凄怆江浔。树犹如此，人何以任？"

而王安石诗："道人从南来，向松我东冈。举手指屋脊，云今如许长。"而唐刘斯立诗已言："麦垅漫漫宿菁黄，新苗寸寸手挚霜。手中马箠余三尺，相见归时如许长。"

结论是"意皆相沿以生也"。

这种相缘已起之源起，就是文人之文化积淀。夺胎换骨，从另一个角度讲，是有"胎"可夺，有"骨"可换。前人既然留下了丰厚的文化遗产，利用了，为我所用，就是聪明人；不利用，非要追求字必己出，则蠢而不可能达目的矣。陈善《扪虱新话》[2]说"文人自是好相採取。

---

[1] 孔凡礼：《宋代文史论丛》，学苑出版社 2006 年版，第 3092 页。
[2] 吴文治：《宋诗话全编》，江苏古籍出版社 1998 年版，第 3161 页。

韩文杜诗，号不蹈袭者，然无一字无来处。乃知世间所有好句，古人皆已道之，能者时复暗合耳"，虽"沿袭而不失为佳"。(上集)范季随甚至认为，你割断历史文化延续的根脉，益追求"欲新"，反而让读者无从解者。其《陵阳室中语》[1]说得十分直白："目前景物，自古及今，不知凡经几人道，今人一下笔，要不蹈袭，故有终篇无一句可解者，益欲新而反不可晓耳。"葛立方《韵语阳秋》[2]卷一举杜甫诗《曹将军丹青引》："将军威武之可孙，于今为庶为清门。"而之微《杭州诗》亦云："房杜王魏之子孙，虽及百代为清门。"认为这种文化积淀导致的夺胎换骨，中国文人都如此，只不过宋人更加突出而已，还大张旗鼓地提出了这样一个遭人猜忌的"理论"。"残膏剩馥，沾丐后代"，"宜哉！"这是后人之福分。

罗大经《鹤林玉露》[3]讲了一个有趣的故事，说有僧人嘲笑其师兄作诗蹈袭，他辩解说："不是师兄偷古句，古人诗句犯师兄。"作诗者岂故欲窃取古人之语以为己哉？是"景意防触，自有偶然而同者。盖自开辟以至于今，只是如此风花雪月，只是如此人情物态"，是文化(知识)积淀自然造成罢了。只要客观世界中的任何一种"外物"，触碰到了诗人脑海中已经储满了的文化知识信息，犹如用鼠标"点击"了任何一种符号，立马就在记忆的屏幕上闪烁出前人或同时人已经熟用过的与之相对应的史事或语辞来。(卷八)此论一针见血，入木三分了。

《吴曾诗话》[4]概括了这种必然性："前辈读诗与作诗既多，则遣辞措意，皆相缘以起，有不自知其然者。"

(三)宋人雅尚的文化心理，导致"夺胎换骨"愈演愈烈

周紫芝《竹坡诗话》[5]认为，"自古诗人文士，大抵皆祖述前(人所)作语"。这是一种雅尚的文人心态。他举例说，梅尧臣诗"南陇鸟过北陇叫，高田水入低田流"。而黄鲁直诗"野水自添田水满，晴鸠却唤雨鸠来"系变化梅诗而来，尤显得雅致，"用此格律，而其语意高妙

---

[1] 吴文治：《宋诗话全编》，江苏古籍出版社1998年版，第10464页。
[2] 吴文治：《宋诗话全编》，江苏古籍出版社1998年版，第8196页。
[3] 吴文治：《宋诗话全编》，江苏古籍出版社1998年版，第7609页。
[4] (宋)吴曾：《能改斋漫录》，上海古籍出版社1960年版，第2995页。
[5] 吴文治：《宋诗话全编》，江苏古籍出版社1998年版，第2809页。

如此，可谓善学前人者矣"。引述前人，又善学前人，这是宋人诗学唐变唐以形成自己面貌的必由之路。前人的积累，成了他们的资料宝库。

祖述坟典，宪章骚雅，上传三古，下笼百氏，横行阔视于缀述之场，此乃宋人习俗，也是雅尚的文人心态。

这种心理，与他们喜欢诵忆前人佳句的雅尚关系甚密。《叶梦得诗话》[1]指出："读古人诗，多意所喜处，诵忆之久，往往不觉误用为己语"，也是人之常情，事之常理。他举例说韦苏州"绿阴生昼寂，孤花表春余"。向王安石诵忆之久用为己语曰："缘阴生昼寂，幽草弄秋妍。"认为"大抵荆公阅唐诗，多于去取之间，用意尤精"。（卷中）甚至于让读者"莫彼我为辨耳"。

以上从社会风气、文化修养、文人心态三个层面，论证了宋人作诗夺胎换骨的必然规律。因此就在当时，由于这一理论的影响之大，覆盖面之广，几乎成了文学艺术创作与文学艺术研究的最普惠的理论滋养和最耀眼的文化现象。许多诗话及笔记，都将夺胎换骨作为一种专门的学问进行探讨和研究、总结。《潘子真诗话》专门讲夺胎法。宋孙奕《示儿编》[2]卷九《诗说》专设"递相祖述"条，引老杜的话说："未及前贤更勿疑，递相祖述复先谁？"认为"递相祖述"这是包括老杜在内的所有士人之。夫子自道语，谁也绕不开。以下又总结了"用古今句法"、"类前人句"等夺胎换骨的种种情形。

宋人龚颐正《芥隐笔记》更可视为研究王荆公、黄山谷写诗"夺胎换骨"的一本书。以至于《四库全书总目提要》[3]评介说它"考证博洽，具有根抵"。"考证"言其皆能将王、黄诗之词语出处寻绎出来，从而见出研究者（当然也包括创作者）学问之"根抵"深厚也。洪迈之《容斋随笔》[4]之五笔卷二专门探索"夺胎换骨"之规律性认识。

---

[1] 吴文治：《宋诗话全编》，江苏古籍出版社 1998 年版，第 2685 页。
[2] 吴文治：《宋诗话全编》，江苏古籍出版社 1998 年版，第 5992 页。
[3] （清）纪昀等：《四库全书总目提要》，中华书局 1964 年版。
[4] 吴文治：《宋诗话全编》，江苏古籍出版社 1998 年版，第 1584 页。

二、夺胎换骨其理论核心是"点化",其理论精髓是"出新"

黄庭坚在《答洪驹父书》[1]中将"夺胎换骨"做了另一种角度的清晰表述:"自作语最难,老杜作诗,退之作文,无一字无来处,盖后人读书少,故谓韩、杜自作此语耳。古之能为文章者,真能陶冶万物,虽取古人之陈言入于翰墨,如灵丹一粒,点铁成金也。"主张既要守"古人绳墨",即"袭故",传承;而更要"不可守绳墨",即陆机《文赋》所讲之袭故而能"弥新"。"袭故"只是手段,而"出新"才是目的。这是任何文学艺术创作的灵魂。这里,"点"是袭故,是传承,是"取古人之陈(按,指用过的,非指陈旧的)言";而"化"却是灵魂,是精髓,是将"铁"熔化为"金"。"化"就是变化,变则活,活就是创新;只有创新,才能有新的生命,而这是文学艺术作品存活并且求得进一步发展的最根本的东西。前人的东西,是第一次创造,而你的点化则是第二次创造。

《郭思诗话》[2]说:"老杜于诗学,世以为前无古人,后无来者。然观其诗,几率宗法《文选》,撷其华髓,旁罗曲采,咀嚼为我语。"这"咀嚼"就是引用者的第二次创造,就是"化",而化为"我语",即为创新。就是出新了,就是我的东西了,不再是前人的东西了。就是《潘子真诗话》[3]评论"杜诗(有)来历"所揭示的触"旧"而增"新",即"旧"而为"新"。这"新"才是夺胎换骨的灵魂所在,是最根本的、最核心的东西,是青出于蓝而胜于蓝了。

"点",也要讲个"度":一要点到为止,不要言不及义,但"及"又不能"沾(粘)"。不及不是"夺"、"换",但过头了,便成了模仿和剽窃。二要恰到好处,即既不是丢开传统另起炉灶;但也不是故步自封,依样葫芦。

---

[1] (宋)黄庭坚:《答洪驹父书》,见郭绍虞等:《中国历代文论选(一卷本)》,上海古籍出版社2001年版,第185页。
[2] 吴文治:《宋诗话全编》,江苏古籍出版社1998年版,第891页。
[3] 吴文治:《宋诗话全编》,江苏古籍出版社1998年版,第665页。

"化",一要"熔",熔铸原诗原句;二要"炼",将经过熔化了的东西,再千锤百炼。这样的结果,就不再是原料了,而成为了一种新的产品,比如将铁"砂"炼成了"铁",又将铁炼成了"金"。没有"砂"成不了"铁",没有"铁"成不了"金"。而"金"则成为了另一种更为高级、更为精粹、含金量更高的物质了,已经发生了质的变化了。

举一个例子说一下。王禹偁《表》说:"早年多病,眼有黑花。晚岁多忧,头生白发。"其基调是悲伤的。

欧阳修点化为一首《眼有黑花戏书自遣》曰:"洛阳三见牡丹月,春醉往往眠人家。扬州一遇芍药时,夜饮不觉生朝霞。天下名花唯有此,罇前乐事更无加。如今白首春风里,病眼何须厌黑花。"将眼前"黑花"与天下名花(牡丹、芍药)作比,以"花"为全诗枢纽,言虽自己"白首"眼黑,却可衬染"春风",虽"病眼",却不妨常赏"名花",因而大可不必悲伤了。低沉变为了高扬,消极翻作了积极,如此则通过"夺胎换骨","点铁成金"了。

典故,乃是一个具有哲理或美感内涵的故事的凝聚形态。它能使诗歌在简练的形式中包含丰富的多层次的内涵,而且征用了,能使诗歌显得精致,富赡,含蓄,引人入胜。刘勰思所谓"援古"以"证今","引成辞以顺理","故作诗者借彼之意,写我之情,自然倍觉深厚,此后代之人不得不用书卷也"。(赵翼《瓯此诗话》)这正是《文心雕龙》所谓"引书以助文"之义也。

洪迈《容斋诗话》[1]对于"点化",有非常精彩的论述,可以说是对脱论夺胎换骨这一理论核心的精髓的精准把握。

他举黄山谷的《题画睡鸭》诗:"山鸡照影空自爱,孤鸾舞镜不作双。天下真成长会合,两凫相倚睡秋江。"认为是完全"点化"徐陵《鸳鸯赋》:"山鸡映水那自得,孤鸾照镜不成双。天下真成长合会,无胜比翼两鸳鸯。"两诗不仅"胎"意相袭,而且章法也完全相似,都是末句点题。不过黄诗"两凫相倚睡秋江"意思更加含蓄,形象更加生

---

[1] 吴文治:《宋诗话全编》,江苏古籍出版社1998年版,第1584页。

动。所以洪迈下断语认为黄诗是"全用徐语点化之,末句尤精工"。这个"尤精工"就是经过"点化"之后的"出新"处。

认为"点化"就必须是"改易",必须是夺胎者"别出机杼",即经过第二次创造,方能做到"前无古人"的"一新"。

他举黄庭坚《黔南十绝》以为"尽取白乐天语。"其中七篇"全用之",而其余三篇"颇有改易处"(容略内容,不缀赘析)。他说"诗文当有所本,若用古人语意,(必须)别出机杼,曲而畅之",如此才"足以传示来世",否则层层相因,缺乏创新,死水一滩,没有生命力,何能"传示来世"?(卷四)

且以卷二所举东坡创新为例说明之。

白居易:"醉貌如霜叶,虽红不是春。"坡则云:"儿童误喜朱颜在,一笑那知是酒红。"形象活泼跳跃,更加生动,更加可爱,幽默,耐人咀嚼。又老杜云:"休将短发还吹帽,笑倩旁人为正冠。"坡夺胎为"酒力渐消,风力软飕飕。破帽多情却恋头"。头上戴的帽子拟人化了,有了情感,由被动请人"正冠",改为主动依恋不忍离去,诗人之潇洒,浪漫,活脱脱的形象跃然纸上。

通过举例论证,认为东坡确是夺胎换骨的能手,"正采旧公案(按,指袭故),而机杼一新",因此"前无古人,于是为至"。[1]

不管何种情况,或异曲同工,或貌同而心异,今人不必不如古,前贤反而畏后生。

钱锺书先生论夺胎换骨,也认为这种手法之生命力在于"点染","一经点染便觉青出于蓝"矣。[2](卷五)先生在《宋诗选注》[3]说王安石的修辞技巧,举了《书湖阴先生壁》之"一水护田将绿绕,两山排闼送青来"为例,说明所谓夺胎换骨的"健康"的方法,是读者"不必依赖笺注的外来援助,也能领会(了解诗的意义,欣赏描写的生动),符合中国古代修辞学,对于'用事'最高的要求:'用事不使人觉,若胸

---

[1] 吴文治:《宋诗话全编》,江苏古籍出版社 1998 年版,第 5609 页。
[2] 钱锺书:《宋诗纪事补正》,辽宁人民出版社 2003 年版,第 295 页。
[3] 钱锺书:《宋诗选注》,人民文学出版社 1979 年版,第 56 页。

臆语也'(《颜氏家训》第九篇《文章》记邢邵评沈约语)"。先生还于《管锥编》[1]《全后周文卷一四》分析赋咏将士多俪张良事指兵法、越处女事指武艺，认为"此等熟典，已成公器（引者按，这个词非常精辟，说明某些前人的名句，名词，甚至名章法，已经历岁月淘洗，凝固成了一种"模块"，后人写作自然而然就用为自己的东西了，是夺胎换骨的必然规律使然）同用互犯者愈多，益见其为无心契合而非厚颜蹈袭"也。

前人关于夺胎换骨之"点化"原则，论述甚夥，概而扩之为：要天然无迹，事如己出；要精确，不失事实，不误用事；要切当，不扩大，不缩小；要亲切，自然，不有意用事，不为事所使；要灵活，不板滞，不生硬，不拘故常等（读者可详参拙著《宋诗论集》之代前言《宋诗辨》及《于袭故中创新——夺胎换骨辨说》诸文所论，兹不赘述）。

总之，要如蔡絛《西清诗话》[2]所言："作诗用事，要如释氏语：水中着盐，饮水乃知盐味。""善用故事者，如系风捕影，岂有迹耶？"提出夺胎换骨这个理论的黄庭坚自己总结道："庭坚笔老矣，始悟抉章摘句（按，指夺胎换骨）为难。要当于古人不到处留意，乃能声出众上。"

三、诗中用事，或为"偶合"，抑或出于"暗合"，并非有意"蹈袭"，正不必为笺注家拉买卖

在研究夺胎换骨这一理论时，必须要指出另外一种情形，以避免使这一理论走向偏差。

诗人妙思逸兴，绝非绳墨度数所能束缚。偶或有与前人或同时代人偶合或暗合的地方，也并非就是有意为之，正不必如笺注家硬要找出某某出于某某也。宋人赵夔《百家注东坡先生诗序》[3]论东坡于诗中用事云："先生之用事不可谓无心（按，这是问题的一个方面），（但）先生之用古人诗句未必皆有意耳（按，这是问题的另一个方面，必须指出）。

---

[1] 钱锺书：《管锥编》，中华书局 1986 年版，第 1530 页。
[2] 吴文治：《宋诗话全编》，江苏古籍出版社 1998 年版，第 2493 页。
[3] （清）冯应榴：《苏轼诗集合注》，上海古籍出版社 2001 年版，第 2692 页。

盖胸中之书汪洋浩博，下笔之际，不知为我语耶，(抑或)他人之语也。(只是)观者以意达之可也"，并非非要找出出处才肯罢休。《吴开诗话》[1]举李贺"桃花乱落如红雨"又刘禹锡"摇落繁英坠红雨"，认为"刘、李同出一时，绝非相为剽窃"，认为"前辈读诗与作诗既多，则遣辞措意，皆相缘以起，有不自知其然者"。既说明了这一"沿袭"的必然性，也说明了这一现象的偶合相否性。这样看问题就全面了。

曾季貍《艇斋诗话》[2]举王荆公诗句"细数落花因坐久，缓寻芳草得归迟"与东湖诗句"细落李花那可数，缓寻芳草步因迟"做比较，认为是东湖诗是用了荆公诗"触类而长，所谓举一隅（而）三隅反者也"。绝对是"夺胎换骨"，"非偶似之，亦非窃取之"。但他又说："荆公绝句妙天下，老夫词句，偶似之耶？窃取之耶？"建议"学诗者不可不辨"。究竟是师兄诗句偷古人，还是古人诗句似师兄？真还不好辨白。因为某一些成语，在长期的流转过程中，已经凝固成了某种相对稳定的文化符号，很难说清楚谁夺胎谁也。比如"青眼"这个文化符号，《王直方诗话》[3]举了苏东坡、黄山谷这两大学问家的许多类似的诗句，如"读书头欲白，相对眼终青"（苏），"读书头愈白，见士眼终青"（黄）；"看镜白头知我老，平生青眼为君明"（苏），"故人相见尚青眼，新贵即今多白头"（黄），"江山万里尽头白，骨肉十年终眼青"（苏），"白头逢国士，青眼酒尊开"（黄），认为其用"青眼"对"白头"者非一，而工拙亦各有差。正不必非要以为是夺胎于老杜"别来头并白，相见眼终青"者。正像陈善《扪虱新话》[4]上集批评郑康成长于礼学，而以礼学注《诗经》，非要削足适履让《诗》"乃一要合《周礼》"不可。此种牵合乃是一"癖"，"皆是束缚太过，不知诗人本一时之言，不可一一牵合含也"。非常中肯，也非常到位。

钱锺书先生在《谈艺录》[5]补订举陆放翁"沾丐本朝名作"的例子，

---

[1] 吴文治：《宋诗话全编》，江苏古籍出版社1998年版，第2171页。
[2] 吴文治：《宋诗话全编》，江苏古籍出版社1998年版，第2623页。
[3] 吴文治：《宋诗话全编》，江苏古籍出版社1998年版，第1141页。
[4] 吴文治：《宋诗话全编》，江苏古籍出版社1998年版，第5573页。
[5] 钱锺书：《谈艺录》，中华书局1984年版。

说一方面陆游必有"偷势""偷意"者；但同时也指出"至于隶事属对全同者，却或出于暗合"。又在《宋诗选注》里说："看来'读书多'的人对黄庭坚的诗疑神疑鬼，只提防极平常的字句里有什么埋伏着的古典，草木皆兵，你张我望"，非要我出个出处来，"替笺注家拉买卖"。

这往往有两种情况：一是读书少，而不知出处，如黄庭坚谆谆告诫其外甥洪驹父所云："老杜作诗，退之作文，无一字无来处，盖后人读书少，故谓韩、杜自作语耳。"（见前引《答洪驹父书》）黄所说"无一字无来处"，这话有些绝对，造成不好影响，就是神经紧张，提防埋伏，硬寻出处。第二种情况就是读书多的人容易犯的毛病，即钱先生所讽刺的非得为笺注家拉些生意不放过。《陈岩肖诗话》[1]卷下举王维的《汉江临泛》诗句"江流天地外，山色有无中"。而欧阳修《平山堂》词句"平山栏槛倚晴空，山色有无中"。陈以为若六一这样的大诗人，对景有情，其"意所到，向语偶相同者，亦多矣"，"岂用摩诘语耶"？各自创造，并非谁必仿谁，大可不必找出个出处不可！这样的意见，对症下药，疗效甚好。服用了，头脑清醒，省的犯偏激之病。

（张福勋）

---

[1] 吴文治：《宋诗话全编》，江苏古籍出版社1998年版，第2785页。

宋诗流变中的另一道风景线
——宋人将"学杜"与"尊韩"并举

在宋代诗坛上,围绕着怎么评价韩愈(退之)的诗,曾经发生过一场小小的论辩。据《彭乘诗话》[1]记载,一日在馆中,沈括(存中)、吕惠卿(吉甫)、王存(正仲)、李常(公择)四人"尝夜谈诗"。于研讨过程中,对于韩愈的诗,发生了歧见。沈括认为退之之诗不怎么样,只不过是"押韵"之文耳,并"不健美富瞻",因而"终不近诗"。以文为诗,失去了诗的本质属性。而吕惠卿针锋相对,给予反驳,认为"诗正当如是"。而且还说"诗人以来,未有如退之者"。王存支持沈括,而李常则同意吕惠卿。讨论热烈,"交相攻,久不决"。

对这一场论辩彭乘做了一个裁判,认为韩愈的诗有两大特点,一是诗风硬朗,"真天力"(即"健美",反对沈括的意见);二是"用事(即严羽《沧浪诗话》所谓"以才学为诗")深"。而这硬健与用典,正是宋人从韩愈那里学来的写诗所追求的风格特点,不仅不应该否定,而且应该视为宋诗的榜样,置于与老杜同等的地位。

这个故事说明,韩愈在宋人的灵魂深处已经刻印下很深印痕,而长久地影响着宋人的思维习惯和诗风形成。"尊韩"与"学杜"一样,都始终濡染着有宋一代诗歌的流变。特别在北宋,钱锺书先生甚至说韩愈是"千秋万岁","名不寂寞者矣"。[2]

北宋肇始,穆修为文即首倡韩柳,将韩作为宋人诗文革新的一面旗

---

[1] (宋)彭乘:《彭乘诗话》,江苏古籍出版社 1998 年版,第 550 页。
[2] 钱锺书:《谈艺录》,中华书局,1984 年版,第 69—70 页。

帜。而诗文革新运动的领袖人物欧阳修更尊韩为"文宗",被钱先生称为是学韩的"升堂窥奥者"。[1]

"拗相公"王安石于退之虽多责备求全,但其诗语"自昌黎沾丐者,不知凡几,偷语、偷意、偷势者皆有"。钱先生断言"荆公诗法亦若永叔之本于昌黎"。[2]

就连苏轼这样的天下文豪,也从韩愈那里汲取变化古今之能事:"诗至于杜子美,文至于韩退之,而古今之变,天下之能事毕矣。"[3]而石介《徂徕集》中几无篇不及韩愈。

再说"夺胎换骨"的始作俑者黄山谷,也同样是从韩愈那里取法。如韩愈《古诗》:"南箕北有斗,牵牛不负轭,良无盘石固,虚名负何益。"本是夺胎于《诗·大东》:"皖彼牵牛,不以服箱。维南有箕,不可以簸扬。维北有斗,不可以挹酒浆。"山谷步骤韩愈,简直是亦步亦趋,其《演雅》云:"路络纬何尝省机织,布谷未应勤种播。"直徒有虚名耳。亦与《大东》血肉相连。故钱锺书先生《谈艺录》总结宋诗用事特点,以此作"承人机杼,自成组织"的事例。[4]当然,这里的关键是"承人"而能"自成",这正是宋人学杜、尊韩之灵魂、精髓所在。

至于秦观,他更写了专题论文《进论》之《韩愈论》,对韩愈诗文之价值,与其在文学史上的地位,以及对有宋一代文学之深刻影响,作了一个全面而深刻的论述,在宋代文学批评史上留下了光辉的一页。

先是说韩愈之文为集诸家之长的"集大成者"。钧列(子)、庄(子)论理之文,探道德之理,述性命之情,发天人之奥,明生死之变而得微妙;狭苏(秦)、张(仪)论事之文,别黑白阴阳,决其嫌疑之明;撼班(固)、马(司马迁)考异同,次旧闻,不虚美,不隐恶之叙事之实,猎屈(原)、宋(玉)原本山川,极命草木,比物属事,描述之英,(又)本之于《诗》、《书》,折之于孔氏,"此成体之文,韩愈之

---

[1] 钱锺书:《谈艺录》,中华书局,1984年版,第302页。
[2] 钱锺书:《谈艺录》,中华书局,1984年版,第177页。
[3] (宋)苏轼:《苏轼文集》,岳麓书社2008年版,第153页。
[4] (宋)苏轼:《苏轼文集》,岳麓书社2008年版,第1—9页。

作是也"。就是说韩愈之本领，将前之作者之长，皆能承接变化于己，从而形成自己的独有风格，而这种能耐，正好薰蒸了宋人根据自己时代之巨大变动与诗文革新之现实要求，拿过来，为我所用，打破文体疆域界限，解放文体，随心所欲，行于所不当不行，而止于所不当不止。秦观赞叹道："呜呼，杜氏、韩氏，亦集诗文之大成者欤！"而宋人学杜、尊韩："岂非适当其时故邪？"是"当其时"之变化。一步要津，精辟至极。

总之，宋人之善学韩是不似韩，由韩风之劲内化为韧，又化韩骨之雄外现为健。正如杜衍分析范仲淹学韩时所论之"健笔妙韩文"。[1]"健"从韩之雄劲而来，但已不似韩了。这是宋人之聪明之处，也是宋人之善学韩处。

宋人每将杜、韩并举，实即认识到了他们二人集前人大成之价值取向，和在文学史上承前启后的崇高地位。并表现出诚心向其学习，又善于取其长补己短的学习方法，最后表现为学有所成，熔铸为宋人诗文之独有面貌。

宋人学杜，主要侧重于杜诗的思想内容和忠君情怀，这些精神层面上的东西；而宋人学韩，则主要侧重于韩诗之艺术特征与尚硬风骨这些艺术层面的东西。

宋人学韩的直接结果，最突出的就是学到了两点。一点是以文为诗[2]，打破文体的疆界，用为文的手法、技巧、辞语、章法等，来作自己的诗。另一点是风格的瘦韧。

清人赵翼《瓯北诗话》断论"以文为诗，自昌黎始，至东坡益大放厥词，别开生面，成一代之大观。"是说韩诗往往以散文的句法、章法和那些于散文中常用的盘空硬语入诗，出非诗之奇，达到参差错落、散中见整的奇崛瑰怪独特风貌。所谓"至东坡益大放厥词"，说明宋人正从

---

[1] （清）厉鹗：《宋诗纪事》，上海古籍出版社1983年版，第188页。
[2] 参见张福勋《谈谈宋人的"以文为诗"》一文，见《宋诗论集》，内蒙古人民出版社1997年版。

韩诗那里不仅学到了韩诗的真经，而且又根据自己的时代大加发挥，开创了宋诗"以文为诗，以议论为诗，以才学为诗"的新局面，从而形成宋诗"一代之大观"。所以胡适在1928年作《白话文学史》评价说："用作文的法子作诗，扫去了一切骈偶诗体的滥套。""这种境界从杜甫出来，到韩（愈）方才充分发达，到宋朝的苏轼、黄庭坚以下，方才成为一种风气。"就是说，宋诗所形成的自己的"风气"，是宋人从"学杜"（本有另有专论宋人"学杜"一文发表）与"尊韩"那里发展变化来的。这其中尤其是苏轼更从韩诗之"豪"、"奇"化为宋诗之"筋""骨"，从而以自己的诗学理论和创作实践，使豪健之风鼎立为宋诗的主打风格。[1]我们可从一首苏轼的《白鹤吟留钟山觉海》："北山道人曰：美者自美，吾何为而喜？恶者自恶，吾何为而怒？去自去耳，吾何驶而追？来自来耳，吾何妨而拒？"[2]明显发现其出自韩愈《南山》"雄拔千丈峭"这种以文为诗和由"雄"到"健"的变化轨迹来。

当然，韩诗之"雄峭"也好，宋诗之"豪健"也罢，都清晰地描述出一个中国美学的核心理论即神韵的发展轨迹。苏轼有《评韩柳诗》[3]一文，深刻阐述了这一理论的丰厚内涵："所贵乎枯澹者，谓其外枯而中膏，似澹而实美。"这外"枯"而内"膏"，边"涩"而中"甜"，似"澹"而实"美"，正是苏轼所主张之"咸酸之外"之"真味"（《书黄子思诗集后》[4]），正是宋诗美之特色，也是有宋一代人创作诗、欣赏诗、评价诗的一个最高标准，也正是宋诗自己的面貌。是宋人诗论的精华所在，审美趣味所在。

宋人"尊韩"，还表现在宋人对韩愈某些典型理论的继承和超越。如对韩愈的"不平则鸣"（《送孟东野序》）说的超越，就是突出例证。

最早梅尧臣《依韵王介甫兄弟舟次芜江怀寄吴正仲》[5]提出"少陵失意诗偏老，子厚因迁笔更雄"的观点，认为杜甫的"失意"，柳宗元的

---

[1] 参见张福勋：《苏轼论宋诗》，见《宋元文学论集》，远方出版社2007年版。
[2]（清）冯应榴：《苏轼诗集合注》卷四七，上海古籍出版社2001版。
[3]（宋）苏轼：《苏轼文集》，岳麓书社2008年版，第206页。
[4] 朱东润：《梅尧臣诗选》，人民文学出版社1980年版，第800页。
[5]（宋）陆游：《渭南文集》，中华书局1976年版，第262页。

"迁"谪,都是韩愈所谓"不平",这样的遭遇反而促使了他们的诗更加老成和雄健。

后来王安石在《哭梅圣俞》中说:"圣贤与命相盾矛,势欲强达诚无由。诗人况又多穷愁,李杜亦不为公侯。公窥穷厄以身投,坎坷坐老当谁尤?"认为梅尧臣的"穷厄"命运与他所以从事的诗、文职业有直接关系。

后来晁补之进了一步,不仅认为文学这种事业不足以"取世资",造成诗人的"少达而多穷";但正是这"少达多穷"却成就了诗文创作之"工"。《海陵集序》云:"文学不足以发身,诗又文学之余事,为之而工,不足以取世资,故世称少达而多穷。"

张耒《送秦观从苏杭州为学序》说"世之文章,多出于穷人;故后之为文者,喜为穷人之词",虽类似司马迁之"发愤著书",但认为文人"喜"为穷词,却失之偏颇,因为"穷"与"为文"有其必然联系,不是你主观上喜与不喜的问题。贺铸则直接将"诗"与"穷"紧密联系,认为"不废汝诗吾固穷"。(《题诗卷后》)"诗"和"穷"简直粘贴在了一起而不可分割。

陆游以一个诗人兼理论家的身份,遍考了文学史上苏武、李陵、陶潜、谢灵运、杜甫、李白。以及本朝林逋、魏野等皆"以布衣死"的事例,而梅尧臣、石延年又"(被)弃不用"的遭际,苏舜钦、黄庭坚"以废黜死"的悲惨结局,又考察了江西诸君"例以党籍禁锢乃有才名"的种种事实,然后得出一个很客观而很有说服力的结论来:"盖人之情,悲情集于中而无言,始发为诗;不然无诗矣。"(《澹然居士诗序》)认为诗是悲情之产物;而悲情是由社会压迫诗人而产生。比之韩愈单纯强调诗人个人之不幸遭际,立足点更高,视野更开阔了些。

欧阳修所提出的"穷而后工"说(《宛陵集序》),更是直接发挥了韩愈的"不平则鸣"说。[1] 韩还只是"鸣",而欧则增加了"工",拓展

---

[1] 可详参张福勋《"穷而后工":宋人对"发愤著书"说的理论超越》一文,见《宋元文学论集》。

了，延伸了。

而苏轼更是将韩愈"不平则鸣"说发展到了极致，从而使这一著名的诗论更加光彩夺目，而且具有了普遍规律的意义。[1]

苏轼结论说："非诗能穷人，穷者诗乃工。此语信不安，吾闻诸醉翁。"（《僧惠勤初罢僧职》）[2] 将这一理论集了大成。

（张福勋）

---

[1] 可参见张福勋《苏轼论宋诗》一文，见《宋元文学论集》。此处不再赘述。
[2] （清）冯应榴：《苏轼诗集合注》，上海古籍出版社 2001 年版，第 550 页。

宋人学杜的美学密码
——宋诗发展的一种现象解析

在中国文学史上,恐怕再找不出任何一个朝代,如宋人那样,将杜甫推尊为"神圣"一样地加以学习和崇敬。顶礼膜拜达到极致,可谓前无古人,后无来者。

据叶梦得《避暑录话》卷上[1]:"吴门下喜论杜诗,每对客未尝不言(杜诗)。"又说那时士人、官员"每同列相与白事,坐未定,即首诵杜诗"。

黄山谷推杜诗为"诗中之史";罗景纶推杜诗为"诗中之经";杨诚斋推杜诗为"诗中之圣";而王元美则推杜诗为"诗中之神";等等,无以复加。[2]

王荆公说:(杜甫自诗人以来)"光掩前人,而后来无继也。"(《遁斋闲览》[3])以至于见了杜甫的画像,"再拜涕泗流。推公之心古亦少,愿从公死从之游"。(《杜甫画像》[4])

宋人每作诗,必从杜甫那里生吞活剥,《王直方诗话》[5]说:"潘大临每作诗,多犯老杜,为之不已,老杜亦难为存活。使老杜复生,则须共(供?)潘十廝炒。"这话夸张,但说问题到位。

蔡宽夫说:"三十多年来学诗者,非子美不道,虽武夫女子皆知尊异之。"(《蔡宽夫诗话》[6])叶适指出:"庆历、嘉祐以来,天下以杜甫为

---

[1] 吴文治:《宋代诗话全编》,江苏古籍出版社1998年版,第2685页。
[2] 张福勋:《宋代诗话选读》,内蒙古人民出版社1988年版,第158页。
[3] 吴文治:《宋代诗话全编》,江苏古籍出版社1998年版,第10455页。
[4] 吴文治:《宋代诗话全编》,江苏古籍出版社1998年版,第388页。
[5] 吴文治:《宋代诗话全编》,江苏古籍出版社1998年版,第1141页。
[6] 吴文治:《宋代诗话全编》,江苏古籍出版社1998年版,第606页。

师。"(《徐斯远文集序》[1])

王令《读老杜诗集》更说:"镌镵物像三千首,照耀乾坤四百春。"杜诗的光芒,照耀着整整一个时代宋诗发展的方向。山谷跋高荷诗云:"子勉作诗,以杜子美为标准。"杜诗是宋人作诗之标杆。故黄庭坚提出宋人作诗的理论指导"夺胎换骨"方以杜甫为"祖"。[2]

宋人学杜,如果说最早是黄庭坚;那么收尾的就是文天祥了。文在被执赴燕于狱中作《文信公集杜诗》四卷[3],诗凡二百篇,皆五言二韵,专集杜句而成。于每篇之首,叙次时事,云:"于国家沦丧之由,生平阅历之境,及忠臣义士之周旋患难者,一一详志其实。颠末粲然,不愧'诗史'之目。"二人相与为交,莫逆于心,实集杜诗以言己也。

故《四库总目》又评《文山集》以为宋南渡后,文体破碎,诗体卑弱,时人渐染既久,莫之或改。"及文天祥留意杜诗,所作顿去当时之凡陋。"可知学杜诗是适应了时代文风革新的需求。

宋人对杜诗的狂热追捧,极大地激活了宋人对杜诗系统地、全方位地搜集、整理、注释、翻译、研究和传播。整个社会以至于形成不学杜学简直就"不知诗"[4]的极端风气。如王安石编《四家诗》、赵次公笺《杜诗后解》、郭知达集《九家集注杜诗》、蔡梦弼注《杜工部草堂诗笺》、黄希黄鹤集注《黄氏补千家集注杜工部诗集》、刘辰翁评点《集千家批点杜工部诗集》等,都在杜诗学研究史上起着重要作用。

清人仇兆鳌《杜诗评注》[5]附论辑《诸家论杜》40条资料,其中13条是征引宋人论杜者,为历代之最。

在宋代,由于学杜与推杜之风气盛行,还在全国范围内,掀起过一场"李杜优劣"的学术大讨论。当时有名的文人,几乎都卷进了这个理论探索的浪潮。诸如宋祁、秦观、苏轼、苏辙、王安石、欧阳修、葛立方、罗大经、黄彻、张戒、黄庭坚、严羽等,沸沸扬扬,以至于一直影

---

[1] (宋)叶适:《叶适集》,中华书局1961年版,第214页。
[2] (元)方回:《瀛奎律髓》,中华书局1990年版。
[3] (清)纪昀:《四库全书总目》卷一六四,中华书局1964年版。
[4] (宋)王安石:《王安石全集》,上海古籍出版社1999年版,第323页。
[5] (清)仇兆鳌:《杜诗详注》,中华书局1979年版,第2318页。

响了中国文学批评近千年的历史。[1]

那么宋人为什么如此痴迷于杜甫呢？

钱锺书先生于《宋诗选注》[2]里分析其中原因，认为是宋人所处时代之特征与杜甫身经乱离之身世，发生了心心相印所致："身经乱离的宋人对杜甫发生了一种心心相印的新关系。"即是说，宋代诗人遭遇到了天崩地塌的时代大变动，在颠沛流离之中，深切体会出杜诗里所写的安史之乱的境界，起了国破家亡、天涯沦落的同感，"先前只以为杜甫'风雅可师'（引者按，诗体发展的自身规律，也是其中一个原因，见下详析），这时候更认识他是个患难中的知心伴侣"。钱先生指出这一点，非常重要，这是宋人学杜的一个核心内容。因为变革无论从外族入侵所造成的时代特征，抑或社会内部之动荡，都是这个时代的主旋律。这种时代的狂风暴雨必然激起整个社会文化需与之相适应，杜诗思想之爱国情怀与杜诗场面之宏阔广大，恰好为宋诗提供了一个很自然的学习样本。

王安石推崇杜甫诗，就看重在"特以其一饭不忘君而志常在民也"的精神世界（雁湖《荆公诗笺注》卷十三《杜甫画像》批注[3]）。而南宋戴复古更将杜甫之爱国忠君作为熔铸自己诗之灵魂："平生稷契心，致君尧舜上。时兮不与我，屹然抱微尚。干戈奔走踪，道路饥寒状。草中辨君臣，笔端诛将相。……到今五百年，知公尚无恙。"（《杜甫祠》，《石屏诗集》卷一）钱先生所说之"两心相印"昭然若揭。爱国诗人陆游则更是侧重于学杜的"志意"。他学杜诗，太息少陵"天下士也"，其"规模（按，指内容之广阔）志意（按，指思想）岂小哉！"学杜甫"爱君忧国之心"激励自己"思少出所学佐天子，兴贞观、开元之治"。[4] 正是同气相求，命运相似。

当然，除了时代因素之外，还有诗体自身变化之内部需求，也是一

---

[1] 参见张福勋：《李杜优劣论》，《宋代诗话选读》，内蒙古人民出版社1988年版，第158—171页。
[2] 钱锺书：《宋诗选注》，人民文学出版社1979年版，第140页。
[3] 李壁（号雁湖）《王荆公诗笺注》，1928年上海爱古书店据清乾隆辛酉（1741）张宗松清绮斋藏版影印线装两函八册五十卷。
[4] （宋）陆游：《东屯高斋记》，《渭南文集》卷十七，中华书局1976年版。

个宋人学杜的原因。

宋诗所反映之内容，比诸唐诗更加广阔，更加开放。要求诗体自身打破束缚，突破疆域以适应之。因此宋诗"以文字为诗，以议论为诗，以才学为诗"[1]，就是这种变化的结果。而杜诗正好为宋人提供了这样一个现成的样本。《宋诗钞》[2]即已深刻指出："宋诗大半从少陵分支。"

宋人学杜之聪明之处，正在于此，他们从德与艺两个方面同时下手从杜诗那里学东西，输血换骨，然后为我所用，学杜而又变杜从而形成有别于唐诗的自己诗的独特面目。

清人袁枚《论诗书》论："古之学杜"者，如宋之半山（王安石）、山谷（黄庭坚）、后村（刘克庄）、放翁（陆游）等，他们学杜而知变杜，"谁非学杜者？今观其诗，皆不类杜"。这"不类"正是变杜的结果。（《小仓山房文集》卷三十一）宋人晦斋序陈与义诗（《简斋诗集引》），认为宋人学杜虽取径不同，而源渊皆自少陵，但他们能根据自我需要，做到以我为主"解纵绳墨之外"，使诗的意蕴涵咏深远，最后"而自成一家"。这一点切中了宋人学杜之精髓。可以说在中国诗歌发展史上，学杜者莫过于宋，而善学杜者（即"变杜"）也莫过于宋。元人贡师泰《玩斋集》卷六《重刻石屏先生诗序》总结说戴复古的诗与其他宋人学诗"其大要，悉本于杜，而未尝有一辞蹈袭之。呜呼！此其所以为善学乎"。"善学"系"学"的要害处。

"善学"是学杜的灵魂。宋祁作《唐史·杜甫赞》赞少陵诗体"千汇万状，兼古今而有之"，"沾丐后人多矣"。宋人于此即沾光不少。宋人学杜之诗艺，除了适应时代之要求，解放了诗体打开了诗词文的严格疆界，扩大了文体的表现能力之外，在诗的风格上则取法于杜诗之雄阔与瘦韧。

如果说唐诗的整体风格是一个"肥"字的话，那么宋诗的整体风格则是一个"瘦"字。这也是这两个时代不同的艺术趋向和欣赏趣味。故缪钺先生在《诗词散论》中《论宋诗》[3]说唐诗之美在"情辞"、"丰

---

[1]（宋）严羽：《沧浪诗话》，人民文学出版社1961年版。
[2]（清）吴之振等：《宋诗钞》，中华书局1986年版，第1819页。
[3] 缪钺：《诗词散论》，上海古籍出版社1982年版，第45页。

腴"，而宋诗之美在"气骨"、"瘦劲"。

钱锺书先生在《谈艺录》里，将杜诗的艺术风格总括为两项："雄阔声宏"与"沉郁瘦韧"。并认为最能代表宋诗风格特点的黄庭坚与陈与义，都是从杜诗的样板中熔铸了自己的风格。"涪翁诗如其字，筋多于骨，韧而非瘦。"（钱先生特别指出："世人以瘦劲学之，毫厘千里。"余以为"韧"有嚼头；而光"劲"则极容易咯牙）而江西诸公恰恰是得杜之"瘦硬"。[1] 这就是黄庭坚学杜而变杜之处，此乃为"善学"。

钱先生还说，陈与义的特点又不同于黄。

两个人所处的时代有异，南渡偏安，陈与义流转兵燹（xiǎn，战祸）间，正与杜甫相类，"唯其有之，是以似之"，而他的善学之处，是将杜之"雄阔高宏"改变成"雄阔慷慨"的风格。尽管方回将陈与义抬举到江西派"一祖（杜甫）三宗（山谷、后山、简离）[2] 的地位[3]。但由于陈根据自己的时代特征，"善学"杜甫，而不是简单地模仿与沿袭，所以严羽下结论说：（陈与义）"亦江西派而小异。"[4] 这"异"的论断洵为精准之论了。

当我们在解析宋人学杜的美学密码时，也需要指出另一个难堪的局面，即学杜只是一个总趋势，大趋势，在宋人中也有不喜杜诗者。《刘攽诗话》[5] 自《中山诗话》（引者按，《李颀诗话》亦重述）："杨大年（亿）不喜杜工部诗，谓为村夫子。……欧公（阳修）亦不甚喜杜诗，欧贵韩（谓韩吏部"绝伦"）而不悦子美。"当然这只是大海中一点小小的浪花，不足以影响整体大海的奔腾。

（张福勋）

---

[1] 钱锺书：《谈艺录》，中华书局1986年版，第140页。
[2] 宋人吴沆《环溪诗话》（《宋诗话全编》第四册，第4340页）已于方回前提出"一祖（杜）、二宗（李白、韩愈）说"。
[3] （元）方回：《瀛奎律髓》卷二六，中华书局1990年版。
[4] （宋）严羽：《沧浪诗话》，人民文学出版社1961年版。
[5] 吴文治：《宋代诗话全编》，江苏古籍出版社1998年版，第444页。

附录二

补诗人索引

（按姓氏或首字笔画排序）

一 画

一

一山魁 ··· （45）

二 画

丁

丁监黼 ··· （19）

四 画

王

王无咎 ··· （1）
王达善 ··· （46）
王尧臣 ··· （46）
王次卿 ··· （35）
王道州 ··· （11）
王隽父 ··· （46）

毛
毛 麾 ·· （45）
仇
仇　远 ·· （47）

仇仁父 ·· （7）
方
方应发 ·· （22）
心
心禅师 ·· （12）
孔
孔文构 ·· （46）

五　画

厉
厉白云 ·· （47）
石
石　起 ·· （43）
史
史　宗 ·· （12）
丘
丘舜中女 ·· （13）
冯
冯　顾 ·· （39）

六　画

权
权巽中 ·· （16）

伟

伟屏岩 …………………………………………（24）

刘

刘　光 ……………………………………………（48）

刘正仲 ……………………………………………（32）

刘庄孙 ……………………………………………（48）

刘芳润 ……………………………………………（10）

刘近道 ……………………………………………（2）

刘药庄 ……………………………………………（29）

刘相岩 ……………………………………………（28）

刘悦心 ……………………………………………（6）

刘渊材 ……………………………………………（44）

江

江石卿 ……………………………………………（47）

汤

汤北村（子文）…………………………………（7）

安

安光远 ……………………………………………（16）

许

许总卿 ……………………………………………（38）

孙

孙元京 ……………………………………………（48）

孙光庭 ……………………………………………（9）

孙雪窗 ……………………………………………（26）

纪

纪德纬 ……………………………………………（8）

七　画

杜

杜竹处 …………………………………………（14）

杜泽之 …………………………………………（40）

杜濠州（字世兴）………………………………（24）

李

李　觌 …………………………………………（37）

李才翁 …………………………………………（41）

李云卿 …………………………………………（27）

李宪仲 …………………………………………（39）

李晋寿 …………………………………………（38）

李黄山 …………………………………………（31）

李敬则 …………………………………………（10）

吴

吴士刚 …………………………………………（17）

吴竹洲 …………………………………………（19）

吴孝宗 …………………………………………（43）

吴含灵 …………………………………………（12）

吴厔（厚）………………………………………（18）

吴愚隐 …………………………………………（14）

彻

彻上人 …………………………………………（43）

坐

坐忘居士房公 …………………………………（19）

汪

汪功父 …………………………………………（25）

汪称隐 …………………………………………（5）

宋

宋景元 …………………………………………（5）

良

良　玉 …………………………………………（44）

张

张　甫 …………………………………………（21）

张　鼎 …………………………………………（4）

张石山 …………………………………………（30）

张仲实 …………………………………………（32）

张武子 …………………………………………（42）

张葵轩 …………………………………………（3）

陆

陆象翁 …………………………………………（29）

陈

陈一斋 …………………………………………（49）

陈士表 …………………………………………（50）

陈大经 …………………………………………（26）

陈子宽 …………………………………………（22）

陈正献 …………………………………………（19）

陈古庄 …………………………………………（14）

陈平埜（野）…………………………………（2）

陈西轩 …………………………………………（22）

陈南斋 …………………………………………（31）

陈梦锡 …………………………………………（40）

陈梅南 …………………………………………（8）

陈舜民 …………………………………………（27）

邵

邵絜矩 …………………………………………（25）

八　画

林
林　子 …………………………………………（20）
林丹岩 …………………………………………（32）
林时敷（又作勇）………………………………（36）
林性老（桂高）…………………………………（21）
林景思 …………………………………………（41）
制
制　帅 …………………………………………（38）
金
金拱之 …………………………………………（35）
周
周会卿 …………………………………………（17）
周汝明 …………………………………………（11）
郑
郑子封 …………………………………………（51）
郑中隐 …………………………………………（4）
河
河汾王氏（名字不详）…………………………（20）
孟
孟　淳 …………………………………………（49）

九　画

赵
赵子野 …………………………………………（41）
赵公茂 …………………………………………（18）
赵师干 …………………………………………（30）
赵次山 …………………………………………（23）

赵泉南 …………………………………………（51）
赵德麟妻 ………………………………………（13）
胡
胡　方 …………………………………………（50）
胡　宣 …………………………………………（11）
胡公武 …………………………………………（39）
胡文卿 …………………………………………（17）
柳
柳月涧 …………………………………………（28）
柳师圣 …………………………………………（42）
秋
秋岩上人 ………………………………………（30）
段
段延龄 …………………………………………（40）
俞
俞好问 …………………………………………（33）
俞伯初 …………………………………………（50）
俞唯道 …………………………………………（50）
施
施渊然（少才）………………………………（39）

十　画

顾
顾近仁 …………………………………………（5）
柴
柴史君 …………………………………………（18）
恩
恩上人 …………………………………………（35）

钱

钱竹深 …………………………………………………（28）

钱肯堂 …………………………………………………（15）

徐

徐冰壑 …………………………………………………（14）

徐渊子 …………………………………………………（21）

高

高景仁 …………………………………………………（34）

高端叔 …………………………………………………（15）

郭

郭麟孙 …………………………………………………（1）

唐

唐师善 …………………………………………………（33）

十一画

黄

黄元肇 …………………………………………………（24）

黄自信 …………………………………………………（23）

黄绍谷 …………………………………………………（22）

营

营玉涧 …………………………………………………（26）

萧

萧涛（又作焘）夫 ……………………………………（10）

梅

梅　方 …………………………………………………（34）

龚

龚德庄（号达斋）………………………………………（20）

晞

晞发道人 ………………………………………………（13）

唯

唯 己……………………………………………………（42）

梁

梁尘外………………………………………………（3）

十二画

彭

彭莱山………………………………………………（2）

葛

葛和仲………………………………………………（44）

惠

惠先觉………………………………………………（36）

傅

傅 野…………………………………………………（43）

傅子渊………………………………………………（23）

奥

奥 屯…………………………………………………（8）

释

释玄觉………………………………………………（16）

释恢大山……………………………………………（51）

释雪屋………………………………………………（27）

童

童敬仲………………………………………………（1）

曾

曾宗元………………………………………………（37）

十三画

微
微上人 …………………………………………（36）

十四画

裴
裴晋公 …………………………………………（35）
缪
缪淡圃 …………………………………………（33）

十五画

潜
潜仲刚 …………………………………………（26）
潘
潘竹真 …………………………………………（25）

十六画

默
默　成 …………………………………………（25）

后　记

　　这是我的老师包头师范学院张福勋教授督促我和他一起完成的一部编著。

　　张老师是我的学术领路人，我的第一篇学术论文正是在他的推荐下投到《红楼梦学刊》发表的。熟悉张老师的人都知道他的研究方向是宋代文学，出版宋诗研究的著作多部，在宋代文学研究界颇有影响。在张老师的主导下，我"跨界"为老师打下手，共同完成了这一"作品"。说是"跨界"，原因在于近年来我的研究兴趣逐渐转移到故宫学方向。如此，还忝列第一作者，实在有愧，但老师有令，却之不恭。我理解这是老师对我的鞭策。

　　本书是在中国社科院历史研究所研究员王春瑜先生的举荐下，才有机会在商务印书馆出版。商务印书馆丁波博士一直助推本书的出版进程。责编金寒芽女士热情、耐心、细致编校，为本书增色有加。这里一并致谢。

　　本书得到深圳大学学术著作出版基金和人文学院高水平大学建设经费的资助，这要感谢社会科学部主任田启波教授和人文学院院长景海峰教授的关心和支持。

　　需要交代的是，书稿于 2014 年业已完成，并在 2015 年就送交出版社。之后，因转忙他事，我也没有跟踪出版进度，出版社自然也不会催促我，彼此都是相当的"淡定"。待出版事宜重新提上日程，时间已经过去了近三年。反思造成这一后果的根本原因，则在于我所犯有的重度拖延症，这是我必须要检讨的。

　　最后，要特别感谢帮我辛苦核校文献的三位同学：我的研究生伍维佳，本科阶段选过我课的，已在海天出版社工作的何旭升，继续在深圳大学升读研究生的张展鸿。尤其是何旭升恰好发挥了其业务专长，相当给力！

高志忠

2018 年 6 月 18 日于深圳大学